【千古人物】

黄仁宇先生说：王安石与现代读者近，而反与他同时代人物远。

王安石 传

任浩之 著

中国书籍出版社
China Book Press

图书在版编目（CIP）数据

王安石传 / 任浩之著. ——北京：中国书籍出版社, 2019.2
ISBN 978-7-5068-7228-7

Ⅰ.①王… Ⅱ.①任… Ⅲ.①长篇历史小说—中国—当代
Ⅳ.①I247.5

中国版本图书馆CIP数据核字(2019)第023116号

王安石传

任浩之　著

责任编辑	李国永
责任印制	孙马飞　马　芝
封面设计	广领设计
出版发行	中国书籍出版社
地　　址	北京市丰台区三路居路 97 号（邮编：100073）
电　　话	（010）52257143（总编室）　（010）52257140（发行部）
电子邮箱	eo@chinabp.com.cn
经　　销	全国新华书店
印　　刷	北京睿和名扬印刷有限公司
开　　本	710毫米×1000毫米　1/16
字　　数	164千字
印　　张	15.75
版　　次	2019 年 4 月第 1 版　2019 年 4 月第 1 次印刷
书　　号	ISBN 978-7-5068-7228-7
定　　价	32.00元

版权所有　翻印必究

前　言

在中国历史上,可能没有比王安石更复杂更受争议的人了。他一生特立独行,敢作敢为,锐意改革,奋不顾身;可是在他的政敌看来,他却是大奸大恶,乱臣贼子,违背常法,窥伺神器。《宋史》把他说得一无是处,南宋之时,他更被指责为北宋灭亡的罪魁祸首。

其实,处在那样一个时代,国家不改革还有出路吗?宋的北面有辽,西面有夏,都虎视中原,敲诈勒索,宋朝负担极为沉重。而且朝中吃俸禄的人越来越多,财政连年赤字,百姓不堪重负,国家离破产仅有一步之遥。这时候,国家需要的是有经济头脑的人来力挽狂澜,而不是迂阔无用的道德家。

王安石所处的时代是中国历史上一个极为特殊的时代。之所以说它特殊,是因为在他所处的 11 世纪,中国有可能由封建农业文明向科技制度文明转变。王安石似乎也看到了这一次机遇,因此他竭力推动改革,试图把中国引向这个崭新的方向。

为了适应这个转变,抓住这个机遇,他紧紧围绕富国强兵这一目标,在全国范围内推行新法。这些措施在一定程度上限制了大地主和豪商对农民的剥削,促进了农田水利事业的发展,国家财政状况有所改善,军事力量也得到加强。

他个性坚强，勇往直前，不为个人计虑。"天变不足畏，祖宗不足法，人言不足恤"，这虽是反对派给他的定论，但正好是他革新精神的真实写照。

中国人，天性偏于保守，不愿改变现状，对王安石的大力改革，自然先是惊骇，继而阻挠，这不足为怪。

王安石与政敌们的斗争，其实是两种世界观的冲突。司马光等人的世界观是保守的、静止的，他们认为事物的总数是固定的，秩序也如天上的星辰一般是设计好的，国家赋税增加了一分，百姓便减少了一分，所以新法就是与民争利，是劳民伤财。他们的世界死气沉沉，他们的眼里没有奇迹，他们根本看不到财富可以增值，货币和信贷是经济的杠杆，政策可以激发人的创造力。而王安石凭借他多年的基层工作经验，已经体会到了这些激动人心的先进的经济学思想。他与年轻有为的神宗皇帝目光相遇，彼此看到对方眼中的光芒。

史学家黄仁宇先生在《中国大历史》中这样评价王安石变法：

"在20世纪末叶提及王安石，我们只更感到惊异：在我们之前九百年，中国即企图以金融管制的办法操纵国事，其范围与深度不曾在当日世界里任何其他地方提出。当王安石对神宗赵顼说"不加税而国用足"，他无疑地已知道可以信用借款的办法刺激经济之成长。当生产增加货物流通时，即使用同一税率也能在高额的流通状态里收到增税之成果。这种扩张性的眼界与传统的看法不同，当时人的眼光将一切视为不能改变的定数。因此王安石与现代读者近，而反与他同时人物远。"

中国人丧失改革的勇气可谓由来已久。吕思勉先生曾说过，自王莽改革失败后，没有人再敢提及根本性的改革，"社会渐被视为不可以人力控制之物，只能听其迁流所至。治天下不如安天下，安天下不如与天下安，遂被视为政治上的金科玉律了。""与天下安"，说白了就是由他去吧，Let it be。

王安石是一个自带能量的人，他有信心，有希望，不怕犯错误，他偏要与天下为敌。他信奉的不是 Let it be，而是 Just do it！

每个人眼中的世界都不一样，每个人读到的王安石也不会完全一样。希望本书能给读者一些启发。

目录 Contents

前　言 …………………………………………………… 1

第一章　何妨举世嫌迂阔 ……………………………… 1
    小小神童 …………………………………………… 1
    以圣人自期 ………………………………………… 4
    憾失状元 …………………………………………… 6
    初涉仕途 …………………………………………… 11
    小试牛刀 …………………………………………… 14
    舒州通判 …………………………………………… 17
    不开心的京官 ……………………………………… 20
    常州知州 …………………………………………… 25
    斗鹌案之争 ………………………………………… 28

第二章　兴王只在笑谈中 ……………………………… 33
    盛世背后的危机 …………………………………… 33
    改革声浪 …………………………………………… 37
    庆历新政 …………………………………………… 38
    惊天动地万言书 …………………………………… 41
    敢嗟吾道独难行 …………………………………… 44
    神宗亲政 …………………………………………… 50

— 1 —

千古革新 ·· 54

"三不足"论 ··· 57

第三章　不畏浮云遮望眼 ·· **62**

时世维艰 ·· 62

推行新法 ·· 68

神宗动摇 ·· 95

宣德门事件 ··· 100

唐炯闹殿 ··· 102

第一次罢相 ··· 105

用人不当 ··· 107

执拗的君子 ··· 110

第四章　可惜风流总闲却 ·· **114**

罢相与复出 ··· 114

告老金陵 ··· 123

超前的眼光 ··· 130

朋党的拖累 ··· 134

新法尽废 ··· 137

第五章　归梦不知山水长 ·· **149**

寄情半山园 ··· 149

乌台诗案 ··· 155

永乐兵败 ··· 163

黯然辞世 ··· 167

变法的影响 ··· 174

第六章　丹青难写是精神 …………………………… **176**

　　清官廉吏 ……………………………………… **176**
　　模范家庭 ……………………………………… **180**
　　事亲至孝 ……………………………………… **183**
　　坚决不纳妾 …………………………………… **186**
　　博览群书 ……………………………………… **191**
　　不拘小节 ……………………………………… **195**
　　特立独行 ……………………………………… **198**
　　文坛佳话 ……………………………………… **202**
　　政治家王安石 ………………………………… **208**
　　思想家王安石 ………………………………… **216**
　　文学家王安石 ………………………………… **220**

附 ……………………………………………………… **225**

　　王安石诗文选 ………………………………… **225**
　　王安石年谱 …………………………………… **235**

第一章　何妨举世嫌迂阔

据王安石自己说，"某生十二年而学"，这句话不是说他十二岁开始读书，而是说他从此时开始真正地汲取知识。王安石读书博杂，才高志大，也有点恃才傲物，瞧不起那些整天只会吟诗作对、寻章摘句的文人骚客。他读书，一是为修身养德，二是为治国平天下。

小小神童

宋真宗天禧五年（1021年）十一月十三日的清晨，临川军（治所在今江西樟村）判官王益的府中一派忙碌。原来是王益的妻子吴氏临盆了。

吴氏是王益的续弦。王益的第一个妻子留下两个男孩，早早去世了。这是吴氏第一次生产，因此全家上下都非常紧张，好在孩子顺利地出生了，是个男孩，长得黝黑结实，啼声洪亮，全府上下都松了一口气。

这个男孩就是本书的主人公王安石。

王安石的先世出于太原，何时迁至临川已不可考。他的曾祖、祖父都有官职，祖父王用之有五个儿子，长子王益，即安石之父，幼子王孟，曾任楚州司理参军，余皆夭亡。王安石的叔祖王贯之，是真宗咸平年间进士，做过大理寺丞、提点淮南刑狱，以及几任知府，颇有政声，受过真宗的奖谕。总之，王氏家族虽算不上豪门大户，但也是官宦之家，能保证安石受到良好的教育和熏陶。

王安石的父亲王益是个中层官员，一直在各地做知县、知州，总尽力做一些兴利除弊的事，所到之处都有治绩。他为官清廉，在乡里没有什么田产，只靠有限的官俸维持生活。由于没有田产，他每调任一处，就拖家带口，一起前往。

安石的母亲吴氏是临川金溪人，出自一个大家族，通文墨，有见识。她是王益的继室，相继生了安石、安国、安世、安礼、安上和三个女儿，而前房谢氏所生则为安仁、安道二人。吴夫人对前房所生的两子视若己出，可见她是一个十分贤惠的人。后来王安石娶了从舅吴芮之女，也就是他的表妹，吴、王两家两代联姻，在临川传为美谈。

王安石在小时候被人称作神童。他智力超群，记忆力出众，虽然九岁才启蒙，但学业进展异常顺利。他的两位兄长都是四年才读到《尚书》，他不出两年就读到了。私塾里，老师对他实行特殊政策，给别人限定课程，对他则实行放任，允许他根据自己的兴趣扩大阅读范围。私塾老师不止一次当着王安石的面对王益说："此子断非池中物，迟早必成大器。"

小王安石被人称赞，他的父亲王益听到后自然非常高兴。可是王益也很有童心，他想亲自试试自己的儿子。这一天。王益坐在屋内，令人把王安石叫到跟前，对他说："大家都说你很聪明。可是我没有看出来，不相信。今天我就要试试你。我坐在屋里，如果你能够把我叫出屋，我就认可你的聪明了。"

王安石就走出屋去，用了好几种方法请父亲出屋，可是王益就是不为所动。王安石走回屋，对父亲说："爹爹，要把您诳出屋去，实在是太难了！但是如果您站在外面，我就有办法把您叫到屋里来。"王益笑道："还不服气呀？我就依你，看你如何把我叫到屋里来。"说着，便走出屋去。正要让王安石展示他的才智，却听王安石笑吟吟地说："爹爹，我已经把您诳出屋了！我赢了！"王益一听，这才反应过来，哈哈大笑起来！自己的儿子是真的聪明啊，连他都被骗了！

可是王益还不死心，还要再试试他。于是说："算你把我请出来了。但是你刚才说，如果我到外面，你还能把我骗进屋去。我倒要看看你是不是真有这本事。"王安石说道："好！不过爹爹，我要先去一趟茅房。您先等一会儿，让我想出办法来。"王益答应了，王安石就跑了出去。可是王益等了很久也不见王安石回来，正在不耐烦，王安石的母亲从外面进来了，见他站在院子里，就问他："这天都要下雨了，你为何还站在院中？"王益对她说了和王安石打赌的事。王安石的母亲笑道："你说那孩子呀，他正在外面玩得高兴呢，兴许早把这事给忘记了。他只是一个小孩子，你和他较什么真？"王益一听，也是，毕竟是小孩子，一时想不出办法，又见到好玩的，玩起来就忘记了打赌的事也说不定。见夫人催促，也就进屋了。谁想刚踏入屋内，王安石已经从外面跑进来，笑道："爹爹，你又输了！是我请母亲过来帮忙的！嘿嘿……"

王益一下子明白了："啊！原来你们两个合伙来骗我啊！"一

家人都笑起来。

以圣人自期

由于王益在各地做官，都携眷属同行，所以王安石的少年时代，随父亲宦游各地，足迹几乎遍及中国南部。

天圣八年（1030年），王益以太常博士知韶州（广东韶关），王安石随父前往。韶州奇秀挺拔的山峰，清澈流泻的江水，给他留下了美好的记忆。在韶州，安石开始识字，接受启蒙教育。他后来回忆道："韶山秀拔江清泻，气象还能出缙绅。当我垂髫初识字，看君挥翰独惊人。"在韶州，他度过了三年美好的时光。

明道二年（1033年），王安石十三岁。祖父王用之去世，安石随父丁忧，回归临川。自此在临川生活了三年。

景祐三年（1036年），王安石十六岁，王益服除赴京，安石又随父同行。次年，王益通判江宁府，安石又随父到江宁。

可以说，王安石的青少年时代是在不断的旅行中度过的。这样的生活有助于开阔眼界，养成注重实际的思维方式。

在《忆昨诗示诸外弟》一诗中，他写道：

> 丙子从亲走京国，浮尘坌并缁人衣。
> 明年亲作建昌吏，四月挽船江上矶。
> 端居感慨忽自寤，青天闪烁无停晖。
> 男儿少壮不树立，挟此穷老将安归？

吟哦图书谢庆吊，坐室寥寞生伊威。

材疏命贱不自揣，欲与稷契遐相睎。

诗中说，自到江宁后，猛然醒悟，深感光阴易逝，时不我待。男儿如不确立应有的志向，则穷老终无所归。于是绝去庆吊俗事，而只以钻研学问为事，不自度材疏命贱，而只以古代的圣人后稷和契自期。

可以说，安石在江宁府的这一自悟，确立了他一生学问与事业的基本方向。

少年时代，还有一件事给了他一生的影响，那就是著名的"伤仲永"的故事。方仲永的家就在他舅舅家的村子，这个五岁的"天才神童"被发现天资超常后，他的父亲把他当成了生财之树，整天带着他走亲访友，表演"作诗"的才能，却不让他及时入学，结果不出几年，这个"神童"就成了一个再平常不过的孩子。王安石十三岁那年，在舅舅家见到了这位闻名已久的"神童"，那时，"神童"已经十二岁了，王安石出了个题目让他写诗，结果大失所望，远不如传说中那么出色，只是尚能文通字顺而已。又过了几年，王安石向舅舅打听方仲永的情况，得知他已泯然众人。

这件事在王安石头脑中印象深刻。事实证明，没有什么真正的"天才"，上天是不会对一个人负责到底的，后天的努力要比先天的禀赋更重要。从那之后，王安石一连五年，在江宁家中闭门苦读，心无旁骛。因为他知道，岁月不待人，少壮时如不选定一个正确的努力方向和前进道路，那必致终生无所成就。

王安石在其青少年时期就已立定志愿，既不要做只会写些诗词歌赋的骚人墨客，也不要做只会背诵儒家经典的庸俗书生。他已抱定了学以致用的目的，要为他自身所处的社会和时代，肩负起他所应当承担的历史任务了。

他的阅读范围，并不限于儒家经典，而是"自诸子百家之书，及于《难经》《素问》《本草》诸小说，无所不读"。用他的话说，"读经而已，则不足以知经"。在阅读儒家经典时，他也绝不拘守前代儒家的传注，而是要通过自己的思考去理解它们。

他还喜欢进行一些调查访问。特别是对于那些在各种生产事业方面最富有实践经验的"农夫女工"，他更是"无所不问"，借以验证从书本得来的知识是否真实可靠。这样的学习方法，就使他远远超出同时代的一般读书人和士大夫之上了。

憾失状元

宝元二年（1039年），王益病逝于江宁任上，时年四十六岁，这对一家人来说是灾难性的。王安石当时只有十九岁，几个弟弟妹妹更是年幼。由于王益一生为官清廉，不治家业，江宁知府的官俸是一家的主要经济来源，他一去世，王家立马陷入贫困。

王安石曾在诗中描述当时情景："母兄呱呱泣相守，三载厌食钟山薇。"有人说"三载厌食钟山薇"是吃了三年野菜吃厌了，想来也不至于此，笔者更倾向于理解为，因为王益的去世给家人带来的精神打击，使他们每到吃饭时就怀念起当时一家人团聚的日子，悲伤得连续三年都吃不下饭去。

失去了父亲的依靠，王安石更加成熟了。守孝三年期满，王安石踏上了赴京应试的路，从此走上了仕途。

已经二十一岁的王安石心中自然也是充满期待的。他希望能够考中进士，一来光耀门庭，挽救家庭的衰败，给年幼的弟弟妹妹做个榜样；二来为国家和百姓做些事情，实现自己的矫世之志。尤其是在从江宁到汴梁的路上，王安石亲眼目睹了淮河水灾连淹四府十二县的惨状。水灾造成大面积庄稼颗粒无收，百姓流离失所，贪官污吏却私自买卖储备救灾粮，中饱私囊。国家靠向灾区征兵来防止民变，老弱病残都能当兵，军队的战斗力如何能够提高？大量扩充军队，需要花费巨额军费供养，本就空虚的国库又如何能够充实起来？国家看似太平无事，其实病得不轻啊。

庆历二年（1042年）初，王安石同众举子入了春闱。当时的科举考试，通过诗赋选拔人才，而王安石素来认为诗赋多是拿来抒情和玩赏的，对治国安邦并无太大帮助。他并不太赞同国家用诗赋来选才。他在试院中的五绝之一中写道："少年操笔坐中庭，子墨文章颇自轻。圣世选才终用赋，白头来此试诸生。"如此关系重大的时刻，王安石还能够坚持写出自己真实的想法，而不流于媚俗，其个性可见一斑。

三场考试下来，剩下的就是等待放榜了。胜负已不在自己掌控之中，举子们都没了之前的紧张，开始相约出去喝茶聊天，谈古论今。自然也会谈论到这次的科举考试，对于有望进前三甲的人众说纷纭。

当时，有个叫杨寘的考生，非常有希望考中状元。杨寘乃是晏殊女婿杨察的弟弟。晏殊当时任枢密使。宋朝时，枢密院与中书省并称"二府"，枢密使乃是枢密院的最高长官，与中书省的同平章事合称"宰执"，统率全国军队。按照规定，考生的卷子在进呈皇帝御览之前,要先评出前十名进呈"二府",而前三甲若无极特殊原因,都会从这十人当中产生。所以,杨寘就求哥哥走过后门,向自己的岳父打听一下排名情况。第二天,晏殊看到呈上来的名单中,杨寘的赋已被定为第四名,出来后,告诉了杨察。杨察又派人把消息暗中透露给杨寘。当时,杨寘以为自己定能中状元,一些朋友也纷纷道喜,一同在酒馆里饮酒作乐。得知排名第四后,杨寘懊恼不已,不由得拍着桌子骂道:"不知道是哪个野小子把我的状元夺走了!"

结果,等进士榜张贴出来,状元恰恰却是杨寘。第二名是王珪,第三名韩绛,王安石排在第四名。原来,杨寘确实被主考官定为第四名,第一名是王安石,第二名王珪,第三名韩绛。礼部再三评定后,由皇上最终确定。先把王安石的卷子进呈,仁宗看到卷子中有"孺子其朋"一句,心中不喜,说:"这句话犯了忌讳,不能把这个人定为魁首。"再看王珪的卷子,觉得可以,但一查王珪乃是有官职在身,按规定不能做状元。再看韩绛,觉得也可以,但又是一个有官在身的,直到看到杨寘的卷子,才最终定下杨寘为本科状元。按照惯例,杨寘排在第一后,剩下的人仍然应该按原顺序往下排,但因为"孺子其朋"一语,仁宗直接把王安石和杨寘的位置换了一下。这样,本应是状元的王安石连前三甲也没能进。

"孺子其朋"出自《尚书·周书·洛诰》:"孺子其朋,孺子其朋,其往。"乃是周公对成王说的话,意为"你这年轻的小孩啊,自今以后要和群臣融洽相处",有长辈教育晚辈的意思。当时仁宗已经三十多岁,而王安石才二十二岁,借用周公的话难免有些不妥。不过王安石对于失去状元并没有太多在意,终其一生,都不曾拿这件事情来炫耀自己。他的人品由此也可见一斑了。

进士及第后，王安石等人需要在京城做短暂的停留，因为他们中的大多数人将要被外放到地方做官，在这段时间里，王安石与同科友人谈古论今，过得好不惬意。庆历三年（1043年），朝廷的任命状下来了，王安石以秘书郎签书淮南节度判官厅公事，简称淮南签判。接到任命后，王安石很快打点好行装匆匆踏上了赴任的旅途，开始了他全新的人生历程。

在此我们简单地介绍一下关于宋朝官制的一些情况。宋沿唐制，官名官品不变，但内容有所不同。

在中央，中书门下主管行政，一把手就是宰相，全称为"同中书门下平章事"，副宰相称"参知政事"，简称"执政"；枢密院主管军事，一把手称"枢密使"，副手称"枢密副使"，或"同知枢密院事"。两府合称"中枢"。

中央另设三司，包括盐铁司、度支司和户部司，主管财政，一把手称"三司使"，职位仅次于宰相，又称"计相"，副手为"三司副使"或"三司判官"。两府三司互不相干，由皇帝直接领导。这是当时中央机构的大致格局，后来神宗自己改过一次，史称"元丰改制"。

在地方，行路、州、县三级建制。仁宗时全国设十五路，一路相当于现在一省。王安石当时所在的淮南东路就是其中一路。路的主要领导是节度使和观察使，但这两个官职在宋朝基本上是个名义，并不常设。

路的常设职位有：

"转运使"，全面负责，是实际上的一把手；

"经略安抚使"，主管军政；

"提点刑狱使",则主管司法,王安石就曾做过这个官;

"提举常平使",主管财政。

四权分立,直接受皇帝领导。

从人口上来说,路下所设的州,只相当于现在的县,而宋时的县,则仅相当于现在的乡。

淮南上任三个月后,王安石请假回乡看望自己尚在临川老家的祖母,一是为了省亲,还有一件事就是为了成亲。这次回家期间,已经二十三岁的王安石迎娶了他的表妹吴氏,这一年吴氏十九岁。

既然回到了老家,王安石就不能不去看另外一个人,就是那个当年与自己在京师认识的好友曾巩。曾巩也是抚州人,和王安石的母家还有亲戚关系,他文才出众,与王安石一见如故。可惜这次科考失利,只好再等三年。现在听来王安石回乡,便主动找上门来,好友相见自然是万分高兴,相谈甚欢。曾巩曾作诗《过介甫》记叙他与王安石的这次相见,诗云:

日暮驱马去,停镳叩君门。
颇谙肺腑尽,不闻可否言。
淡尔非外乐,恬然忘世喧。
况值秋节应,清风荡款烦。
徘徊望星汉,更复坐前轩。

两个才子的相见,诗文唱和当然是少不了的。王安石这次回来新作了一首名为《还自舅家书所感》,曾巩读后立即附诗一首《酬介甫还自舅家书所感》。王安石在临行前又去回访了曾巩,临别时王安石作《同学一首别子固》赠予曾巩。无论是对曾巩还是王安石，他们之间的诗文唱和、往来的数量在他们的一段时期的作品中都占据了相当大的部分，可见二人之间的关系是异常亲密的。

回乡探亲的时间过得很快，王安石辞别祖母，再次踏上了回扬州的路途。

初涉仕途

王安石入仕后第一个职务是淮南签判，治所在扬州。宋代选派京官充任各州、府的助手，称为签书判官厅公事，简称"签判"。其实，不过是做些文件的收发管理工作，很清闲。

王安石是不可能在这个位置上有所作为的，但是又不能改变什么，只能安心等待机会。于是，王安石除了处理一些日常公务，把他的所有心思都用在了读书上，当然他不是死读书，而是要从中领悟治国之道，这才是他的兴趣所在。

蔡绦曾在《铁围山丛谈》里记了这样一个故事：

话说在扬州的官衙里，栽着一盆有名的菊花，名为"金腰带"，当时的人都以为是富贵花，可以知人富贵。花开之时，多吐三蕊，但有一天，却有一朵吐了四枝蕊。

正巧，知州韩琦手拿公文，在官衙的大院当中思考着一些琐事，无意间看到了这朵四蕊菊花，心里十分高兴，就请了当时同在扬州的监郡王珪和王安石一道赏花，为了和"金腰带"里的四蕊对应，韩琦又请了一个客人。但事有凑巧，那位客人却因为临时有事情来不了了，韩琦只好和王安石、王珪三人赏花，谈笑风生之间，突然有人来报，故相吕夷简的儿子吕公著出差路过，前来看望韩琦，四个人便一起赏花，言谈甚欢。

这本是一个普通的记事，也有一定的史料价值，但蔡绦却偏要故弄玄虚，在故事结尾说：韩琦、王安石、王珪、吕公著四人先后为相，正应了金腰带吐出的四蕊之兆。于是，这则笔记的味道就全变了。

就在扬州任上的第一年，北宋朝廷发生了一件大事，在范仲淹、韩琦、富弼等人的呼吁下，仁宗皇帝最终采用了范仲淹呈上的《答手诏条陈十事》中的大部分建议，宣布实施变法，史称"庆历新政"。范仲淹所提出的改革方案是以整顿吏治为中心，他希望通过提高官僚队伍素质来缓和阶级矛盾，进而达到克服危机、稳定统治秩序的目的。一时间大宋朝似乎又重现了建国初期的欣欣向荣之景。王安石对这次改革自然也寄托了很大的希望，但是他总觉得改革似乎有什么不完善的地方，因为缺少实际经验，他也不能提出什么更好的办法来，只能时刻注意着这次改革的成效。果然好景不长，由于"新政"针对的是官僚阶层，也就不可避免地触犯了特权阶层的既得利益，这自然招致他们的强烈反对。保守派官僚和受到打击者向皇帝恶意攻击范仲淹等人结朋党、欲叛乱。这些诬告动摇了仁宗皇帝的决心，范仲淹无法再继续正常工作，最终他只能被迫自请调西北前线任职，富弼、韩琦等与变法有关的人也都被贬官罢职。庆历五年（1045年）初，新法皆被废除，全国刚刚有所好转的局面再次陷入了危机之中。

"新政"的失败无疑让王安石深感惋惜，但也更加坚定了他要变法改革的决心。庆历五年，也就是在扬州任上的第三年，韩琦被贬为扬州知州，成了王安石的顶头上司。按照常理，才能卓越、力图革新的韩琦应该会对这个才华横溢、志向远大的下属高看一眼，但是事实却恰好相反，他们之间一直都没有建立起融洽的私人关系、甚至在后来还曾因为政见不同相互攻击过对方。

究竟是什么原因导致了王安石与这个自己结识的第一位名臣的关系不融洽呢？对于这个问题，一些宋人的笔记中都有描述，他们多认为是因为王安石的品格原因造成了二人的不和。但是这些人大多与王安石有利害关系，或是不满其思想，或是沿袭他人观点，对王安石的评价多有不公。因此对于这些人的记录必须详加考证取舍。《名臣言行录·后集》记载了关于韩、王二人的这样一个故事：

韩琦为扬州知府时，王安石为签判。他经常通宵达旦读书，困的时候随便趴在桌子上就眯一会，经常刚一睡就到了该工作的时候了，于是他就只能急急忙忙地往工作地点跑去，常常都会因此来不及洗漱。韩琦见到王安石这个样子，认为这个年轻人多半是夜里饮酒作乐，才会如此委顿。因此，有一日他找了个机会，语重心长地对王安石说："介甫啊，你还年轻，需要的是多读书，不能轻易地放弃自己。"王安石听后，并没有为自己做辩解，只是低头不语。他曾对人说："韩公不懂我。"后来通过一段时间的相处，韩琦终于认识到了王安石的才能，想要收他为门生，但是王安石却始终不肯接受。这就是王安石的为人，简单而纯粹。他一直认为，清者自清，不辨亦清，浊者自浊，万辨尤浊。这个故事在许多史料、笔记中都有记载，可信度颇高。

同时，据说王安石经常与韩琦因为政见不一而产生分歧。最终韩琦与王安石这两个北宋时期重要的风云人物在朝夕相处中却因为诸多误会没能结成融洽的私人关系。虽然这两人关系一般，甚至一度攻击过对方，但这些攻击都是因为政见的不同，二人并没到水火不容的地步。王安石的作品中有数篇都与韩琦有关，而且这些作品几乎都是对韩琦的褒扬，并无半点不敬之意。如他在《先状上韩太尉》中曾说过："昔者幸以鄙身托于盛府，无博才以参筹策之用，有疏节以累含容之宽。"甚至在后来他还批评自己早年对韩琦的偏见，说自己："久而再惟，滋以自愧。"赞扬韩琦有"忧国爱君之操，任民恤物之方"，所以能够"宾礼贤豪，包收疵贱"。当然，此乃后话。

小试牛刀

庆历五年（1045年），王安石已经在扬州任上干了三年，任期已满。由于和知州韩琦相处得并不融洽，因此任期一到王安石便立即离开了扬州，回京师述职。

按照宋代的制度，进士高第（前五名）后，可以上书请求在馆阁就职。什么叫馆阁就职呢？在宋朝，所谓馆阁是这么几个机构：弘文馆、集贤院、秘书省、史馆。这些馆阁机构相当于现在的国家档案馆、国家图书馆、中央文史馆、中国社会科学院。这里的工作主要是修撰国家历史，整理图籍，备皇帝咨询。在那个重文轻武的年代，能担任馆职的都是文采一流的人物，升迁也快，是宰相的后备人选，很多人求之不得。

但是王安石并没有选择这条路，他认为自己缺少实干的经验，工作阅历也不足，他想先寻找一个地方来试验自己的想法，因此主动要求外放至地方。

庆历七年（1047年），王安石被任命为鄞县（今浙江省宁波市鄞州区）知县。这一年，王安石二十七岁。虽然这次他做的不过是一个小县的县令，但这也足以让他很兴奋了，因为他不再是别人的幕僚，而是可以自己做主了。接到任命后，王安石怀着激动的心情马不停蹄地赶到了这个沿海的小城。刚一到任，他就迫不及待地投入到了工作之中。

鄞县是王安石从政后的第一块试验田，他在治理鄞县的时间里，把自己多年以来积累的想法和抱负统统用在了这里，此地也寄托着他莫大的期望。

初到鄞县，他就发现全县只要一到旱季就极度缺水，尤其是农业用水。按说鄞县靠海，是个水源十分充足的地方，怎么会出现这样的情况呢？于是，王安石决定要弄清楚事情的原委再寻求解决方案。

王安石经过实地考察，并向当地人咨询得知，该地在五代吴越国统治时，一直很重视水利事业，设有专门的官吏，每年都对一些河流沟渠进行疏浚治理，又修建一些储水的水库，河流水道通畅，能够抵御比较大的水旱灾害。本朝以来，不再设置主管水利的官吏，因此水利失修，有些水道已经堵塞。夏季一干旱，水道就干涸了，就会影响庄稼的灌溉，百姓就会遭殃。既然找到了事情的原因，王安石就迫不及待地开始解决这一问题。他召集部署制定了一套兴修水利的方案——开渠、筑堤。此次兴修水利最有代表性的，当属修复东钱湖，修复后的东钱湖能"灌田五十万亩"，境内人民再也没有凶年之忧。

在兴修水利的同时，王安石还施行了青苗法。因为他在任上发现一个严重问题，农民春天时青黄不接，急于耕种而手头没有钱粮，只好向富户去借。利息很高，一般的都是四分利。到秋天还利息后，再去掉上交朝廷的赋税，就不剩什么了。有一些百姓稍微遇到一点天灾人祸，因为借一次债而未能及时还上，就背上沉重的包袱，有的因此卖儿卖女，倾家荡产。在这样一种情况下，王安石决定在全县推行青苗法。

所谓青苗法，即是在青黄不接的季节，由官府开仓把粮食借给农民，到了秋收之后再由农民把粮食还给官府，并支付少量的利息。这样一来，就能有效解决灾荒之年农民的境况。这一方法一方面缓和了日趋紧张的社会局势，同时还能使官仓里的粮食得到更新，可谓是一举两得。这次成功的实验给了王安石很大的信心，这也为他在多年以后主持熙宁变法积累了丰富的经验。

鄞县地处沿海，出产海盐。沿海的一些百姓，因没有田地可供耕种，不得不打捞海盐出卖为生。一些官办的盐场为了垄断盐业生产，就千方百计制止这些百姓个体生产食盐。可是这些百姓没有生活出路，所以屡禁不绝。为禁绝私盐的贩卖，两浙转运使衙门给下属各县下发了"捕盐"令，要求雇专人逮捕出卖私盐者，并要求各县吏民定期纳钱，以便悬赏告发造私和卖盐的人。一时间闹得人心惶惶。

"捕盐"令下发到鄞县后，王安石只派人贴出布告，并没有实施。他还写信给转使运，讲明"捕盐"对百姓的骚扰，劝转运使收回发到各县的布告。

在唐代诗人中，王安石最推重杜甫，因为杜甫心系苍生。在知鄞县任上，王安石得到二百余首当时没有流传的杜甫诗稿。皇祐四年（1052年）的五月，王安石把这些诗编成《老杜诗后集》，使其与已经在民间流传的杜甫诗集并行，并为之作序。

皇祐二年（1050年），王安石在鄞县任期已满，回京城等待调用。他在鄞县留下了不错的政绩和好的口碑，也留下了自己早夭的长女。临走前，王安石乘一叶扁舟来辞别自己的女儿，并作诗《别鄞女》："行年三十已衰翁，满眼忧伤只自攻。今夜扁舟来诀汝，死生从此各西东。"

舒州通判

皇祐三年（1051年），朝廷的任命状下来了，王安石被任命为舒州通判，加殿中丞。其实就在这一年，王安石还是有机会任馆职的，但是他仍主动放弃，赴舒州上任去了。

舒州，即现在安徽省潜山一带，地理位置相对闭塞，但却有种当年陶渊明笔下"世外桃源"的味道。当时王安石坐船而来，上岸以后，漫步走在山间小路上，路两旁的繁花野草争相斗艳，树木郁郁葱葱，蜿蜒立于小路旁。远处雾气迷漫了整座青山，好似进入了仙境一般。虽已初夏，却有丝丝凉意，王安石深深吸了一口山间清气，顿觉沁人心脾。

三国时的周瑜就是潜山人。王安石一到，便兴高采烈地到处询问：周公瑾故居在哪里？但当地人根本没听说过这个人，都说不认识，只有一个弯腰驼背的老头瞪大了眼睛听王安石问了半天，终于恍然大悟，明白过来了。他急忙拉着王安石衣襟向前指点道："这里我年龄最大，见识最广，你算是问着了，除了我知道，没别人知道。前面再走三里路，转过山梁，那棵老槐树下面，就是周公井，水好着呢。"

王安石在舒州，毕竟不是一把手，做什么事情总是要请示一下上级，自己不便越职言事，所以，王安石就偶尔抽出时间去山里转一转，写了不少诗，今录其一首《题舒州山谷寺石牛洞泉穴》：

水泠泠而北出，山靡靡以旁围。
欲穷源而不得，竟怅望以空归。

王安石在游玩的同时，还四下走访，了解山中百姓的生活，发现他们都很穷困，王安石曾感慨作《感事》长诗，诗中写道：

丰年不饱食，水旱尚何有？
虽无剽盗起，万一且不久。

这首诗表现了王安石对当时百姓的穷困现状相当担忧，并进一步描写农民的凄惨情况：农民们如此穷困，官吏们却为所欲为，到处敲诈勒索。而农民们田地里的庄稼没有收成，肚子都吃不饱，更拿不出钱来，他们一味地哀诉乞求，得到的却是官吏的鞭打棍敲。冬天天冷少粮之时，许多老弱病残者就会悲惨地死去。但官府的粮仓却紧紧关闭，正所谓"朱门酒肉臭，路有冻死骨"。王安石来到这个荒凉落后的州郡为知州的副手，大事不能自己做主，不能替百姓分忧解难，心里常常惭愧内疚。虽然对农民有哀怜同情之心，却又拿不出十分有效的办法。

诗的最后，王安石提出，希望同僚和朋友也与自己一样，为百姓担忧和感伤。尽力为老百姓做一点实事。诗写得平淡朴实，虽然没有"大江东去"的狂放与豪迈，但却是王安石内心真情的自然流露。面对农民窘迫的生活情况，王安石向知州王琪提出在舒州放青苗钱救民，但却被一口拒绝。

王安石并没有因此而放弃，官府不愿出面，王安石又想到了另一条途径，就是请民间有能力的富豪大户出面借钱救困。因为各地大户的手中集中了大量的良田美地，应该有这个能力。

大宋对土地兼并的政策很明确："本朝不抑兼并。"在这种情况下，富人越来越富，往往"富有弥望之田"，而穷人则越来越穷，"贫无立锥之地"。

王安石在地方工作多年，对这一现象了解很深刻，曾作《兼并》一诗。王安石在诗中建议必须对兼并之家加以制裁和打击。在《兼并》诗成之后，王安石还写过一首题作《寓言》的诗。

在《寓言》中，王安石说：如果谁家遇到婚丧嫁娶却无钱操办，政府就应该借给他钱以解除其忧愁；如果谁家无钱种地，政府也应借给他粮食种子以帮助其度过危机，等到万物丰盈时，再收回本利，物质缺乏时我再拿出来帮助百姓；如果做官的不明白这些道理，只是空谈抑兼并，是没有任何意义的。

由此可见，王安石抑兼并的本质就是救困、扶危、养民。

为了能向大户借钱救困，王安石到处奔波，但并没取得什么结果。因为这里的人都很穷，没有人能出得起钱。

在王安石科举高中直至任舒州通判的这些年中，有几件事值得一提。

第一件事情是欧阳修上书推荐王安石。王安石的好友曾巩虽然两次科举落第，但是他的才华深得朝臣欧阳修的赏识，两人的关系较为亲密。王安石中科举后，曾巩就曾向欧阳修推荐过他，曾巩称：

> 巩之友有王安石者，文甚古，行称其文。虽已得科名，然居今知安石者尚少也。彼诚自重，不愿知于人，然如此人，古今不常有。今时所急，虽无常人千万，不害也。顾如安石，此不可失也。

欧阳修当时的态度如何我们不得而知，但是据常理分析，欧阳修赞赏曾巩的学问，而曾巩又如此高抬王安石，欧阳修自然不会等闲视之。嘉祐元年（1056年），欧阳修上书推荐王安石，称其"学问文章，知名当世，守道不苟，自重其身"。

第二件事情，就是当时有一个叫陈襄的官员本着为国求贤的目的，向朝廷呈上《上荐士书》，书中推荐的人才中就有王安石。陈襄称其："才性贤明，笃于古学，文辞政事，已著闻于世。"

值得一提的是，那篇著名的游记《游褒禅山记》就是在舒城任期内写的。

不开心的京官

至和元年（1054年），王安石二十四岁。这一年，朝廷破格任命他为集贤院校理。不到一年，在执政大臣欧阳修的推荐下，又任命他为群牧司判官。

群牧司是真宗朝所设,专管全国马政,直属枢密院,一般情况下由枢密院副使任一把手。王安石所担任的群牧司判官是在群牧司下设的判官厅工作,职务比集贤院校理稍有升迁,而且待遇比较优厚。事已至此,王安石也不好再推辞,只好赴任去了。

但任命刚刚下来,却出现了一个小小的插曲。

当时有一位馆阁校勘名叫沈康,在朝廷已经是任职多年了,听说王安石被破格提任群牧司判官,一肚子不高兴,就直接找到宰相陈执中,希望能够任命自己为群牧司判官。

陈执中回答说:"王安石推辞召试,把机会让给别人,朝廷欣赏他淡泊名利,所以特别给予恩惠,岂是论资历来任命的?朝廷设馆阁,为的是优待天下贤才,就当以德为先,你却直接来抢,和王安石比,情何以堪!"

一通话,让沈康惭愧不已,沮丧地退了下去。

王安石到群牧司任职之后,认识了一位同事,名叫司马光。

司马光,字君实,陕州夏县(今属山西)人。他比王安石大两岁,早两年中进士。他们有类似的品格和志趣:不爱官职,不殖货利,勤奋刻苦,才高学富。他们也有类似的作风和习尚:不嗜饮酒,不好声色,不喜奢侈,酷爱读书。他们甚至还有相近的秉性和共同的怪癖。因为有这许多共同点,他们彼此互相"倾慕之心,未始变移",就连租住宅,王安石也要和司马光作邻居。

虽然有这样的益友为伴,王安石的群牧判官生涯还是十分痛苦。因为这个职务太清闲了,他觉得自己正处在大展宏图的好时光,可以为百姓效力,却不得不在这里蹉跎岁月。而且他感觉和这些京官在很多方面都格格不入,在官场上有一种被排挤的感觉,远没有自己做地方官时的自在与洒脱。

群牧司的长官叫群牧使，此时的群牧使正是大名鼎鼎的包拯。这位"包青天"碰上了"拗相公"，两人还发生了一件有趣的事。

一天，正是春深时节，群牧司衙门院子里的一池牡丹开了，花团锦簇，开得热闹，谁见了都忍不住赞赏一番。恰好这一段没有什么公事，包拯一时兴起，就命在院内摆了酒席，司官们一起饮酒赏花。百无聊赖的官员们闻听此信一个个兴致勃勃，大家围了酒席坐定，饮酒赋诗，一时气氛颇为愉快。

然而，包拯注意到，席间两位才俊王安石和司马光却从不举杯。包拯于是问道："今日欢会，两位为什么不饮酒？"王安石和司马光忙欠身回答："属下素不饮酒。"

性格豪爽的包拯哈哈大笑："平时不喝可以，今天不喝不行。大家摆酒欢会，一人向隅，举坐不欢。不行不行，倒上倒上。"

仆役忙给他们两人倒了酒。但是这两个人还是不举杯，推辞说实在不能喝。包拯有些不高兴了，站起身来，走到他们两人席前，亲自拿起杯来，端到司马光面前："少喝一点也无妨。来，我敬你！"事已至此，司马光没有办法，只好站起来满饮了此杯。

包拯又端起王安石的杯子说："你呢？"

王安石站起身来一躬："属下平生不饮酒。"

包拯端着杯子说："今天大家高兴，你就开一回戒嘛。酒虽伤身，少饮无害。来，干了此杯！"

王安石还是不喝："属下确实不会喝酒，还望大人见谅！"

大家看包拯端着杯子站在那里有些难堪，便纷纷过来劝解："介甫，包大人站着呢，你不能不喝。"

然而，不管大家怎么劝，王安石就是不喝。这也太不配合了。最后，没有办法，包拯只好自己找了个台阶下："介甫做事规矩硬，可敬可敬！"笑眯眯地回席了。

此事之后，同事们彻底见识了王安石的固执。王安石的性格就是这样，只要是他自己认为对的，不管别人怎么说，他也不会丝毫动摇。王安石的这种性格在官场上是不受欢迎的。许多年后，当神宗皇帝想重用王安石，询问身边大臣吴奎，吴奎说："臣尝与安石同领群牧，见其刚愎自用，所为迂阔。万一用之，必紊乱纲纪。"

王安石在任群牧判官两年多的时间内，他写了十多封请求信给朝廷，要求外放为官。他的理由主要是两条，第一条是家里老人比较多，现在小的也长起来了，这都需要人照顾，他要到地方上去做官，比较方便照顾他们。他还说，自己的老父亲、哥哥嫂嫂，都是客居他乡的时候去世的，没有归葬到老家去，如果他老是待在京城里的话，处理这些事就比较麻烦。第二条是自己身体不好，早年学习过于刻苦，用脑过度，导致头昏失眠，京城里边不比地方，杂七杂八的事太多，所以自己不胜脑力，要到地方去做官。当然，这都是谦词。

王安石还是想做地方官，希望朝廷在东南方向选一个偏僻的州县，让他去治理，施展平生所学，实现自己的政治理想。

在京期间，有一年王安石写了一篇文章，题目叫《通州海门行利记》，内容是称赞海门县县令沈起的为政之道。他说这沈起的官是很小的，而他做的事情却很多，他修了防潮的大堤，疏通了河道，灌溉了农田，减少了赋税，收罗流亡的人口，做得很好，每样事情都是踏踏实实地，都是让老百姓得到了实惠。

有人就跟王安石说，沈起七品小官，你犯得着给他写这文章吗？王安石说沈起的官虽然小，但他做的事情非常重大，我们整个大宋朝就是由这样一个一个很小的县,一个一个很小的县官组织起来的,如果每个年轻官员都能踊跃到基层,去为民生谋利益,那百姓的生活就会变好。他痛恨那种只讲排场只讲脸面不干事的人。

与他给沈起写文章形成鲜明对照的是,当时有个官员叫钱公辅,钱公辅知道王安石的文章写得好,便请他给自己刚去世的母亲写个墓志铭。王安石说没问题,不久就写完交给了钱公辅。钱公辅一看很不满意,说把他母亲写得一点都不伟大。钱公辅科举考中第二名,还做过通判,他觉得必得有个伟大的母亲才生得出他这样伟大的儿子。王安石最看不起这样的人了,他在给钱公辅的回信里写道:

"贵为天子,富有天下,苟不能行道,适足以为父母之羞,况一甲科通判。"

意思是,哪怕是贵为天子,做事做得不地道,也会让父母蒙羞,更别说你这科举第二名的通判了。

他就是这么一个执拗人,说话不留情面。

在十多次请求之后,朝廷终于批准了王安石的请求。嘉祐二年(1057年),三十六岁的王安石出任常州知州。朝廷命他五月离京,七月到任。消息传来,王安石掩饰不住内心的喜悦之情,随即赋诗一首:

二年相值喜同声,拜麾尘沙眼亦明。
新诏各从天上得,残樽更向月边倾。
已嗟后会欢难忘,更想前官责尚轻。
黾勉敢忘君所勖,古人忧乐有违行。

常州知州

王安石于五月处理完公事,和京城里的几个朋友简单道了别。梅尧臣见王安石仍如此朴素,非常敬佩,曾写过一首《送介甫知毗陵》送给王安石,对王安石简约的作风进行了赞扬。

……每观二千石,结束辞国都。丝鞯加锦缘,银勒以金涂。兵吏拥后队,剑挝盛前驱。君又不若此,革辔陪泥乌;欷行问风俗,低意骑更驽。下情靡不达,略细举其蠹。曾肯为众异,亦罔为世趋。学诗闻已熟,爱棠理岂无。

梅尧臣在诗里抨击了那些只知向老百姓逼钱催租的地方官员,讽刺了爱摆架子喜好前呼后拥的庸官俗吏,称赞王安石不随波逐流,一身清风明月,光可照人,实为当世之师表。

王安石在奔赴常州路上生了一场病,有一个儿子也夭折了,一路伤心,走走停停,七月才到常州任所。

到常州以后,王安石还是和在鄞县的时候一样,大力兴修水利,发展当地经济。当时的常州是江南富庶之地,鱼米之乡,农民的基本生活还是能得到保障的,所以,王安石并没有在常州推放青苗钱。

王安石了解到,常州地处江南水乡,特点就是水多地低,常州要发展,还是应该大力整顿水利,开挖运河,这样不但可以将多余的水排走,解决一直困扰这里农民的涝灾问题,还可以将大量的洼地腾出来变为良田。

这个想法，应该说是很合理的，判断也相当科学，所以王安石在稍作准备以后，就立即着手筹备开挖运河的工作。但这一次，王安石算是初步体会到了改革的艰难与阻力。

说干就干，王安石立刻开始筹划建设。但是这条运河很长，要穿越好几个县，工程浩大，如果按照在鄞县时那样，靠老百姓义务出工是行不通的，还需要和各县的官员共同协商。

然而，出乎王安石的意料，大家都不同意这个计划，官员们说，开凿运河是常州历史上从来没有过的事情，开凿了以后会使一些河流改变原来的流向，是利是害谁也说不清楚。再说，义务征调百姓，牵扯的事情太多，不利于与农民的关系，大家都认为多一事不如少一事。

王安石并没有以官压人，勒令大家服从，而是做了许多的工作，大部分知县架不住王安石苦劝，同意出工。只有宜兴县知县，也就是王安石变法的死对头——司马光的哥哥司马旦，此人和司马光一样，都是头脑一根筋，出了名的倔，只要他认准的事情，不管你是何许人，他也绝对不服从。对于王安石这一套，司马旦一直拒绝配合，宜兴县绝不出工。巧合的是，王安石也是个倔脾气，他并没有受到司马旦的影响，也没有再去和他啰嗦，与其做一些无谓的工作，还不如争取时间多做点事，于是他决定立即开工。

然而人算不如天算，工程还是遇到了很多的困难。首先是由于各县的官员动员不力，并没有多少老百姓愿意义务出工，每个县派出的仅仅只有几十名百姓，而且多数还是老弱病残。司马旦做得更绝，干脆一个百姓也不出，恰好在这个时候又赶上了连日下雨，生病的人越来越多，工程只好暂停了下来。

对于诗人而言，颇有诗情画意的江南绵绵细雨，却着实让王安石忧心忡忡，奈何老天不帮忙，他也只好等待。因此开凿运河的工作受到了极大的影响，几乎没有进展，待到天气放晴的时候，又到了农忙的季节了。

但王安石并没有放弃，他准备等庄稼收完以后，再行开工。但是天不遂人愿，王安石调任他处的任命很快就下来了。这次的任命是提点江南东路刑狱。因此王安石在常州的这项工作只好半途而废了。

这时，王安石接到了刘敞的一封信，说起这个刘敞，他也算是王安石在京城的一个故交。在这封信里，刘敞劝王安石到了地方以后，没必要和自己的上官闹得不愉快，有时清静无为，也未必就不是一个好官。

王安石给刘敞回了一封信，即《与刘原父书》。在信中，王安石首先说明自己当时的心情，对开挖运河失败表示"愧恨无穷"。王安石继续说："若夫事求遂，功求成，而不量天时人力之可否，此安石所不能，则论安石者之纷纷，岂敢怨哉。"这是王安石深深的自责，他太希望这件事情能够成功，所以没有仔细地考虑到天时人力，以致有此一失，受到大家的批评，但我王安石并无怨言。

但是，王安石对刘敞责备他"初不能无为"，则不以为然。"此非安石之所敢闻也"，王安石指出，"今方万事所以难合而易坏"，也就是说天下的事情，之所以败坏到如此程度，就是因为有些人常常以"无为"自居。应该说，王安石对刘敞观点的辩解还是有一定的道理的，他对北宋社会的看法同样是有一定的见解的。这也从另一个侧面反映出了当时为官之人的一些状态。

宋朝的官员调动频率之快着实让人瞠目结舌。王安石于嘉祐二年（1057年）七月到常州任职，嘉祐三年（1058年）二月就调任新职，在常州只干了不到八个月，由于任期的短暂，致使王安石开凿运河的希望化为泡影。尽管王安石心有不甘，亦不想半途而废，但他也无能为力。为此他亲笔给参知政事曾公亮写了一封信，请求能在常州任满一届，但没有获得批准。所以就在嘉祐三年四月闷闷不乐地离开了常州。

王安石不愿意离开常州是有众多原因的。其中一个主要的原因就是因为他年老多病的母亲。提点刑狱需要他长时间在外奔波，居无定所，他自己对此倒是无所谓，但是却苦了他的老母亲。此时母亲正需要王安石在身边照顾，王安石是个有名的孝子，他实在不愿意看见母亲在风烛残年之际还孤单一人。

但是作为一个深受儒家思想影响的知识分子，王安石深知自古忠孝难两全，于是又风尘仆仆地就任新职了。

巧的是，这里所提到的沈康，就是前面说的那个跟陈执中要官的沈康，此时他的职位正好和王安石互换了一下。这个沈康，由于他的能言善辩和善于钻营，他升官的速度比王安石还快，在江南东路刑狱任上时，此人断案愚蠢，欺上瞒下，声名狼藉，谏官陈旭直接上书，请求朝廷将沈康与王安石对调。

斗鹑案之争

提点刑狱这个官职，说得直白一点，已经是一路（宋时将全国分为若干路）比较重要的领导人了。凡涉及鸡鸣狗盗、坑蒙劫掠等社会治安方面的问题，都归提点刑狱所管辖。此外还要监察部下官吏，勤政为民的官员，还要负责向朝廷推荐，职权算是相当大了。提点刑狱往往没有固定的工作地点，要在属下各州县四处巡视，看到哪里有冤案错案，立马处理，若碰见有贪赃枉法的官员，提点刑狱也可以将其革职查办。

任命王安石为提点江南东路刑狱，并不是因为王安石的文采，而是王安石早有明断慎查的名声。早在鄞县任职时，王安石办案就小有名气。他从来都是秉公执法，严格按照大宋律法办事。由于他的严谨固执，有时还有点钻牛角尖之嫌。然而，他的逻辑思维比较强，对律法也非常熟悉，因此办案的时候，总能让案件水落石出。邻县县令有难案无解的，往往会请王安石帮忙决断。余姚县就有一个疑难案件经过县、州、转运使三级审理，都难以决断，当时的提点刑狱特意请王安石前往裁定，王安石毫不费力，裁决一出，上下皆服其精妙，因此王安石更是名声大振。

宋时江南属富庶之地，经济发达，人情也较为复杂。王安石在这里就遇到了一些比较难断的案子。其中最有名的当属斗鹌案。

话说有一个富家子弟喜欢斗鸡玩鸟。有一天，他在花鸟鱼虫市场上淘来一只好斗的鹌鹑，它的羽毛非常漂亮，与别的鹌鹑斗起来勇猛剽悍，经常获得冠军。小伙非常喜爱这只鹌鹑，经常带着它到街市上玩耍，向朋友炫耀其本领高强。

他的一个要好朋友看中了这只鹌鹑，很想弄到手，自恃两人平时关系处得不错，他好话说了一大堆，央求小伙把鹌鹑送给自己。夺人所爱，非君子所为，小伙岂肯割爱相送。于是朋友趁他不注意，抢了鹌鹑，拔腿就跑。小伙子见状大怒，于是紧追不舍，争抢之中把这个朋友杀了。

此事发生以后，当地的官府判这个富家子弟故意杀人，依律，杀人偿命，应该斩首示众。被斩之家当然不愿意，就上诉，正好王安石巡回视察，拿到了这个案子。王安石仔细分析了案情，又了解了当时的一些情况，对案子进行了改判。

王安石认为，抢斗鹌之人不经富家子弟的同意，强行拿走别人的东西，"按律，公取、窃取皆为盗"，他的行为已经构成"盗"，而根据律法，"追而杀之，是捕盗也，虽死当勿论"，把富家子弟定名为"捕盗"，依律不应该判死刑。不但如此，王安石还弹劾开封府判罪过重，需要处分。

王安石的判决一出，立即引起了很大的轰动，常人都认为二人平时是好朋友，这件事的行为只能算是开玩笑过了头，不能算是"盗"，因此主审官也不服，案子遂闹到了大理寺，大理寺最后判定以主审官所判为准。这个大理寺的官员就是少有神童之名的大理寺卿韩晋卿，他认定王安石判决有误，要求改回原判，富家子弟的罪名仍为杀人，应予处斩，并且责令王安石写书面检查。王安石却拒不认错。于是韩晋卿上书朝廷，说王安石应该受到降级处分，并要求以朝廷名义责令王安石进行检讨。

仁宗有心大事化小，便下诏免了王安石的罪。皇帝免罪，官员理应上表谢恩，但王安石却拒不上表谢恩，他对其他官员说："我本来就没错，为什么要谢恩？"估计在宋朝，拒不上表谢恩的，也就只有王安石一人了吧。

此事最终也就这样不了了之了。

古时断案，有一个原则，叫"春秋决狱"，意思就是有什么案子拿不准的，可以把孔子的《春秋》拿过来仔细研读，或者根据董仲舒依《春秋》作出的判例，进行一定的比对，依此来对案件进行宣判。至于法律文书，倒是排到了第二位。这种做法虽然到唐朝就已结束，但宋朝的法律基本上已经做到了"礼法合一"，所以，宋朝仍然受到了春秋决狱的影响，对同一个案子的断决，不同的文化水平和认知水平，往往会给出不同甚至是相反的判决。

王安石断过的好几个案子，都曾引起过巨大的争议，有的直接惊动了朝廷，其中尤以后来的登州阿云案最为有名。不过这个案子不是他担任提点刑狱时的事，而是十年后担任宰相期间。

话说熙宁元年（1068年），登州妇女阿云因不满未婚夫相貌丑陋，就趁未婚夫在田里休息时，用剪刀连捅未婚夫三十多刀，但未婚夫未死。事后，阿云向官府自首。案情并不复杂，但却因党争的关系，层层上报，最后这么一个普通民女的刑事案件竟然要当朝两位丞相司马光和王安石亲自参与审理，要当朝皇帝宋神宗亲自加以裁决。改革派王安石等人认为阿云谋杀未遂，又有自首情节，应判三十年以上有期徒刑。保守派司马光等人忽视客观案情，匪夷所思地将阿云这个平民女子的生死同国家社稷的存亡联系起来，认为如果不杀阿云，"夫为妻纲"的天道伦常就要崩溃，而伦常的崩溃将直接导致国家的混乱和灭亡。宋神宗最后支持了王安石一派，亲自判决阿云三十七年有期徒刑。不过，这事还没完，十六年后，宋神宗去世，哲宗年幼，高太后启用司马光总理朝政。没想到，多年来司马光竟一直对"阿云案"耿耿于怀，上台后，立刻翻案，将阿云以"大逆"的罪名处死。司马光这么做完全就是挟怨报复，草菅人命。而且此恶例一开，以后历代，只要是妻子谋杀丈夫，不论动机什么，成功与否，有无自首情节，都几乎必死；相反，丈夫谋杀妻子，则往往被从轻发落。

王安石在江南路的日子过得并不得意，由于不是主官，他自己又不愿意和当地的官僚同流合污，所以关系处得并不融洽。由此很多人对王安石产生了一些误解，认为王安石做事刚愎自用，听不进意见。这一说法传到了曾巩耳朵里，他还专门写了一封信劝王安石要随俗一些，不可太过于独断专行，否则很不利于仕途的发展。王安石看后立即回信道："江东得毁于流俗之士，吾心不为之变。吾之所存，固无以媚斯而不能合流俗也。"

王安石倔强的性情，溢于言表。

第二章　兴王只在笑谈中

宋神宗一听王安石到京了，异常兴奋，马上召其进宫面谈。这一著名的君臣会，标志着王安石变法的序幕缓缓拉开。一个是雄心勃勃的少年君王，一个是满腹经纶的才子贤臣，为了同一个目标坐在一起，问答间时时碰撞出思想的火花。王安石已经不是那个初出茅庐的书生了，面对宋神宗的询问，王安石胸有成竹，侃侃而谈。

盛世背后的危机

王安石在江南东路提点刑狱任上只干了半年左右，朝廷又一次把他调入京城，出任三司度支判官。时间在嘉祐三年（1058年）十月。

接到入京这一消息，王安石喜忧各半，喜得是他可以离开江南东路，不再做这个无聊的提点刑狱了；忧的是，他又得进京，做终日无所事事的京官了。为此，他给富弼写了一封信，要求"裁赐一小州，处幽闲之区，寂寞之滨，其于治民，非敢谓有能也，庶几地闲事少，夙夜尽心力，易以塞责而免于官谤也"。

三司是国家财政总理单位，度支判官是财政部门的官员，职责是"掌天下财赋之数，每岁均其有无，制其出入，以计邦国之用"。职权非常大，对全国的财政情况了解得也比较透彻。

王安石上任以后，每天都要核算国家的收支情况，算到最后，结果令他大吃一惊：朝廷的财政收支严重不平衡，赤字巨大，官员和兵员日益增多，使财政不堪重负。他隐约察觉到太平盛世背后的深重危机。

宋初的"马上天子"以武力开基，而以文治靖国的方略，把开拓建功的汉唐雄风转变而为保守的集权体制。纵观中国历史，几乎没有哪一个朝代聚合着如宋代社会这样尖锐的矛盾和这样普遍的冲突。

由于宋初皇帝实行政府机构的相互制衡，政府机构林立，人浮于事，官僚主义在宋代得到很大发展。

为了防止分裂擅权而施行的一系列分化事权、互相牵制的措施，又影响了办事效率，也窒息了官员的奋发热情而助长了因循苟且、人浮于事、互相推诿的官僚作风。

官员的晋级不按政绩，而只按资历。在人事配置上，不仅必须体现皇帝的意志，而且通过官员司职、差遣制度的相互掣肘来控制官员的权力。"官以寓禄秩、叙位著，职以待文学之选，而别为差遣以治内外之事"，有官不一定有职有权，许多职权是以临时差遣形式来实现的。

对于各级官员，还有一套监察机构进行监督，使得官员们"各不相知"，小心谨慎，恪守本职。他们不必求功，惟愿无过，平安熬过三年便可以"磨勘"升官。在官衙重叠、人浮于事的官场上，谁还没事找事愿去捅马蜂窝呢！

再说经济。宋初，经济政策上的宽松，促进了经济生产的恢复与发展，劳动者的人身衣附关系大大松弛了，从而提高了他们的生产积极性。与此同时，"不立田制""不抑兼并"的自由政策，又深化了土地的集中化和贫富的两极分化。"贫者愈贫，富者愈富"，激化了社会矛盾，往往激起民变。大土地占有者往往隐田漏税，不守法纪，使国家财政收入受到影响。尤其是那些沾着"官气"的士宦之家，他们占田无数，却不照章纳赋，还横行乡里，欺压贫民。"富者有弥望之田，贫者无立锥之地"，反映了经济结构的激烈冲突与社会矛盾的深化。

与物质财富的大幅度增产同时，宋朝廷采取了相当苛严的赋税收征政策。公田之赋、民田之赋、城郭之赋、丁口之赋并存，此外还有工商税等等。在征纳办法上，也变化各种手段，"支移""折变""加耗"等巧取豪夺之法无不应用，变相地增加交纳额。宋代劳动者的负担是很重的。

宋太宗曾经承认当时的赋税"两倍于唐"，事实上还不止如此。随着时光的推移还有不断增加的趋势。林勋是北宋后期的人，他讲宋代的赋税是唐代的七倍之多！朱熹也认为，古时候苛剥下民之法，宋代都已采用了。

唐末分裂割据局面的形成，也在于地方财权握在了节度使手中。因此，宋太祖十分重视财权的集中。他按照赵普"制其钱谷"的意见，一方面加强了由皇帝直接控制的财务，另一方面强化对地方财政的控制，以防止尾大不掉的局面产生。

地方财政由中央派到地方上的转运使主管一路财赋，并负责运往京城，取代了以往节度使对地方财政的控制，希图"如臂使指"般地有效控制地方。对地方上的经济事务，也由中央财政系统加强了控制。

然而，地方上对中央阳奉阴违，官吏有意不按中央规定行事和隐田漏税等花样层出不穷。"留州""留县"这些术语，就是指地方上留下一些财物，以满足地方的需要，甚至是中饱私囊。

在军事上，宋朝一直面临北方游牧民族政权的危胁，不得不花费相当巨额的费用"养兵"。古今之人异口同声地感叹，宋代养兵之费，大致占整个财政支出的十分之八九！但宋廷对武将的防范和兵制配置、指挥等等方面的不善造成了宋军战斗力低下。增兵与兵弱也形成恶性循环。宋太祖时军队总数才22万，太宗至道年间达66万，真宗天禧年间为91万，仁宗庆历年间激增到126万之多。

战争的耗费、屈辱的赔款、养兵的需要，势必给赵宋政权财政以沉重的打击，更加加剧了社会的负担。庆历年间宋朝的财政亏空，每年高达300万缗以上，国家财政三司系统靠向皇帝的内库借钱来维持巨额的支出，出现了严重的"积贫"现象。欧阳修曾叹息："财不足用于上而下已弊，兵不足威于外而敢骄于内，制度不可为万世法而日益丛杂……"可看作这时社会矛盾的写照。

冗官、冗兵、冗费——"三冗"，和积贫、积弱——"两积"，宋朝立国之后逐渐酿成的严重社会危机，像社会肌体上长出的两个大恶瘤，伴随着时光的演进，越来越深地侵蚀着宋王朝的肌体，动摇着赵宋的统治。

改革声浪

赵宋立国半个多世纪以后的社会危机，到仁宗朝已成燃眉之势，此时，不少"以天下为己任"的大臣，纷纷上书朝廷，要求革新政治。尽管他们的主张不同，但要求改革的呼声是一致的。

仁宗执政时，宋祁、包拯、富弼、欧阳修等人都提出改革的要求。这时的改革呼声，主要针对的是财政弊端和吏治腐败，要求去冗费清政治，就连一向较为因循的宰相吕夷简也提出过八条改革措施。可见当时主张变革的声浪已成为朝野共识的大潮。

在这股改革大潮中，范仲淹是一位中心人物。

范仲淹，字希文，苏州吴县（今苏州市）人。他的祖上本是仕宦之家，但他两岁的时候父亲去世，后来母亲又改嫁，家道中衰。但他读书刻苦，大中祥符八年（1015年）二十七岁时，登进士第，步入仕途。他在出任地方官时，兴修水利，创办学校，关心百姓疾苦，获得清正的好名声。后来被荐入朝，他敢于直言，不畏权贵，针对政府吏治的种种弊病，提出了改革方案。庆历三年（1043年）仁宗任命范仲淹为参知政事（副宰相）。当年九月，宋仁宗一再下诏敦促范仲淹、富弼等人提出一个能使天下太平的改革方案来。

范仲淹综合了各种变法主张，当月写成了一份系统的改革方案《上十事疏》，明确指出建国八十年，"纲纪制度日削月侵"，非更张不可了。十条建议是：明黜陟、抑侥幸、精贡举、择长官、均公田、厚农桑、修武备、减徭役、覃恩信、重命令。

这十条方案可以说是集中了当时要求变革的主要意见，其核心是改变以往文官三年一升、武官五年一迁的"磨勘法"，要求

— 37 —

对官员进行严格的考试，按政绩好坏决定升降，以革新官场上"人人因循，不复奋励"的弊病。另外，要求改变恩荫冗滥，官宦子弟与"孤寒争路"的状况，并且建议改革科举"专以词赋取进士，以墨艺取诸科"的旧办法。为了有效地选拔有才干的人，要求"教以经济之业，取以经济之才"，使能经世致用的人才补充到统治阶层中来。再就是中央对地方官的委派往往"不问贤愚，不较能否"，地方官员素质太差，建议今后要由中书省和枢密院负责严格选择地方官，以革新吏治。均公田、厚农桑、减徭役等条，有利于保护生产的发展和赋役的均平。覃恩信和重命令主要要求朝廷言而有信，颁布的条法要落实，以取信于民。

在范仲淹条陈十事的前后，富弼也上"安边十三策"和当务之急的十几条革新建议。韩琦先奏七事，又陈救弊八事。这些都是对范仲淹所陈十事的补充。他们的目的在于通过革新吏治，加强官僚政府的管理职能，以维护统治秩序的稳固。

宋仁宗基本上接受了这些建议，从庆历三年（1043年）十月到庆历四年五月，陆续以诏令形式将革新办法颁行全国，付诸实施，史称"庆历新政"。

庆历新政

实施新政必然触及因循腐败的某些官僚权贵的利益，实在是知易行难。范仲淹坐镇中央，每当得到按察使的报告，就翻开各路官员的花名册把不称职者的名字勾掉。枢密副使富弼平时对范仲淹十分尊敬，这时见他毫不留情地罢免了一个又一个官员，不免有点担心，从旁劝止说："您一笔勾掉很容易，但是这一笔之下可要使他一家人痛哭呀！"

范仲淹听了，用笔点着贪官的名字愤慨地说："一家哭总比一路哭要好吧！"

在范仲淹的严格考核下，一大批尸位素餐的寄生虫被除了名，一批干才能员被提拔到重要岗位，官府办事效能提高了，财政、漕运等有所改善，暮气沉沉的北宋政权开始有了起色。朝廷上许多正直的官员纷纷赋诗，赞扬新政，人们围观着改革诏令，交口称赞。

这样一来，朝中那些反对派再也坐不住了。先是宰相章得象起来反对，他策动一些谏官，弹劾范仲淹等人结成"朋党""怀奸擅权"，极尽诽谤之能事。夏竦更是不择手段地进行栽赃，他让人模仿拥护新政的官员石介的笔迹，写了一张废立皇帝的诏书草稿，声言是石介代替富弼写的，到处散布，以便激怒宋仁宗，而置改革派于死地。

中伤、诽谤使范仲淹、富弼深感压力重重，壮志难酬。他们要求离开中央去做地方官，以避锋芒。宋仁宗也因受到流言的蛊惑，降低了推行新政的热情，同意放范、富二人赴外任。庆历四年（1044年）六月范仲淹出任陕西、河东宣抚使；八月富弼出任河北宣抚使。次年，他们又遭贬黜。朝中支持"新政"的官员，大多也被贬到了地方。

"庆历新政"仅仅持续了一年左右就偃旗息鼓了。

范仲淹满怀忧愤被贬出朝廷之后，于庆历六年（1046年）九月留下传古今的名篇——《岳阳楼记》。其中"先天下之忧而忧，后下之乐而乐"这一脍炙人口的名句,典型地抒发了宋代士大夫的社责任感,在宋代乃至后世的士人群体中产生了巨大的影响。

"庆历新政"虽然很快失败了,但是宋代士人风骨却得以振奋。在严重的社会危机之下,正直的士大夫并没有放弃改革的努力。

就在"庆历新政"的同时,宋朝的边患依然没有松弛下来。庆历四年,西夏元昊上表称臣,要求每年赐与大批银、绢、茶叶,以此作为不进攻宋朝的条件。宋仁宗不仅"一皆如约",还加赐黄金带、银鞍勒马、银二万两、绢二万匹、茶三万斤,仍采取用财富换和平的传统方略。仁宗还赐元昊一枚"夏国主印",仿佛夏真的臣服安定了。实际上,元昊称臣只是为了获取实利罢了,他一刻也没有放松备战。

宋仁宗当然也心知肚明,只是在武力上难以战胜对方,而且北边的辽国也虎视中原,不时进行侵扰,在国内还有严重危机的状况下,宋仁宗便只能采取传统的两手,一方面用钱买安定,一方面大规模扩军。庆历年间宋军激增到126万人,比建国初增加了一百多万!

但是,上述措施却进一步加剧了恶性循环,财匮与冗兵的压力更加激化了社会矛盾。"三冗"和"两积"的危机,紧紧扼住了宋廷的咽喉。

这种状态直至仁宗逝世也没有好转。仁宗朝是自建宋以来在挥霍、赏赐等方面最体面排场的一朝,奢侈之风难以止住。仁宗死后大办丧事,而且大赐遗留财物给百官,罄尽国库所有。这不仅进一步恶化了仕风,而且必然加重对百姓的盘剥。

不断激增的消耗,以不断激增的收入来补偿;而不断激增的收入,又是以更为严酷的盘剥百姓为代价的。不断加重的搜刮,使疲惫之民处于水深火热中,被迫铤而走险,各地不断发生民变。

然而,由于庆历新政的失败,朝中官员很少有人再提改革,那些参与了庆历新政的人,如富弼等,也因为失败的挫折而一蹶不振,丧失了锐气。

史学家吕思勉曾说:汉朝以前的政治家,总有从根本上改造社会的勇气,认为天下不该苟安下去;而自王莽改革失败后,政治家的眼光,亦为之一变,根本之计,再也没有人敢提及。社会渐被视为不可以人力控制之物,只能听其迁流所至。"治天下不如安天下,安天下不如与天下安",遂被视为政治上的金科玉律了。

庆历新政似乎告诉大家,要想改变这种几千年来沿袭下来的社会习惯和制度,那真是千难万难,自找苦吃。

惊天动地万言书

王安石胸怀伟大抱负和对国家的一片赤诚,决心上书仁宗皇帝,将他的变法主张和盘托出。这封上书长达万言,思想之深刻,论证之严密,思路之清晰,令人折服,它是王安石日后变法的思想基础。

在这份万言书中,王安石先指出仁宗是聪明睿智的帝王,而且仁民爱物,勤于政务,亲近贤臣,明辨正邪,这样的帝王本应使国富民强、天下大治,但是现实却是江山社稷并不稳固,又常常被辽、夏欺凌,财力日渐枯竭,世风日益衰坏,有志之士都担忧天下久不得安宁。究其原因,不是因为君主无能,而是因为不知法度。

虽然宋朝已经建立了较为完备的法令制度，但是王安石却认为当时的法度已经多不合乎先王为政之道，才会使百姓无法受到皇帝的恩泽。虽然距二帝、三王时间已经过去了一千多年，世事多有变迁，要想完全按照先王之政执行，即使只是做一两成，也是不可能的。但是，治理国家的道理，本末先后，却是相同的。所以，王安石的意思是，要仿效古人的治国思想，根据现实情况来进行变革，不至于骇人听闻。这与我们所说的"理论结合实际"颇为类似。

仅是皇帝想要效法古人的治国思想和法度还远远不够，关键还需要推动变法的人才。王安石认为，当时大多是因循苟且之辈，不只处于高位的人难以担当变革重任，隐匿于下面的贤能之人亦是少之又少。自己这么多年来从南到北数千里之间，发现能够推行皇帝法令，明晓轻重缓急，为国为民、尽忠职守的官员极少，贪赃枉法之徒却是数不胜数。而能够结合当时实际情况参合圣人之道提出合理的变革之法的人，常常一个郡里都找不出来一个。所以说，没有体会皇帝恩德并加以推广的人才，成为变革的最大障碍。往往皇帝下了一道有利于百姓的圣旨，上面官员尚且不能把皇帝恩泽推行及民，下层的小吏更是歪曲圣意，耍奸使滑，反使百姓受害，皇上虽有意为善，变革又如何能够进行下去？

为什么三皇五帝之时，有那么多的人才，而当时却人才极少呢？王安石以古时兴衰交替之时的情况为例，指出人才是需要通过帝王陶冶而成的。具体说来，就是用正确的方法培养、管理、选拔、任用官吏。对这四方面，王安石又分别进行了详细的解释。

培养人才方面，王安石指出，古时的天子诸侯，从国都到乡党都设有学堂，大量任用教人向道的先生，而这些人的选拔任用都非常严格；所教的内容也都是可以用来治国安邦的，如礼乐、刑政等。能够为国家所用的学识才是应该大力推广的；反之，如果只是为了应付考试，或增加个人文采而不能为国家所用，这样的知识则没有必要去教。

管理方法方面，王安石认为，应该给官吏较高的俸禄使其能够不因清贫而起贪鄙之念，同时用礼来约束他们，依法来制裁不遵循礼的人。大抵人要是穷困潦倒，就会被周围的人看不起，自己也会产生自卑。为了改变这种状况，就会不顾廉耻，做出不法之事。圣人明白人性如此，所以就给官吏较好的待遇，使其有足够的钱财应付日常开支，并能为子孙留下遗产，解除后顾之忧，这样，大多数官吏就不会把心思花费在如何获得钱财上。但是，如果给了官吏优厚的待遇，却不加约束，就会加速他们的腐败。以礼约束，若不守礼，就施以严惩，才能够令行禁止，国家大治。

选拔人才方面，需要从下而上经过层层筛选。然后根据其德行大小、才能高低给予合理的任用。选拔人才不能够只靠耳闻目睹，听过了举荐之人的称赞，见识了其言谈举止外，还要通过实际工作对其进行考验。但是，天下之士那么多，皇帝不可能全部自己考察官吏，也不可以只依靠一个人，所以，需要先考察出德才较高的人，委以重任，然后令其按照他的标准通过长期考察选拔出同类人中有才能的向上推举，皇帝再对这些人委以官职。符合皇帝要求的人才就会越来越多了。

任用人才方面，王安石指出，不同的人才能品德高下也不相同，所以，可以胜任的职位也不同。"知人善任"，把人才放到适合他才能的位置上，德高望重的人为长，德行稍下的为助手。长期下来，长官对所负责的情况了如指掌，下属又能安分守己听从领导。贤能之人能够做成事，真才实学能够展示出来，无能之人也可以显现出来，受到罢黜。在这里，王安石其实已经指出了宋朝频频调动官员将领的弊端。

解释之后，王安石又结合当时的实际情况，具体分析了宋朝选人用人在这四方面都存在问题，因而导致人才匮乏。其中有针对性地提出了解决办法。

这份万言书，主要讲述的是用人问题，后人对其评价很高。明朝茅坤说："此书几万余言，而其丝牵绳联，如提百万之兵，而钩考部曲，无一不实。"洋洋近万言，却一气呵成，条理清晰，举重若轻。其中所举又尽是实情。清代方苞说："此篇只言一事，而以众法之善败经纬其间，义皆贯通，气能包举，遂觉高出同时诸公之上。"可以说，茅、方二人的评价还是比较中肯的。

然而，遗憾的是，宋仁宗并没有接受王安石的建议，只是给了王安石修起居注的任命。仁宗信任王安石的人品和才干，却并不听从他的主张，并非是仁宗昏聩无能，"庆历新政"的失败，早已使仁宗认识到变法的阻力有多么巨大，自己是有心无力了，能够维持现状就不错了。想来仁宗的心里也是充满悲凉的吧。

敢嗟吾道独难行

宋仁宗嘉祐八年，王安石的母亲去世了，此后五年的王安石，度过了他一生中最闲适、最平静的一段时光。在这五年中，他没有被政事烦扰，没有被各种案件卷宗牵绊，陪伴他的只有书、朋友和他的学生。他在绿荫环抱的家中读书、写文章，还收了几个徒弟，给他们讲学，每天都和朋友、学生讨论学问，这种轻松愉快的日子，是他以前从来没有享受过的。有时候他也在想，就这样终了一生，不再去为官场斗争而伤神，像陶渊明那样过"采菊东篱下，悠然见南山"的日子岂不是很好吗？

天气好的时候，王安石经常和朋友、学生们去登山游水。江宁，在王安石眼中是江南一座美丽优雅、魅力非凡的城市：钟山郁郁葱葱，气象万千；玄武湖水天一色，波光粼粼；栖霞山到了秋天，红叶遍野，五彩缤纷。这里的每一座山、每一条河，都那么令人向往；这里的每一座桥、每一座塔，都值得亲自去走一遭。王安石每次和朋友登山时，都会文思泉涌，因此留下了许多千古绝唱。如：

自古帝王州，郁郁葱葱佳气浮。四百年来成一梦，堪愁。晋代衣冠成古丘！

绕水姿行游，上尽层城更上楼。往事悠悠君莫问，回头。槛外长江空自流。

这首词的大意是说：登高远眺，往事一幕幕；青山绿水仍旧在，只是已枉然；千百年来的英雄豪杰打拼下来的基业，总是经不起时光的流逝、岁月的消磨，那些往事就像滚滚江水一去不返。

作为一个政治家，身居六朝古都，眼前的一切不能不引起王安石对历史上朝代兴替、人亡政息的深深思索，他发思古之幽情，写出了著名的《桂枝香·金陵怀古》：

登临送目，正故国晚秋，天气初肃。千里澄江似练，翠峰如簇。归帆去棹残阳里，背西风，酒旗斜矗，彩舟云淡，星河鹭起，画图难足。

念往昔，繁华竞逐，叹门外楼头，悲恨相续。千古凭高，对此漫嗟荣辱，六朝旧事随流水，但寒烟芳草凝绿。至今商女，时时犹唱，后庭遗曲。

王安石那种朴素的情怀，那种以天下为己任的责任感，不知不觉又在心中激荡起来，那一年王安石47岁。47岁，对于一个政治家而言，正值黄金年龄，加上他做了多年的地方官，已积累了丰富的经验和阅历。可是，他不知道自己能否有大展才华的机会，能否将他那满腔的爱国热忱化为治国安邦的现实。

王安石是个政治家，也是一个哲学家。他精研了古今名人的穷通之数，而且对此颇有心得。在与朋友的谈话中，他说："身犹属于命，天下之治，其可以不属于命乎？"这么多年来，王安石一直在等待着一个机会，这种等待对他来说是痛苦的，他心急如焚，却只能等待，这种痛苦与焦急表现在他的许多诗作中。在《明妃曲》中，他用王昭君等人的遭遇来自比，写道："君不见，咫尺长门闭阿娇，人生失意无南北。"在咏史诗中，他抒发出心中的惆怅：

斗粟犹惭报礼轻，敢嗟吾道独难行。
脱身负米将求志，勠力乘田岂为名。
高论几为衰俗废，壮怀难值故人倾。
荒城回首山川隔，更觉秋风白发生。

宋英宗驾崩、宋神宗即位的消息传到了江南，王安石那颗孤寂的心此时又变得惴惴不安起来。毕竟，他心里装着家国天下，胸怀大志，他不甘心就此屈服于现实，其实也就是他不甘心屈服于自己。此时，朝廷的很多消息传到了江宁。首先是神宗决定英宗皇帝的丧事从简，这个决定让天下所有人为之一震，人们由此佩服新皇帝的干练。接着，神宗皇帝下诏要求天下所有臣民直言朝廷的弊端以及解决弊端的方法，其恳切之情，溢于言表。再者就是开始整顿吏治。宋神宗早就对中央以及地方官吏的贪污腐败明了于心，深恶痛绝。有一次他召见开封知县问一些情况，该知县一问三不知，神宗大为恼火，当堂就罢了他的官。

从宋神宗种种举动中，王安石看到了希望，他感到神宗皇帝是一个有魄力能干实事的皇帝。与此同时，他的朋友韩维也从京城开封给他捎来消息说，神宗皇帝很欣赏他，可能会重用他。虽然消息还不是十分确切，但此时的王安石再也不能心静如水了，他明白他这么多年的苦学没有白费，这么多年的地方官也没有白做，这么多年的等待终于有了盼头，机会也许真的就要来临了。

熙宁元年（1067年）四月，正是江南的晚春时节，朝廷的诏书终于到了，王安石多年的心愿终于看到了希望。此时，整个江宁震动了，人们从各种各样的传闻中猜测王安石此去的前程，有人觉得他必得皇帝重用，有人认为这只是象征性的升迁，种种猜测不一而足。他又一次出去游玩，但这次的心情与以往不同，他想再多看一眼这个地方，因为他不知道何时才能再回江宁。

在地方上推行变法的实践，一方面使王安石对于变法的理论，有了更为深刻的理解，也积累了一定的经验。另外一方面，也极大地增强了王安石对于变法的信心，使他在后来的变法中面对众多诘难，能够坚持变法立场不动摇，顶住巨大压力推行变法。

王安石一心想要在全国范围内推行变法，实现自己强国富民的伟大梦想，可惜当时的统治者并不欣赏他的变法主张，也没有在全国实施变法的愿望。不过由于当时王安石的政绩、才能和品德，已经是众人皆知，朝中诸位大臣也深为佩服，于是朝廷一次次予其高官厚禄，要是一般的官员，碰上这样提拔升迁的大好机会，恐怕会欢天喜地，连呼"皇天有眼，吾皇万岁、万岁、万万岁"，高高兴兴地去赴任了。可是，王安石的性格很固执，既然皇帝不欣赏他的变法理念，无法实现变法理想，他也根本无意去当什么大官。于是，王安石一次次谢绝了朝廷的任命，甚至有一次，官府派人将委任状送上门去，王安石照例不接受，送委任状的人只好跪下来求他，王安石则躲进了厕所里，送委任状的人便将委任状放在桌上走了，没想到王安石却追上去退还了委任状。

从这些事情中，我们可以看出，王安石并不在意当什么官、当多大的官，他看重的是能不能实现他的变法理想。如果在朝廷当大官，但是不能推行他的变法主张，那还不如老老实实待在地方上做一个父母官，在自己力所能及的范围内做一些改革，以待时机来临。

面对自己的抱负无法实现，王安石选择了蛰伏，选择了韬光养晦。他在等待，一旦时机到来，他将让自己的理想变成现实，让这个古老的国家变得更加富强，重现汉唐盛世万邦来朝的辉煌。"大鹏一日同风起，扶摇直上九万里。"王安石就是这样一只蛰伏着的大鹏，他在等待大风，等待可以让他扶摇直上的大风。

新官上任三把火，宋神宗当然想在自己当皇帝的时候把天下治理好，于是他起用了王安石。应该说，王安石对这次皇帝下诏入京是很高兴的，他抱着改革的希望来到了京城。这从他当时所写的诗中就可以看出来。他在《出金陵》中写道：

  白石冈头草木深，春风相与散衣襟。
  浮云映郭留佳气，飞鸟随人作好音。

  这首诗中，王安石心情之欢愉、轻快，溢于字里行间。他可能没有想到今后会有怎样的惊涛骇浪在等着他，也不会料到他自己将会有那样多的困难、压力、痛苦和沮丧，更不会预见到数年之后，他会满怀失望地回到这个曾经让他踏上辉煌之路的地方。

  对于这次被皇帝召入京城，王安石的朋友将他比做贾谊和诸葛亮。他虽然不以贾谊和诸葛亮自居，但是却坚信此行一定会有所作为，这在他的诗《酬吴季野见寄》中表现得尤为明显。

  漫披陈蠹学经纶，捧檄生平只为亲。
  闻道不先从事早，课功无状取官频。
  岂堪置足青冥上，终欲回身寂寞滨。
  俯仰谬恩方自谦，惭君将比洛阳人。

  据《石林诗话》记载，王安石被神宗召入京城后，友人王介将他比做诸葛亮，说："草庐三顾动春蛰，蕙帐一空生晓寒。"而王安石则说："丈夫出处非无意，猿鹤从来不自知。"玩笑中亦透露出此行欲有所作为的思想。

神宗亲政

治平四年（1067年）正月，英宗驾崩，神宗即位。宋神宗还在藩邸（亲王府第之称）当太子时，就对王安石的贤名有所耳闻。当时韩维任王府记室参军，常给赵顼讲论经义，得到了赵顼的赞赏。每当他在神宗面前讲的观点得到称赞时，就说："这其实都是我朋友王安石的观点。"由此，赵顼对王安石的印象极佳。后来，韩维升为太子庶子，便推荐王安石做王府记室参军。

宋神宗对王安石的"万言书"也是十分赞赏的，刚继承大统的宋神宗还没有亲眼见过王安石，但是王安石在宋神宗心目中的形象已经是非常高大了。推行变法，富国强兵，这也是刚刚当上皇帝的赵顼的强烈愿望，于是他决定起用王安石。为了察看王安石是否真的具有安邦治国的才能，宋神宗先任命王安石为知江宁府，几个月后又召为翰林学士兼侍讲，不久即召王安石入京。王安石看到神宗是一位能有所作为的皇帝，等到诏书一到，即心情急迫地起身赴京。

宋神宗一听王安石到京了，异常兴奋，马上召其进宫面谈。这一著名的君臣会，标志着王安石变法的序幕缓缓拉开。一个是雄心勃勃的少年君王，一个是满腹经纶的才子贤臣，为了同一个目标坐在一起，问答间时时碰撞出思想的火花。王安石已经不是那个初出茅庐的书生了，面对宋神宗的询问，王安石胸有成竹，侃侃而谈。

宋神宗问："治理国家，首先要抓什么？"王安石答："首先要选择方法。"宋神宗又问："唐太宗如何？"王安石答："陛下应当效法尧舜，何必说唐太宗呢？尧舜的方法，非常简便、非常关键、非常容易，只是后来的学者不能理解，就以为高不可测了。"神宗对王安石的回答非常满意，叮嘱他全心全意辅佐改革。在又一次召见以后，神宗将王安石单独留下来，咨询变法措施，王安石提出要坚决清除反对变法的人。在听取了王安石关于政治、经济以及军事上的变法改革主张之后，宋神宗被其深深折服，深感王安石就是能与自己共创大业，让宋朝中兴的治世人才，而王安石亦被宋神宗励精图治、富国强兵的宏大志向所感动。宋神宗最后对王安石这样说："卿可谓责难于君，朕自视眇躬，恐无以副卿此意。可悉意辅朕，庶同济此道。"意思很明白了，就是说，让我们一起为大宋中兴、强国富民的目标而努力奋斗吧！

神宗初登大位，志气非凡，富于朝气。他自幼就对皇祖屈服于辽和西夏耿耿于怀，不满朝廷软弱无能，也看到了宋太祖时所建立的行政官员人事制度的不合理之处。一方面重用文人借以排斥武将，大开科举，录取官员；另一方面，基于南北朝时期就有的门荫和恩荫制度，很多高官子弟不经科考就可以做官。因此，到北宋中期官员冗余的情形逐渐严重起来。另外，由于军队不断扩充，大量农民被征入伍土地无人耕种，到了神宗时期，军队人数据说已经达到百万之众。数量庞大的吃皇粮者给朝廷的财政带来了沉重负担，官员们文恬武嬉，军队战斗力低下，在与辽国和西夏国的战争中屡次战败。神宗锐于学，励于志，早有强国雪耻的愿望。当年还是太子时在东宫听讲学，常不满足于伴读讲解，经常出其不意地提出问题，穷根究底，使讲经史的伴读紧张得直冒汗。日过正午，学而忘餐，内侍（在皇宫服侍的宦官）为此常常催促："恐饥，当食。"而赵顼却回答说："听读兴致正浓，不感到肚饥。"

直到英宗皇帝再派内侍传令休读才作罢。

神宗亲政以后，急于物色理国的英才。他对大臣们说："当今理财最为急务，养兵备边，府库不可不丰。"为了使大臣们重视战备，他亲自改太祖创立的景福库名，用自己作的一首三十二字的诗，一个字代表一个库，加以命名。这首诗引录如下：

五季失固，沪犹孔炽。艺祖肇邦，思有惩艾。
爰设内府，基以募士。曾孙守之，敢忘厥志。

诗的大意是，五代丧失幽云边塞，中原暴露，边防无险可守，北方的夷狄遂肆意侵扰。太祖建国的时候，有征服外敌、收复失土的宏图，为此在朝中设立内库，作为招募征士的经费。曾孙赵顼守之护之，岂敢忘记先祖遗志呢？

宋神宗的确颇想有所作为，他曾经广泛征求大臣们和皇室成员的意见，希望能够找到富国强兵的道路。遗憾的是，他听到的那些劝告，特别是那些元老重臣们的劝告，通常是些空洞无聊的死板教条，这无疑令他非常失望和沮丧。比如，他向德高望重的富弼征询有关边防的事宜，这位当年曾经支持过范仲淹实行"庆历新政"的老宰相忠告他说："陛下如果能够二十七年口不言兵，亦不重赏边功，则国家幸甚，天下幸甚。"甚至有不少人根本不支持宋神宗的做法，还给宋神宗泼冷水。

据史书记载，有一天，二十岁的年轻皇帝身穿全副戎装来看皇太后，皇太后看到皇帝英武挺拔，欣喜之余却郑重告诫年轻的皇帝："你如果能够永远不贪军功，就是天下臣民的福分。"身着戎装表明神宗对汉唐文治武功的向往，表明他对国盛兵强的渴望。可惜当时宋神宗周围的人，不论是太后还是朝中大臣，大都不理解他富国强兵的想法，根本提不出有效的、建设性的意见。宋神宗有一次询问大臣关于富国强兵的政策，一个大臣说要修德，一个大臣答要修身，所有这些人全都语重心长地告诫皇帝，要他爱养民力，要他布德行惠，要他选贤任能，要他疏远奸佞，要他持重安静，要他恪守祖宗成法。这些空洞的答案无疑让宋神宗无比郁闷，修德修身固然重要，可是没有人告诉他：眼前大宋王朝面临着深刻的危机，快要支撑不下去了，怎么办？国家积贫积弱的状况怎么扭转？泱泱华夏该如何重振雄风？怎样除掉辽、西夏的军事危险？怎样夺回燕云十六州？怎样让大宋王朝扬眉吐气，布天威于海内？没有人能够告诉他答案，甚至愿意和他讨论这一切的人都没有。

当时的大臣韩琦、富弼、文彦博等，自从在庆历新政中败下阵来后，都已经磨光了锐气，变得畏难保守，不赞同神宗富国强兵、养兵备边、主动制敌的政策。朝中的大臣死气沉沉，安于现状，不图革新，既然从他们身上得不到富国强兵的良策，宋神宗只好将目光投向了京城以外，急切地希望找到能安邦治国的良臣，最终王安石进入了神宗的视线。

王安石在仁宗和英宗二朝，虽未受到重用，但在士大夫中享有极高声誉。很多人都赞扬他质朴节俭，不嗜酒色财利；称赞他视富贵如浮云，不以官职为意；钦佩他好学多思，深通经术，自成一家之学。《元城语录》说："当时天下舆论，以金陵（安石）不作执政（宰辅）为屈。"

神宗即位这一年，河北大旱，国家财政由于救灾费用剧增而出现紧张局面。十一月，朝廷举行祭天活动，神宗让学士们议论救济的方法时，王安石与司马光争论起来。司马光主张缓变，而王安石要剧变,要从根本上解决问题。宋神宗很赞赏王安石的魄力,最重要的是,王安石锐意改革的精神,和神宗励精图治的心相通,于是,宋神宗下决心排除各种干扰,支持王安石变法。

千古革新

  赵宋王朝奠基之前,五代十国的乱世,人民流离失所,很难有人能够静下心来读书学习,导致读书人锐减。赵宋王朝建立之后,出于维护皇权的目的,皇帝强力推行崇文抑武、优待士人的政策。官员只要不犯错误,就能平稳升迁,这种政策导向使官员们都成了不求有功但求无过的庸官。达到一定级别,还能让子孙荫官、进入仕途。这样做的好处是:读书人的地位大大提高,引导大家都去读书,文化得以迅速恢复。这样做的弊端,除了全民血性丧失,还使已经过度膨胀的官僚机构进一步膨胀,达到了臃肿的地步。太祖太宗两朝,内外官员不过三五千员,到了宋仁宗皇祐年间,已达到了两万多员。通过科举进入仕途的官员们,书读得当然很好,但能不能做事就很难讲了。朝廷给官员们的俸禄还很高,用大把的银子,养着一个机构臃肿效率低下的官僚队伍。清朝人赵翼评论说:"恩逮于百官者唯恐其不足,财取于万民者不留其有余。"(《廿二史札记》)

  宋朝财政收支相当混乱。仅官员、军队就已经开支很多,而皇室开支亦是一笔不小的数目。宋代全国分为十五路(后来分为二十多路),路大致相当于现在的省。中央派往各路的官员称监司官，每路不是一个监司官，而是四个，分别是：帅、漕、宪、仓。"帅臣"是安抚使，管军队；"漕臣"是转运使，管钱，主要任务是把地方上的钱粮输送到中央；"宪臣"是提刑按察使，管司法；"仓臣"是提举常平使，大致相当于省民政厅加省粮食局。安抚使、转运使、提刑按察使、提举常平使各管一摊，将割据的可能性降为零。但如此一来，国家的管理成本成倍增长。各府、州、军、监的官员们需要巴结、打点的上级官员，由一个变成四个，需要出四份常例钱钞。单单是这样几笔开支，已经导致入不敷出的财政赤字了。

宋朝由于未能真正统一天下，因此长期受到北方一些部族的军事压力，也就不得不大量养兵。宋太祖时养兵22万，到宋仁宗庆历年间增至125万。这还不算，由于赵家的皇位来路不正，皇帝总怕别人以其人之道还治其人之身，总防着武将们，因而采取"将不专兵"的政策。军官的驻地一般不怎么变动，部队却经常调来调去的，防止军官将军队变成私家军，对朝廷构成威胁。但是这样的频繁调动，虽然没有打仗，军费开支却不比打仗少。

由于以上种种原因，就产生了"冗官""冗兵"和"冗费"的问题，简称"三冗"。随着北宋统治的延续，"三冗"越来越严重。再加上宋朝极为怪诞的"不抑兼并"，到宋神宗继位的时候，社会矛盾已经相当复杂和尖锐。为了改变这种局面，神宗终于下决心起用王安石实行变法以图强。

熙宁二年（1069年）二月，王安石就任参知政事（副宰相）。他为变法做的主要准备工作就是设立了一个叫做"制置三司条例司"的机构。这是个什么机构呢？还要从赵匡胤篡位说起。赵匡胤发动兵变篡得皇位，所以宋朝对武将的戒备心很强，此外对宰相也防得很严。万一宰相权势过大，篡夺赵家的皇位怎么办？所以北宋一朝，皇权凌夺相权的情况相当严重。北宋的宰相不仅不能管兵权，而且莫名其妙地不能管财权，财权由三司管理。三司分别是户部司、盐铁司、度支司，三司不归宰相管，直接向皇帝负责。王安石设立"制置三司条例司"——管理三个司的司，归自己领导；后来，干脆又把"制置三司条例司"并入中书省，总算把财权抓在自己手里。

当然，这也说明了宋神宗对王安石的信任与支持。本来，宰相不管财权，就是皇权限制相权的体现，如果宋神宗不支持王安石的改革，"制置三司条例司"这个机构根本就不会出现。

"制置三司条例司"并入中书省，王安石也升任同中书门下平章事（宰相），熙宁变法正式拉开序幕。

变法的过程中，神宗充分利用君权的力量保证新法推行。熙宁二年，新法逐渐出台实施，但是马上遭到朝内外守旧势力的攻击。司马光攻击王安石变法是"与民争利""侵官、生事、征事、拒谏"，他们不仅从新法的内容、效益上提出非难，而且从思想、道德上指责王安石"变祖宗法度"，"以富国强兵之术，启迪上心，欲求近功，忘其旧学"，"尚法令则称商鞅，言财利则背孟轲，鄙老成为因循，弃公论为流俗"。在朝议面前，神宗曾一度犹豫，但终不为所动。对学术、道德上的争论，神宗认为"人臣但能言道德，而不以功名之实，亦无补于事"，讲求道德与功名并重，对守旧势力反对变法、空言道德、在政治上无所作为甚为反感，赞同王安石"天变不足畏，祖宗不足法，人言不足恤"的主张。

在王安石与守旧势力的斗争中，神宗为支持王安石，先后罢免一批反对变法的官员：御史中丞吕公著"以请罢新法出颍州"，"御史刘述、刘琦、孙昌龄、王子韶、程颢、张戬、陈襄、陈荐、谢景温、杨绘、刘挚，谏官范纯仁、李常、孙觉、杨宗愈皆不得言，相继去"，"翰林学士范镇三疏言青苗，夺职致仕"，欧阳修乞致仕"乃听之"，"富弼以格青苗解使相"，文彦博言市易与下争利"出彦博守魏"。

而且熙宁三年（1070年），神宗进一步提升王安石为同中书门下平章事。王安石居相位后，涉及农田、水利、青苗、均输、保甲、免役、市易、保马、方田等方面的新法先后颁行天下。这些新法涉及广泛，几乎涵盖社会的各个方面，新法的全面推行使变法进入了高潮。

变法的前一阶段，即熙宁七年（1074年）以前，如果没有神宗的支持，王安石在全国范围内实行变法是不可能的，宋神宗的政治抱负和锐意改革的决心，保证了变法的顺利实施。新法的实行，大大增加了国家的财政收入，社会生产力有了巨大发展，垦田面积大幅度增加，农田单位面积产量普遍提高，多种矿产品产量为汉代、唐中叶的数倍至数十倍，城镇商品经济取得了空前发展，军队的战斗力也有明显提高。宋朝又重新恢复了生机与活力。

"三不足"论

王安石早就意识到变法会面临巨大阻力，特别是观念上的交锋会十分激烈，因此他早就作好了向这些阻力开战的准备。当时变法派与守旧派之间实力悬殊。表面来看，变法派似乎占有很大的优势，有皇帝的支持，再加上王安石的强势推动，其实则不然。神宗变法的热情非常高，但除旧的魄力有限，他虽是变法派的坚定支持者，但他又不能完全融入到变法派的阵营之中，因为他是变法派与守旧派的调和者。而守旧派实力非常强大，绝大多数皇亲贵族都属于这一阵营，更重要的一点是高太后，也就是神宗的母亲，是守旧派的积极响应者。尽管双方在实力上来说势均力敌，但由于守旧观念的基础是占统治地位的儒家思想，事实上是很难动摇的。

王安石在这场斗争中，表现出了大无畏的战斗精神。他认为社会已经到了非变法不可的紧要关头，如果改革能够顺利进行，使社会生产力得到迅速发展，不仅能够实现富国强兵的目的，而且还能使政治、经济、文化等各个方面取得质的飞跃。反之，若改革失败了，会危机日深、国势衰败，大宋王朝灭亡的日子也就不远了。

神宗对于改革的阻力似乎没有足够的心理准备，所以总是摇摆不定，这也就使得守旧派有机可乘，经常通过各种渠道在神宗面前诋毁变法，试图阻挠改革的步伐。其实神宗也是左右为难，一方面他希望改革能够顺利进行，实现富国强兵的目的；另一方面，他又希望不至引起太多的矛盾冲突，他总想找到一条捷径，一条阻力最小的捷径，但在当时的北宋无处可寻。

变法派与守旧派进行了激烈的交锋。吕诲在《论王安石疏》中对王安石的变法进行了猛烈抨击，他将政事比作水，认为安静的水才能澄清，搅动水必然会浑浊，凡事都要顺应天命，不能逆天而行，像王安石这样随意变法的人，不应再居于朝廷，应立即贬谪。富弼也指出，王安石在变法时任用小人，违抗了天命，因而到处都有地震、瘟疫，以至四方人心日益摇动，一片混乱，因此最好能够"安静"下来，也就是尽废新法。

保守派的理论非常简单，无非就是天人感应说。中国传统社会注重天人合一，认为人与天，人与自然是一体的，由天人合一产生了天人感应说，既然天与人是一体的，自然会相互联系，相互感应。"青苗法"实施后，京城里开始流传一种说法，说最近全国各地发生很多异常现象和灾害，是上天示警，说王安石扰乱朝政，使得天怒人怨。

神宗心里有些犹豫，于是召来了王安石。问他："难道我们所做的真的让上天发怒示警吗？"

王安石微微一笑："皇上，您不用理会那些人的说法。荀子说过：天行有常，不为尧存，不为桀亡。天地运行自有其规律，与人事没有必然的联系。如果真是这样，那尧在位时，为什么发大水，需要大禹去治水呢？汤在位时，又闹旱灾。难道是尧和汤治国无方？"

"可是，天人感应一说，自汉朝大儒董仲舒提出来以后，人人信奉，难道他们都错了吗？"

王安石一笑，说："按董仲舒的理论，要是人君荒淫天下就会发大水，要是人君狂暴天下就会闹旱灾，那么，如果一个君主既荒淫又狂暴，那上天到底是降水灾呢还是降旱灾呢？"

神宗一听，也被逗笑了，坚定了变法的信念。

这就是王安石的"天变不足畏"的思想。

保守派当时还攻击王安石说过"祖宗不足法"的狂言。

在儒家传统观念中，祖宗所遗留下来的东西，后人都必须毫无保留地继承。因此，崇古就成为约定俗成的价值观。保守派坚持认为，祖宗之法是万不可变的，变更祖宗的法度是一项莫大的罪名。司马光甚至宣扬一种越变越退步、越变越亡国的论调，主张应世世代代遵守祖宗之成法。当然，除了观念上的保守之外，利益的驱使也是他们反对变法的重要原因，因为王安石的变法严重触犯了大地主大贵族们的利益。

就在王安石全面推行变法的时候，司马光在熙宁三年举行的进士考试当中，出了这样一道题，大意是：

"如今有人说，天地不足畏惧，祖宗之法不必因循固守，庸人之言也不值得理会。请对这种说法进行辩证。"

明眼人一眼就能看出来这道考题是针对王安石的，司马光其实就是借这次策问来鼓动考生反对变法。

神宗皇帝并不蠢，一下子就识破了司马光的用心，在审阅之时，神宗看出了名堂，用红笔把题目划掉了，并且指令"别出策目"。意图很明显，神宗皇帝在袒护王安石，但是他认识到了问题的严重性。

第二天，神宗和王安石谈话，提到这个事情，神宗问王安石："你听说过'三不足'这种说法吗？"

王安石回答："臣没听过。"

神宗就对王安石道："外面人都说，现在朝廷是'天变不足畏，祖宗不足法，人言不足恤'，昨天翰林院拟试进士题，专指此三事，爱卿听说过这样的话吗？"

王安石沉思了片刻，从容说道："臣未说过这样的话。臣辅助陛下变法以来，陛下励精图治、兢兢业业，每做一件事情，唯恐伤害了百姓，凡事都以百姓利益为本，这就是'惧天变也'。陛下特别注意听取不同意见，但众人之言也有不值一听者，那些陈旧迂腐之见，必须加以驳斥。至于说祖宗之法不足守，则本当如此。仁宗皇帝号称守成，在位四十年，也屡次修改成法，更何况陛下这样的有为之君呢"?

神宗说:"敬天法祖爱人是公认的治理天下之道。爱卿的说法似乎与此全然不合。爱卿学识深厚,见多识广,朕才疏学浅,还请爱卿为朕详细解答。"

王安石说道:"古人一直以为,地震、瘟疫之类的灾难都是上天发怒的象征,并把这些灾异和君主联系起来,臣却不以为然。依臣看来,天地万物自有其规律,日食、月食、地震等都是自然现象,和君王的行为没什么联系。我说的此番话,陛下不一定会全部认同,天地之道,玄虚难测,不谈也罢。但对流俗之言却不必畏惧。流俗之人不学无术、目光短浅、看问题只是从自身出发,不能纵观全局。做大事者,只要认准了一件事是正确的,于国于民是有利的,还害怕流言吗?

从神宗和王安石的对话来看,王安石不但没有对这种说法进行否定,相反,他以大无畏的精神明确地阐述了这种说法。司马光无论如何也没有想到,他意在攻击王安石的这一考试题目,竟成为王安石改革精神的精辟概括,"三不足"精神在中国思想史上,闪烁着不朽的人文光辉。

第三章　不畏浮云遮望眼

王安石在宋神宗支持下进行变法，从一开始就遭到许多人的反对。以司马光为首的反对派在曹太后和岐王赵颢的支持下，对新法进行了全面的攻击。守旧派反对改革，首先制造谣言，阻挠王安石上台参与大政，王安石以身许国，义无反顾，面对流言，毫不畏缩。

可是，由于北宋社会的复杂性，变法实施之后又出现了一系列问题，使得变法之路举步维艰。

时世维艰

自有史以来，最积弱的朝代要算是宋代了。宋朝怎么会这样软弱？最初的起因是宋太祖对人的猜忌，中间还有宋真宗、宋仁宗对国事的懈怠，最后还有朝廷因党争而引起的相互排挤和倾轧。而王安石则正好处在这后两者当中，虽然他奋力抗争，但却最终没能取胜。了解这一点，我们才可以来论说王安石。

宋太祖夺得天下，开创了有史以来从未有过的一种模式。为什么会这样说呢？之前得到天下的，有的是由于割据一方而最终得到，也有揭竿而起夺得，有以征伐杀戮为手段的，也有以篡位或逼迫禅让为手段的。周代以前，成为天子的，当初都治理着某一方，与前代的天子一同治理天下有数百年了。这些人我们就不再说了。至于汉朝和唐朝的兴起，都是趁天下大乱，历经百战翦除群雄而得到的，可以说得到天下非常艰难，付出是巨大的。再就是曹操和刘裕这些人，他们先是有大功于天下，深得民心。不如他们的还有萧道成和萧衍等人，他们当初也在朝中有着重要的位置，多少年处心积虑地努力着，等羽翼丰满后一举而得到天下。只有宋不是这样，宋太祖当初只不过是一个殿前都检点，而且自始至终没有什么赫赫的战功。他本人根本没敢有夺得天下的想法。谁知陈桥兵变一起，他还在醉梦中，黄袍已被披在了身上，已从孤儿寡母手里夺得了天下，太阳还没有落山而江山已定。后来他大宴这些有功之臣时说："你们这些人贪图富贵，把我立为天子，如果我有号令，你们会听命吗？"那种心虚害怕的心情溢于言表。从这些可以看出，前面那些得到天下的，都是靠自己的实力而得来的，只有宋，是靠别人的力量而得到天下。人家能从别人那里夺来给我，当然也就能从我这里夺去给别人，宋太祖一生所惴惴不安的，只有这一件事。而宋代一天天地弱下去，这可以说是根源。

依靠将士而被拥立为天子，是从宋开始的；将士们废掉皇帝而立自己的主帅为天子则不是起于宋，而是起于唐。唐代有些藩镇节度使私自立自己的子弟或亲信接替自己而割据一方，可以说是陈桥兵变的先导，只是参与陈桥事变的人行动得太快罢了。废除和拥立天子，都出于将士们之手，没有比这更让人害怕的了。如果都像这样，将士们时常要废除天子而拥立自己的人为皇帝，那大宋就一天也别想有安生的日子了。宋太祖对此很是害怕，所以在他篡夺了周的皇位之后，就什么事也不做了，一心一意地想办法使自己的兵士弱一些，使自己的将领弱一些。藩镇制度祸害了天下二百年，削去藩镇，并把这种制度废除，谁说不应该呢？而它当时存在，必定有它的原因。如果能节制好它，就可以使它来为国家防守边城。古今中外的帝王们，没有谁把兵强马壮当做国家祸患的。宋朝则不然，他积极施行弱民的政策，增强君主一人的力量。他们不曾想过，整个国家的人都弱了，国君一人用什么办法能自强呢？宋太祖曾说过："在我的卧榻一旁，怎么容得别人酣睡？"而他不去想在他的房门外，有许多人在虎视眈眈地望着他。宋太祖所留意的，只是自己的卧榻罢了。整个大宋一朝成这么个窝囊样，原因就在于此。

幽云十六州不是不应取，也不是不能取，而是宋太祖怕重蹈唐代卢龙、魏博节度使坐大的覆辙。从此之后，辽变得夜郎自大起来，从而像对待奴隶和牲畜一样来对待宋人。宋太宗北伐，全国动员，结果是死伤过半，宋太宗还中了冷箭，不到两年箭伤溃烂而亡。于是更加把精力放在息兵求和上，只考虑低首贴耳用赋税给辽输送岁币。到真宗时发生了澶渊之役，王钦若提出请天子逃往江南，陈尧叟提出让天子逃到蜀地，如果没有寇准，宋朝南迁，还用等到绍兴年间吗？虽然有了寇准，也难免最后订立城下之盟。到仁宗的时候，岁币比前面所说的又多了数倍。辽对宋的危害就是这样严重。

按宋制，要把天下所有的兵马，都集中在京师，征集兵士的办法是募集，大体上是把国中那些犷悍没有职业的人集中起来。每到年成不好的时候，就招募一些饥民来增加兵员。史家赞颂这种政策，说有役使强悍的人，消除争乱的用意。细想起来，这实际上是除天子之外，全国找不到一个强有力的人，所说的使民弱就是指此。那些边防要塞，需要士兵把守时，都是从京师派遣。各镇的士兵，也都轮换着戍守。将帅等武将，都被安置在朝堂上，兵没有长久的将帅，将帅也没有固定的兵。史家赞美这种做法说，上下互相连接，内外相互牵制，等级之间的挤轧，虽有凶狠横暴的人，在这中间也不会有所作为。总而言之，目的就是使将与兵不熟悉，以防止类似晚唐五代藩镇自己有军队而造成的祸患，所说的削弱将领就是指此。

　　使民弱，使将弱，这是宋太祖的本意，而使兵弱，并不是宋太祖的本意。然而用这种方法来施行，他们的兵也不可能不弱。招募来数十万犷悍无赖之人，把他们聚集到负责天子起居的内臣那里，终日荒淫游乐，长年也不拿刀枪，日子一久肯定会生懒惰之心而一点用处都没有，事实道理是很容易看出来的。况且宋代的制度，还沿袭了后梁盗贼的陋习，将军士们都集中起来，使他们不去扰民，致使乡间那些好人们，都把耍弄兵刃当做耻辱。天子都拿他们当成没有出息的，又让他们去实现志向，为国而去拼命，怎么能够呢？所说的削弱士兵就是指此。既然将全国所谓有勇力的人都汇集到军队中，那么军队如此之弱而不足以依靠也就很自然了，那些将领的怯懦，又加重了这一点。这样把他们驱赶到疆场上，五尺高的孩子也知道他们是不中用的，而烽火一起，希望平民们能拿起刀枪来保卫社稷，那是不可能的事。积弱到了这种地步，而又被夹在两个勇悍的政权之间，卑颜屈膝求人容许我为

第三章　不畏浮云遮望眼

— 65 —

天子，也就是很自然的事了。试问稍有血气的男儿，能不能坐视这样的事而心安理得呢？

国家的大政，说起来就是军事和财政。宋代的军事已经是这样了，那它的财政又如何呢？宋人以军队都集中到京师周围，所以把天下赋税全收入国库，以供俸禄和赏赐之用，而外州不留余财。刚开国的时候，养兵仅有二十二万，其他的费用也不是很多，所以府库中一直有富余。到了仁宗庆历年间，增加到一百二十五万人。到英宗治平年间和神宗熙宁初年，士卒数目还在增加，于是揩尽民脂民膏而豢养他们。皇室家族、各级官吏这些吃俸禄的人员也年年增加。宋的百姓并不比原来富裕，所交纳的赋税却增加了数十倍，他们靠什么来生活呢？到王安石执政之初，宋的政府和国民，离破产仅有一步之遥。当时那些号称贤士大夫的人，以财政问题叫嚷着责问王安石，试问如果没有王安石去理财，宋朝作为一个政府，还能维持一天吗？

王安石才开始辅佐神宗的时候，神宗问他为什么本朝建国百年天下太平没有战事，王安石退下来写了札子，表达他对国家的深深担忧：

我朝历代沿习了末代流俗的弊病，又没有亲近的朋友和众多的大臣进行讨论。朝夕和国君相处的，不过是一些宦官和女子，上朝处理事务，不过是有关部门的一些琐碎小事，不像古代大有作为的君主，一起和学者士大夫讨论先王的法令来安排天下大事。一切都凭着自然的道理和形势，没有进行主观的努力，对名声和实际情况的关系没有觉察。君子并没有不受尊敬，但小人也能跻身于士大夫中间。正确的议论并非不被采纳，但邪说有时也会被采用。以诗歌辞赋记忆之学搜求天下的士人，而没有采用通过学校来培养人才的办法；用科班顺序资格年历来排定在朝中的位置，而没有采用通过有关部门进行考试测验的办法。监察部门中没有负责监察的人，守边的将领并非选拔出来的官吏。调任频繁已经使得难以考察政绩，靠交往和清谈任职的人又以假乱真。结党营私的人大多做了高官，独立谋求职位的反而受到排斥和阻挠。所以从上到下只是偷懒和懈怠，顺从上司的心思而已。即使是有能力的人担任了职务，和庸才做官也没什么两样。农民因徭役破坏了生产，受不到特别的抚恤和救助，也没有为农业专门设置官员来兴修水利；士兵被兵役搞得很疲乏而且老于军旅，却又不加以训练培养，又没有选拔出能干的将官，使他们拥有长久驻守边疆的职权。宫廷的宿卫人员中聚集了过多无赖之徒，没有改变五代以来纵容姑息武将的恶习。宗室子弟没有进行教育选拔，不符合先王制订的对待宗室亲疏尊卑各有不同待遇的准则。至于管理财政，大都无法可依，因此虽然用度俭约而百姓仍然不富足，虽然勤于政事时刻忧心而国家仍然不强大。幸亏不是外族嚣张的时代，也没有尧、汤时的水旱灾害，因此才会天下平安无事超过了一百年。虽然说是人事的造就，也可以说是上天的帮助。

王安石论述当时的国势，可以说博大而明确；而他之所以不得不变法的原因也是基于此。他生怕国家长此下去，积重难返，将来就像魏晋南北朝那样，中原沦落于外族之手。这不是杞人忧天，靖康年间的祸乱，被他不幸而言中！

推行新法

当年，王安石曾向仁宗皇帝上言事书，系统地表达了自己的政治观点和治国方略，但由于种种原因，一直都未得到仁宗的回应。对此，王安石进行了深刻的反思。他知道，仁宗宽容软弱，非有为之君，因而他的主张始终得不到采纳，不过他自己也意识到，自身的因素也是不可忽视的方面，并且他认为以传统儒学作为富国强兵的利器是远远不够的。因此，他开始留意经学，试图从先王之道中寻求变法的理论基础。经过多年的努力，一整套全新的方案在他的头脑中逐渐成形。有了这一套理论基础之后，王安石乐天知命，静静地等待时机，并且利用空闲时间讲学授课，倾尽毕生所学为国家培育英才。神宗的即位使北宋的历史拉开了一个新的篇章，王安石治国梦想得以实现。于是，圣君贤相就如此因缘聚合，一场惊天动地的变革就此拉开了序幕。

熙宁三年（1070年），王安石被任命为同平章事，由此开始推行新法。早在王安石之前，那位先天下之忧而忧的范仲淹已经尝试进行过改革官僚体制，但是受到保守派官僚的抵制而失败，而王安石的改革是从经济领域开始的。

熙宁变法改变了许多既有规章制度，设立了许多新法，主要内容包括青苗法、均输法、市易法、免役法、将兵法、保甲法、保马法、方田均税法和农田水利法以及建立军器监等。此外，还改革了科举制，整顿各级学校，并对"恩荫制"进行了尖锐批评。

王安石变法中最重要的一项是青苗法。在青苗法实行之前，每年夏、秋两季庄稼未熟，也就是俗称青黄不接的时候，贫困农民需要向地主或者奸商借高利贷,高利贷的利率一般是每年40%～50%,如果农民还不起,抵押的田产就会被放贷者拿走,于是自耕农就成了贫雇农。这是北宋时期土地兼并的途径之一。

青苗法就是在青黄不接的时候,以各路常平、广惠仓积存的钱粮做本钱,放贷给农民,夏收或秋收之后归还,利率是20%。青苗法的意图是让农民在青黄不接之际,不至于受大地主和豪强势力的盘剥,使农民能够赴时趋事,同时也可为朝廷增加一些收入。但从实际效果看,除了最后一条得到实现,关于其根本目的,也就是救济贫民,不仅没有实现,反而对处在社会中下层的老百姓们造成了相当程度的打击。

为什么会这样呢?

首先,青苗法的立意是好的,灾年由政府出面给农民借贷,但王安石的青苗法,虽然自称利息是20%,但却是半年的利息。北宋政坛重量级人物韩琦曾经对宋神宗说:"如今实行青苗钱,春耕时贷款给百姓,半年之内还款时需缴纳20%的利息,秋天贷款时亦如此,贷款时不问远近之地,春秋加起来需缴纳40%的利息。臣想说的是,王莽时官府贷款给百姓的年终利息只是10%。比起今天的青苗取利,政府财政虽有所增加,但却给百姓造成了很大的负担。而王莽之后,上自两汉,下及有唐,更不闻有贷钱取利之法。"

古人没有现代数学知识,韩琦虽然是北宋名臣,他也只是把两个半年的利息相加,20%+20%=40%。我们今天用现代数学方法计算,明明是120%×120%=144%,年息已经达到了44%。和地主豪强的高利贷大体相当了。这个借贷利率已经属于高利贷了,这就等于政府把商人的高利贷权拿到自己手中,借此增加财政收入。

其次,在青苗法实施的过程中,地方政府肆意增加还贷利息,更是加大了农民的负担。地主豪强的高利贷,只要农民和奸商说好就行了。而农民要想通过青苗法借贷,按照规章制度,需要写许多正式文书给官府。农民不认字,就要请衙门里的书办来写;而请衙门里的书办来写,那是要奉上润笔费的。等到还账的时候,衙门里的衙役来催账,给衙役的"辛苦费"是少不了的。水过地皮湿,农民实际需要付出的利息,已经远远大于去借高利贷了。因此,王安石在一个县实行青苗法和在全国实行青苗法的效果截然相反,由于官僚体制的弊端,青苗法的实施不仅没能有效减轻农民负担,反而使农民对新法怨声载道,唯一的好处是政府的财政收入大大增加了,从这一点上说,青苗法的实施是失败的。

与此同时,由于青苗法还肩负着为朝廷敛财的职能,地方官府还要想尽各种办法,变着法地在农民头上动脑筋。有的地方官员因为申请青苗钱的人很多,就擅自提高利息,高达30%甚至40%。更多的地方官员从未做过这样繁杂的工作,他们动用了在历代王朝屡试不爽的办法:以官府之名强行贷款,不管你需不需要,一律贷给你。按人头发钱,到收息日连本带利一同上交。交不上来,就带着衙役上门强行收取,打砸抢掠,抓人拆屋。如此野蛮残酷的手法对百姓而言丝毫无益,但却是这些官员们显示政绩最有利的证据。还有的地方只是把布告贴出去,对来贷款的人推三阻四,最终不了了之。

此外,青苗法中,政府用来做本钱借贷给农民们的,是常平仓和广惠仓积存的钱粮。所谓常平仓,最早出现在汉代。当时创设常平仓,其作用是这样的:丰收之年,谷贱伤农,国家出钱收购粮食，避免谷价过度下跌对农民造成太深的伤害；歉收的话，谷价过高，国家就出售常平仓的存粮，平抑粮价，避免对市民造成太深的伤害。所谓广惠仓，又称义仓，出现在隋朝。设义仓的目的是，丰年征粮积储，荒年放赈济困，对农民以及市民实施救济，起到济困助贫作用。宋初在各地设常平仓与惠民仓，虽然各地收效不一，但总算也是体现了封建统治者在社会保障方面应起的作用。王安石把常平仓与惠民仓的钱谷挪作青苗本钱，放贷取息，常平仓失去了稳定粮价的作用。

北宋政坛另一位声名显赫的大臣司马光说："朝廷初散青苗钱的本意是抑制地主豪强势力的放债取利，侵渔细民，故设此法。既然是由政府借贷，就应薄收其利。而今以一斗陈米发给饥民，却令他们缴纳小麦一斗八升七合五勺，或纳粟三斗，这样算下来的利息将近一倍。如此以往，物价转贵，所取之利也就增多，即使是那些地主豪强势力，乘此机会收取百姓利息，亦不至如此之重。"

本意是减轻农民受到的高利贷盘剥，并间接遏制土地兼并的青苗法，经过地方官府这么一动脑筋，反而变成了更高的高利贷了。

如果你认为官府做的手脚会到此结束，那你就错了，官府还有其他办法。由于青苗法肩负着为朝廷增加收入的重要责任，所以，从常平仓和广惠仓拿来的钱粮，是不敢放贷给经济十分贫弱的老百姓的，因为地方官府知道放贷给这种经济十分贫弱的老百姓的话，别说利息了，就连本钱恐怕都难收回来。因为这些老百姓实在是太穷了，所以不能放贷给他们。那么，放给谁呢？那就只能放贷给有能力的自耕农了。自耕农们一合计，借官府的高利贷非常不合算，于是都拒绝贷款。自耕农们竟然胆敢不自觉自愿地配合官府实施青苗法,怎么办呢?没关系,官府有的是办法。经过强大的政策攻心,自耕农们都"被自愿"地从官府贷到了钱粮。

这就可以了吧?不行!要是到此为止,那怎么能显示出官府的政绩呢?当自耕农都"被自愿"之后,官府又把目光投向了城乡手工业者。按说青苗法的帮扶救济对象是农民,好让农民在青黄不接的时候能有喘息的机会,跟城乡手工业者是没有关系的。城乡手工业者又不会受到青黄不接的困扰,为什么要接受官府帮扶?可官府就是为了显示出自己的政绩,于是又有相当多的城乡手工业者接受了青苗法的帮扶。

针对城乡手工业者"被自愿"接受官府帮扶的情况,北宋政坛的著名人物韩琦再一次跳出来诋毁王安石的变法。他上了一道长达几万言的奏章,极力陈述青苗法的弊端,这道奏疏让神宗皇帝大为震惊。在这道奏疏中,韩琦说很多地方普遍存在地方官强令百姓贷款的现象,这无疑使朝廷与百姓的关系更加恶劣。百姓怨声载道,贫困不堪,本可以勉强度日,如今政府强令他们出利息,饭都吃不饱了,哪里还有什么钱出利息呢?接着,他又详细介绍了各个乡、各种农户的贷款情况,描述了一些还不上贷款的百姓,在地方官的淫威下,不得不卖田卖地,卖儿鬻女,以偿还本息。接着又历数了在农村已存在的各种各样的苛捐杂税,百姓早已苦不堪言,青苗法的实行更使百姓的生活雪上加霜,若不加以制止,"朱门酒肉臭,路有冻死骨"的情形将会再次上演。

这道奏疏,材料充分,证据确凿,洋洋数万言,让神宗读了之后不能不信服。而且作为一个老臣,还能有这样的责任心,让神宗不得不感动。第二天,他便召集大臣王安石、曾公亮、陈升之等入朝,把奏疏拿给他们看,并且说道:"韩琦乃真正的忠臣,朕原本以为新法可以利国利民，不曾想害民却如此之深。"

曾公亮也是青苗法的反对者，既然老臣韩琦当面反对青苗法，他自然也不能放过此次机会。他说："臣也从亲戚、朋友、百姓那里听说新法给他们带来的诸多不便。臣的老家还有一个兄弟，前些日子来信的时候，还对臣说到了青苗法，自实行后，闹得人心惶惶，百姓皆感不安。由此看来，青苗法确实弊端太多，臣也恳请陛下能够下诏停止实行。"

陈升之也随声附和道："天下各路反对青苗法的上书不断，确实说明青苗法有不可取之处，陛下若不早点下定决心，臣唯恐祸患益渐。"

这些大臣都是北宋政坛举足轻重的人物，拥有较大的影响力，在神宗皇帝身边对王安石的变法诋毁得久了，神宗皇帝也有些疑惑，对王安石说："像坊郭这些商业区怎么也能适用于青苗法呢？是官员强迫实行的吗？"

面对韩琦等人的否定，王安石颇不以为然。王安石说："变法之初，几位都不曾有什么意见或建议，等变法推行之时，诸位只是在一味地挑毛病，并非真正为陛下出谋划策。诸位所说可能确有其事，但不见得全国到处都是如此，而且青苗法实行之后，并非一无是处。再者，陛下修青苗法以助民，至于收息，也是效仿古人周公的做法。比如西汉名臣桑弘羊笼天下货财以进献朝廷，已然称之为兴利之臣。如今朝廷抑制兼并赈济贫弱之人，置官理财，并非是满足一己之私，难道就不能算是兴利之臣吗？"

然而，韩琦等人毕竟是北宋朝廷举足轻重的人物，在其他一些也反对变法的小官员看来，既然像韩琦这样的官员都出来反对变法，他们也就不约而同地一起站了出来，加入了反对变法的大军中。例如陈舜俞就说："今朝廷以新法散常平为青苗，唯恐不尽，使仓库既空，饥馑荐至，则兼并之民，必乘此时有闲籴而贵粜者，未知州县将何法以制之？"另一位王岩叟也说："说者曰（散青苗）所以抑兼并，然兼并未必能抑也，一日期限之逼，督责之严，则不免复哀求于富家大族，增息而取之。名为抑兼并，乃所以助兼并也。"政府既然自己放高利贷，自然就难以抑制民间的高利贷活动。而且"被自愿"借贷的自耕农和城乡手工业者，如果还贷的时候拿不出钱来，在官府催逼之下，不得不向豪门大户也就是所谓的"兼并之家"借高利贷。民间高利贷反而会乘机牟取暴利，使农民雪上加霜，从而加剧社会矛盾。

由于韩琦带领部分官员不停地在神宗皇帝耳朵边诋毁王安石的变法，神宗皇帝不胜其烦，终于在熙宁七年下诏扣留半数常平钱物备灾不许出放。这给王安石的改革大业蒙上了一层阴影。

另一部均输法也存在弊端。宋朝的皇位来路不正，生怕别人采用同样的变法篡夺皇位，因此把各地的节度使留在帝都开封养着，这已经是相当有力度的防范措施了。即便如此，封建君主还是不放心，生怕地方上有钱以后形成新的割据，所以规定各地要把征收到的税粮统统运送到帝都开封。各路"漕臣"也就是转运使，就是负责这项工作的。而且北宋税收还实行实物征收；这样，转运起来运费支出也是很可观的。另外，由于各地每年的征收任务是固定的，丰年不能多收税，灾年不能减税，这就使国家的调控职能大大减弱；征收任务中又有一些地方不能生产或无法按时生产物资，这也给了奸商们操控物价的机会。

均输法就是改变这种死板的实物征收、绝大部分转运的征收方式，在江南西路、江南东路、淮南、浙东路、浙西路、荆湖路等东南六路，也就是东南财赋之地，国家税收的主要来源，实施实物征收与货币征收相结合的税收方式，各地发运司预先掌握京师库藏状况，根据需要调控征收的货币与实物，并避免征收"非时、不产"的物资。均输法的颁布能防止商人们哄抬价格，囤积居奇，加大了政府对于采购的控制力度，一定程度上减轻了农民的负担。但是由此造成了政府采购垄断的局面，给中小商户和农民带来的损失却是有过之而无不及的，行政对于市场的干预很少有成功的时候。

均输法实施之后，东南六路（也就是国家主要的税收之地）依照"徙贵就贱，用近易远"原则，按照朝廷的需求，对上供物资进行灵活的品种调节。

均输法在执行中存在的问题主要有折钱过重、钱米并征和折钱不均三个方面。歉收米贵之际，政府不征米改征钱，反而加重了农民负担。这是因为均输法同样担负着为朝廷敛财的重任，所以各路官员都恨不得从老百姓们手里多征收一点。元丰后期甚至还出现了发运司把正常经费的籴本冒充"羡余"献给皇帝的现象。

另外，在离汴京较近的淮南一带籴米，向较远的江、湖地区征钱，这是符合均输法"用近易远"之原则的，可以节省运费，但也造成了购买钱款投放不均，客观上加剧了东南其他地区的钱荒。

尽管在执行中有着这样那样的问题，但均输法的总体设计还是不错的，所以支持和反对的声音各半。支持者主要是王安石以及背后的神宗皇帝，反对者则有北宋文坛著名的人物苏辙，后来还包括苏辙的哥哥、北宋文坛另一位著名人物苏轼。

直到熙宁末年，我国古代著名科学家、《梦溪笔谈》的作者沈括担任权三司使，对均输法做了大量的技术性修正，制定实施细则，才在一定程度上提高了均输法的可行性和可操作性。

市易法是由官府设置专门机构参与交易、吞吐物资、平抑物价的一种政策，本为解决豪商巨贾操纵市场、控制同行、压价收购外地货物、高价出售，从中获取暴利的行为。中国的商品经济在封建社会虽然有一定的发展，但仍然受限于中国封建社会中传统的自给自足的自然经济，尽管历朝历代的统治者都按照士、农、工、商的标准人为地将人们划分开来，而且历代王朝也一直采用重农抑商的政策，但是经济发展有自身的规律，商品经济不可避免地要产生。商品经济的产生也就不可避免地要产生商人这个社会阶层。由于他们有雄厚的财力，由此他们可以驾驭州县，操纵市场。商业的经营具有十分丰厚的利润，由于利益的驱动，一批官僚性质的地主也加入到商业经营中来，他们兼并土地，囤积居奇，成为社会上最富有的阶层。这种畸形的"民富"与政府的穷形成了一种很鲜明的对比，这样一来，就不得不引得官府介入或者干涉商人的商业经营。在汉代，朝廷设立的平准令，责任是转运物资，平抑物价，防止商人囤积居奇牟取暴利，这其实也就是政府在参与商业的经营。政府参与后，天下的货物，贵则卖之，贱则买之。由此，民间的富商大贾就不能够赚取很大的利润了，他们也就不会再囤积货物，因此，此法被称为"平准"。汉代的平准，实际上就是政府参与经营后牟取商业利润。

王安石设立市易法的最初目的就是抑制商人对市场的操纵，平抑物价，保护小商小贩不破产，与此同时能增加政府的财政收入，其实质与汉代的平准令是一致的。王安石在考虑了设立市易法的优越之处的同时，也看到了当时市场上存在着一定的弊端，因此他上书神宗皇帝说:"现在市场上物价混乱,皇上无法制止,而富商大贾却乘此机会牟取暴利,而牟取的这些利润全都归入了他们个人,国家没有拿到什么钱,这种情况现在如果不革除的话,这个弊端将会越来越深。"

市易法的主要内容有:确定市易务组织规则,由政府指派提举官一人主管,下设监官两员,勾当公司官一员,并招募商贾充当市易务的行人和牙人,从事货物买卖;参加市易务的行人须以财物作抵,五人以上相互作保,方可向市易务赊购货物出售。贷款须在半年至一年内还清,半年付息10%,一年付息20%,过期不还,每月另加2%的罚款。对外来客商的货物,许其至市易务投卖,由务中行人、牙人会同客商公平议价,支官钱购买,客商也可与务中其他物品折合交换;三司(户部、盐钱、度支)诸库所需的物资,也可由市易务统一在京收买。

自从在京城开封实行了市易法后,全国的很多城市也相继开始实行市易法。熙宁六年(1073年),京城的市易务改称都提举市易司,管辖各州的市易务,至此,市易法在北宋王朝得到了全面施行。市易法的普遍实施,收到了很好的效果,它改变了全国各大城市中富商大贾控制和操纵市场的局面。但是,虽然这些人操控市场的局面得到了有力缓解,但是其本质在于官府替代了这些富商大贾。市易法的实行,为北宋王朝积累了大量的财富。从熙宁五年(1072年)到熙宁九年(1076年),京城开封府的市易司就收到了133.2万余贯的利润,由此可见市易司的利益所在了。可是,虽然富商大贾这方面的弊端被控制住了,但朝廷这方面的弊端又随之而产生,民间的商人被抑制住了,官商却乘机崛起。

熙宁三年(1070年)保平军节度使推官王韶在陕西古谓寨,

用官钱设市易司，控制西北边境贸易，一年可收入10万至20万贯。熙宁五年，王安石接受魏继宗建议设"常平市易司"，先在汴京试行，后改为都提单市易司，又在重要城镇设市易司（务）隶属都市易司。

市易法设置的市场管理机构"市易务"，设立市易司，由政府拨款作为本金负责评价购买滞销货物平买平卖，其价格由市易司规定，这一措施是为了维持市场价格均衡，不至于出现巨大的价格波动从而影响经济的稳定。市易法使得朝廷拥有了庞大的官家产业和钱庄，由王莽时期传下来的官家垄断商业经营的状况在北宋得到了极致的发挥。行政干预市场造成了不均衡，但是对于王安石和宋神宗来说，大大增加了的利润是他们所乐意看到的，商人们由于利益损失而发出的不满声自然就被朝廷忽略了。设置"市易务"的本意是收购滞销货物，待至市场上需要时出售，以期稳定物价。然而实际执行中，"市易务"的官员们根本不会收购滞销的货物，他们只会利用行政权力疯狂抢购畅销货以牟取暴利，从而推动物价的上涨和混乱。别忘了，"市易务"也肩负着为朝廷敛财的重任。

免役法又称募役法。什么叫免役法，这还要从差役法说起。宋代沿用唐的两税法，按说徭役都打进税钱里上缴过了。但由于北宋官僚机构不断膨胀，官员队伍不断扩大，官府入不敷出，老百姓缴完了税，照样还得服役。

宋代差役又称职役，分为四类："以衙前主官物；以里正、户长、乡书手课督赋税；以耆长、弓手、壮丁逐捕盗贼；以承符、人力、手力、散从官给使令。"官府根据民户财产及男丁多少确定等级，差役分派大致是这样的：小地主、富农或者家境富裕的手工业者，充任衙前、里正；上中农担任户长、乡书手、耆长、弓手、承符；

下中农充任壮丁、人力、手力、散从。贫雇农因为太穷不用出差役；最富有的品官形势之家，也就是官僚、大地主享有免役特权，也不用出差役。

在免役法实施之前，差役法的杀伤力是相当惊人的，其中衙前、里正负担最重，应役者往往破产，其余各种差役也会使应役者大大破费。城市或农村的中下等人家，均畏之如虎。北宋政坛著名人物韩琦曾经上疏说："州县生民之苦，无重于里正衙前。自兵兴以来，残剥尤甚，至有孀母改嫁，亲族分居。或弃田与人以免上等，或非分求死以就单丁，规图百端，以苟脱沟壑之患。"韩绛也说："向闻京东民有父子二丁将为衙前役者，其父告其子云：'吾当求死。使汝曹免冻馁也。'遂自经死。又闻江南有嫁其祖母，及老母析居以避役者，此大逆人理，所不忍闻。又鬻田产于官户者，田归不役之家，而役并增于本等户。"吴充说得更厉害："民间规避重役，土地不敢多耕而避户等，骨肉不敢义聚而惮人丁。甚者嫁母离亲，以求兄弟异籍。……又近年以来，上户寖少，中下户寖多，役使频仍，农人不得不困，地力不得不遗。养生之资有所不足，则不得已而为工商，又不得已而为盗贼。国家之患，常兆于此。"

可见，差役继续实行不但民户深受其苦，国家亦因农户避役造成农业生产发展迟滞与赋税收入流失。就连司马光都说："故置乡户衙前以来，民益困乏，不敢营生，富者返不如贫，贫者不敢求富。……臣尝行于村落，见农民生具之微而问其故，皆言不敢为也。今欲多种一桑，多置一牛，蓄二年之粮，藏十匹之帛，邻里已目为富室，指使以为衙前矣，况敢益田畴、葺庐舍乎！"

差役既有害于民，又无益于国，因此，当时上上下下要求改革差役法的呼声很高。在王安石变法之前一年，就已经有输钱免役的尝试。熙宁变法的免役法也就应运而生了。

我国古代，即使很强大的政权，到县一级也就到头了；县以下，各乡村一般是没有牢固的政权组织机构的。那么，县以下的公务怎么办？这就要靠地方上的自治能力了。汉朝时，地方上有三老，三老之下有啬夫游徼。三老掌教化，啬夫主收田租，游徼管抓捕防备盗贼，他们都代表地方，协助政府。这一制度，到隋唐便没有了，而唐末五代，地方上的公务不是少了，而是大大增加了。唐末五代乱世，各路军队开来调去，每到一地，就要向地方上要房子住，要稻草，要马料，要用具，要壮丁，要给养。这种差事明知道不好办，但地方官也得勉强办。地方官也有办法，就地找上一户或几户人家，把差事强行摊派给他们，就是差役。差役是极为沉重的负担，差役户长则三五年，短则几个月，必定破产；然后地方官再把差役派给新的差役户。

免役法的实行，就是把差役户免掉，按照民户等级征收钱粮，地方政府再拿征收来的钱，雇人当差服役，就是募役。这样做有很多好处，首先是维护了社会的公平和稳定：过去是官府逮住一家民户使劲宰，宰得破产之后，再去宰下一家；免役之后，大家都出一点钱，也都不用破产了。

其次有助于民户提高生产积极性。过去因为怕当衙前、里正，宁肯把桑树砍掉，不养蚕，宁肯少打一点粮食，宁肯穷点、再穷点，宁肯当下中农，也不当富农。免役之后，有条件的民户就可以积极养蚕了。

此外，免疫法还有一个亮点：过去享有特权的"品官形势之家"，也就是官僚、大地主，也要出钱了。当然，为了体现他们的特权，他们出的不是免役钱，而是助役钱，以免役钱的一半为标准，按人头收取。但地主老爷毕竟开始出钱了，这也在一定程度上提高了社会公平。至于社会最底层的贫雇农，因为太穷，不用出免役钱。

看上去很完美的政策，但在执行中也出现了各种各样的问题。

和青苗法一样，免役法也担负着为朝廷敛财的重任。这样，在收取免役钱的时候，就难免会对老百姓们横征暴敛。《宋会要辑稿·食货志》记载，熙宁九年征收免役、助役钱计1041万余贯，支用648万余贯，收支相抵，余额达392万余贯，这还不包括增收的免役宽剩钱。

什么叫免役宽剩钱？就是官府以"宽备窄用"为借口，向民户征收免役钱的时候多征收的一部分钱，宋时叫免役宽剩钱，在清朝时则叫火耗钱或火耗银子。但免役宽剩钱归地方官府，火耗银子归地方官。

同样因为免役法担负着为朝廷敛财的重任，而且是地方官政绩考核时的重要项目，聪明的地方官们自然会动动脑筋，变着法子让老百姓们多出。据有关学者考证：东明县知县老爷贾蕃就是这样的聪明人，他在民富等级划分的时候，故意把第四等农户划成第三等，这样，不用缴纳免役钱的贫农，就变成了需要缴纳免役钱的下中农。官府收到的钱也就增加了。但农民们觉悟不高，不知道舍小家为大家尤其是为贾蕃老爷，尽管下中农缴的钱不多，但贫农本来就穷，区区几个铜板也看在眼里。东明县是开封府下属的一个县，离帝都开封很近，居然有一千多人越级上访，跑到王安石的家门口大吵大闹，严重影响了王安石的信心。

面对这种局面，王安石以大无畏的革命精神，严厉制止了反对声音。在朝堂之上，王安石驱逐了所有反对变法的谏官，全部换上自己人。本来宋代台谏官员对宰相有钳制作用，宰相是换不动谏官的，但神宗皇帝支持王安石，王安石就可以完成对台谏官员的大换血。

至于民间的反对声音，王安石也有办法。为了防止百姓不满而诽谤朝廷的新法，熙宁五年春正月，朝廷下令在首都设置逻卒兵丁，对百姓实行"监谤"，不许乱讲新法如何。

"深疾谏者，过于仇雠；严禁诽谤，甚于盗贼……潜遣巡卒，听市道之人谤议者，执而刑之。"在消除了所有的反对声音之后，王安石得意洋洋地说出了著名的三不足，即"天变不足畏，人言不足恤，祖宗之法不可守"。

将兵法又叫"置将法"。废除北宋初年订立的更戍法，用逐渐推广的办法，把各路的驻军分为若干单位，每单位置将与副将一人，专门负责操练军队，以提高军队素质。王安石一方面精简军队，裁汰老弱，合并军营，另一方面实行将兵法。自熙宁七年始，在北方挑选武艺较高、作战经验较多的武官专掌训练。将兵法的实行，使兵知其将，将练其兵，提高了军队的战斗力。王安石还建议取消士兵刺脸刺手背，指出朝廷对士兵应该"以礼义奖养"，而不要"使其不乐"，做于事无补的事情，规定实行大营制，规定将军带兵为本部兵，就不用再刺青以区分兵将了。

王安石整顿军队，最能够吸引人眼球的事情莫过于裁兵，这可能是中国历史上最大规模的一次和平裁军。王安石作为直接指挥者，其魄力和勇气，都不是一般大臣所能及的，如果刚裁完兵的北宋就遇到了大规模的战事，那这次的裁兵岂不是就成了反对派攻击王安石一个最好的把柄吗？敢于去做，就足以说明王安石的魄力，此时的王安石早已将身家性命献给了这个国家，此时恐怕不是仅用"高尚"一词能形容的。

为了提高军队的战斗力，淘汰军队中的弱者，王安石命令将领对禁军和厢兵进行了全面考核，以便在百万人的军队中真正选拔出一支战斗力精良的部队。因此，这一次的考核是非常严厉的，王安石经过与其他大臣商量后，制定了一系列措施。对于军队中那些身高不合格体能不达标通不过的，不管已经当了几年兵，一律淘汰，逐级下放，直至免为平民。而对农村保甲中的那些人来说，凡是有能力有本事的人，都可以破格选进军队，无论做什么工作，都发给军饷，以此来鼓励农村中的青壮年加入军队。除了淘汰那些战斗力低下的人，王安石还对各地兵力进行合并精简，大批地裁减，其中仅陕西一路，骑兵和步兵加起来原本有327个营，现在只保留227个，整整减掉100个营。手笔之大，由此可见一斑。通过并营，王安石有效地精减了各地军队。

王安石整顿军队的另一个大的举动是置将。王安石首先对全国的军事部署进行了调整，在京畿设37将，鄜延五路设42将，东南六路设13将，全国计设92将。同时，派具有丰富战场经验的大将军掌管训练，每天早晚各训练一次，天天练习武艺。在王安石看来，兵经过考核裁减以后都是好兵，关键就是要看带兵的将领了。有句俗语不是说"兵熊熊一个，将熊熊一窝"吗？这句俗语也许正适合王安石此时的想法。宋朝时的一将，其级别大概相当于现在的一个军，但麾下人数往往从3000到10000不等。

从军事部署上看，力量最强的是鄜延五路，直接面对西夏，明显带有主动向西夏开战的意图。宋朝除了前期以外，主动开战的事例几乎可以说是不存在的，但在这里对西夏却是主动开战，这是何意呢？因为北宋的统治者认为自己的力量虽然不能对付辽，但对付西夏还是足够的。再简单点来说，一个王朝不能一直处于对外求和的一面，也得有胜利的一面，而北宋王朝的统治者认为西夏似乎可以充当这个胜利的奠基石。可惜这一切的如意算盘都打错了。力量其次的为京畿，毕竟是皇帝的根基所在，不得不重兵护卫，37将"拥卫京师"，主要用于防范辽国的南侵。

等到军队部署完毕以后，王安石就命令士兵不能再随意调动，每个军队拥有自己固定的将领，让大家彼此熟悉，打仗时才能让自己的士兵出死力。这就彻底改变了北宋王朝初期"兵不识将，将不识兵"的局面。更重要的是，将领在此时拥有了一支相对较为固定的军队，对其进行严格的训练，且将领的权利不受州县长官的干预，这无疑增加了将领的权利，同时提高了军队的战斗力。

想当年范仲淹在陕西进行变法改革的时候，就曾经对军队编制进行过调整。他把鄜延路禁兵18000人分成六将，每将派人指挥训练，当时蔡挺正在范仲淹手下。等到王安石主政时，蔡挺被提到枢密院任枢密副使，将兵法在蔡挺的主持下展开，有人据此认为王安石整兵置将的思路源自范仲淹。其实思路源自哪里并不重要，范仲淹也好，王安石也罢，他们的目的都是相同的，都是希望通过自己的变革来解决现有的矛盾，延长北宋王朝的寿命，从这一点来说，他们是一致的。将兵法也确实在一定程度上加强了北宋王朝的军事力量，这一点是毋庸置疑的。

通过裁兵置将这一套办法，宋朝军队的人数从116.2万锐减到55.86万人，仅从数字就可以看出，裁军过半！此举不仅节省了大量军费，而且还大大提高了军队的战斗力，军队的士气也大大提升。一时间名将辈出，例如郭逵能在战场上将自己的技能发挥得淋漓尽致；高永在遇到敌人的时候每次都能身先士卒；刘昌祚对于箭术则非常擅长，百步穿杨，无人能敌，致使西夏的官兵都以为他是神明。由此也就造就了一批战无不胜的骁勇之师，以致后来宋朝在对西夏作战的过程中，屡次能够以少胜多，曾经出现过以"不满千人，却贼数万"的非凡战绩。这种辉煌的战绩放在历朝历代都称得上是骄傲和自豪的，也正是因为这样的胜利，让敌人闻风丧胆，在一定程度上洗刷了宋军之前的颓废之气，这在以前都是不可想象、更不可能做到的事情。

因为裁军幅度较大，所以军费节省也相当明显，根据漆侠先生的计算，熙宁年间军费支出比庆历年间减少1.3万多缗。熙宁六年六月，北宋政府置军器监，专门管理内外军器之政。王安石变法前，宋军使用的兵器大多"朽窳不可复用"，虽然全国各地生产的弓、弩、胄等数量"以千万计"，但"无一坚好利实可为用者"。据《续资治通鉴长编》记载：宋军士兵常"执钝折不堪之器械"，"铁刃不钢，筋胶不固，长短小大，多不中度"，严重地影响了宋军的战斗力。造成这种局面的原因主要是北宋当时十分缺乏制造兵器的良匠，生产的兵器质量低劣，而掌管收藏兵器的官吏，在收购兵器的时候，又只"计其多寡之数而藏之，未尝责其实用"，以致造成"所积虽多，大抵敝恶"的后果。王雱上疏神宗"择知工事之匠，使专其职，且募天下良工，散为匠师。而朝廷内置工官以总制其事，察其精窳而赏罚之"，得到宋神宗赞同。于是，设置军器监，"总内外军器之政"，统一管理全国各地武器的制造，奖励发明，以改进兵器。军器监的设置情况如下。

机构设置方面，设置判官一人，通判一人。判官、通判之下"其属有丞、有主簿、有勾当公事"，改变了以前的"军器领于六司"的隶属关系。

管理办法方面，择"知工事之臣"，"使专其职"，并且"遣吏以利器诣诸路作院，谕以为式，第工为三等，视其器之良魔而黜陟其官吏"；积极招募天下良工，鼓励"知军器利害者，听诣监陈述"。当时"吏民献器械之法式者甚众"，乃令"三帅视实利便者制造"。

军器监成立以后，网罗天下，广收人才，广纳各方意见，为了更好地发展并壮大自己的军事实力，北宋政府曾做出了这样的规定，即天下凡是懂得军器的人，可以随时到军器监谈论自己的想法。同时，对军器监各级主管严加考察，一旦发现不合格者，立即予以撤职。如果武器制作不精者，视情节轻重，黜陟其官吏。军器监分工也很明确，有火药、青窑、麻作等共11目，并且有一套严格的规章制度，严禁把相关技术外传。

军器监设立后，成效明显，此后北宋各种武器的制作都非常精致。《续资治通鉴长编》卷249"熙宁七年春正月庚戌"亦载："初，在京及诸路制造军器多杂恶，河北尤甚，至是所制兵械皆精利。"特别是神臂弓，既坚韧又锋利，最为优良，能"射地百四十余步，入榆木半，……而他弓矢弗能及"。沈括也说：神臂弓能"射三百步……最为利器"。神臂弓在制夏战争中显示了一定的威力。如元丰四年，宋军夺取磨脐隘时，刘昌祚以"牌手当前，神臂弓次之，弩又次之"，向夏军猛攻，"夏人遂大败"。其他武器，也都发挥了各自的威力。如熙宁九年十二月，在反击交趾侵略的自卫战争中，交趾"以象拒战"，郭逵先"使强弩射之"，后又"以巨刀斩象鼻，象却走，大兵乘之，贼溃去"。不仅武器的质量大为提高，数量也非常可观，"戈矛弧矢甲胄刀剑之类，皆极完具；等数之积，殆不可胜计"，"可中数十年之用"。

不仅如此，军器监还致力于兵器制造理论研究，总共讨论编写了110卷"军器法式"专著，对兵器种类和制造方式进行了详细介绍，为传之后世做好了准备。"王安石全面整顿军队，取得了非常明显的效果，大宋军力达到了前所未有的水平。因为大宋军事力量增强，人猛马壮刀枪锋利，使得长期欺负大宋的北辽也心生畏惧，在加紧武备的同时，也不忘把修城蓄谷定为守备之计。

大宋一转身从被人欺负而变成了准备欺负别人。这种转变，是建宋以来百年所未有过的事。将兵法的实行，使兵知其将、将练其兵，提高了军队的战斗素质。

王安石的军事改革基本上是成功的，淘汰老弱残兵，部队留下的是相对精壮的士兵；裁军之后，兵员减少了，战斗力反而有所提高。正赶上西夏毅宗驾崩，继位的夏惠宗才八岁，外戚梁氏专权，将领们不服，西夏政局陷入混乱。宋趁机招诱青唐羌等羌人部落归附，"开地二千里"，是北宋少有的主动扩张举动。

熙宁三年司农寺制定《畿县保甲条例颁行》。其主要内容是乡村住户，不论主客户，每十家（后改为五家）组成一保，五保为一大保，十大保为一都保。凡家有两丁以上的出一人为保丁，以住户中最有财力和才能的人担任保长、大保长和都保长，同保人户互相监察，农闲时集中训练武艺，夜间轮差巡查维持治安。王安石推行保甲法的目的主要是为了防范和镇压农民的反抗，以及节省军费。保甲法既可以使各地壮丁接受军训，可提高预备役的军事素质，又可以建立严密的治安网，把各地人民按照保甲编制起来，以便稳定封建秩序。保甲法的本意是把农村住户编为保甲，农闲时军训，农忙时回家务农，很有一点类似现在的民兵或预备役的味道，可以提高全民军事素质、加强治安，并有助于官府加强对人民的控制。北宋实行"重文抑武"政策，国民血性不足，王安石这么做也是有的放矢。然而规定是由人执行的，而执行者难免在执行的过程中上下其手，捞取好处。什么时候算是农忙，什么时候算是农闲，农民们说了不算，要保长说了才算。眼看地里的庄稼就要熟了，保长却非说农民们的武艺没有操练好，还要继续操练，非得农民们给保长老爷送上常例钱钞才能回家割麦。保长得了钱，再孝敬上官、上差。

这样一来，保甲法实行下来，老百姓们的武艺倒没怎么提高，口袋里的钱倒是有不少被各级官吏搜刮去了。

熙宁六年（1073年）颁布"保马法"，规定京东、京西、河北、河东、陕西五路，义勇保甲昭养马者，每户一匹，富家可每户两匹，"以监牧现马给之，或官与其值使自市"。府县不超过3000匹，五路不超过5000匹，马匹随时准备官府征用。养马者三等户以上十户为一保，四、五等户十户为一社。"官养一马，以价率之，为钱二十七千，募民牧养，可省杂费八万余。"（《宋史》卷198）此后保马法推行到其他各路。

自此陆续将河南河北各监牧废除，租监牧地给农民，获取了一笔很大的收入。元丰三年（1080年）"废监租钱遂至百十六万"（《宋史》卷198），但"保马法"并未解决马匹供应问题，元丰初（1086年）又"议兴废监，以复旧制"，于是各州马监又相继恢复。

民养官马，平时可以自家做农耕用，战时归还官府做战马，马死或病，照价赔偿。目的是要用民养代替官养，解决宋军的马匹来源。"骑兵在整个中世纪一直是各国军队中的主要兵种"，与宋对阵的辽、夏、金、元，都有强大的骑兵部队，而宋朝不仅骑兵少,而且有限的骑兵中战马也严重不足,《宋史》中就多处提到缺马情况。骑兵的落后,是宋军在多场战争中败北的重要原因。规定看起来也不错,然而在平原甚至江南水乡,养马是很困难、很费钱的一件事情,而且作为农耕之用,养马还不如养骡子,更何况农耕用马和战马还是有区别的,农民们养出来的马,很难做战马使用。农民们往往把领养官马当做一件苦差事,不愿意去做,像逃避差役一样逃避养马。然后地方官员又要动动脑筋,让农民们自愿养马,致使有些农户因此破产。

结果,保马法实行下来,并没有给大宋王朝提供可用的战马,反倒像募役法一样为害民间。

方田均税法是改革土地征税制度的一项重要措施。主旨是通过丈量田亩,整理地籍,以实现均平税收负担,增加财政收入。

北宋初期,由于土地买卖兼并已久,地籍紊乱,富者田产日增而田赋并未随之增加,贫者田产日少而田赋并不随之减少。据《宋史》载,当时纳税者仅占30％,甚而有私田百亩者,只纳四亩的税。

仁宗时,大理寺郭谘首创千步方田法,在徽州肥乡县试行,据以免除无地而有租税者400家,纠正有地而无租税者100家,收逃漏税款80万,逃亡的农民又重新归来。稍后在个别州县继续试办,都是屡试屡止。王安石任宰相后,将郭谘的原办法加以补充,于熙宁五年(1072年)六月,首先推行于京东路,以后逐渐推行于其他各路。

均税是王安石变法的内容之一,包括方田与均税两个部分。方田是一种清丈土地、整理田赋地籍的制度,具体办法是以东西南北各千步,相当于41顷66亩160步为一方。每年九月县令派人分地丈量,按照地势和土质的肥瘠分为五等,依地之等级和各县原来租税数额分派定税。至次年三月丈量完毕，公布于民。均税是对清丈完毕的土地重新定税，做到：纠正无租之地，使良田税重，瘠田税轻；对无生产的田地，包括陂塘、道路、沟河、坟墓、荒地等都不征税；一县税收总额不能超过配赋的总额，以求税负的均衡。

方田均税法的本意是通过丈量土地，确定税额，避免豪门大户逃税，并在一定程度上遏制土地兼并，出发点不错。但是方田均税法规定每年九月都要重新丈量，而每次丈量，都是各级官吏中饱私囊的好机会，豪门大户仍然可以通过贿赂官员的方法来逃税。方田均税法不局限于北方诸路，在南方许多地区也曾推行过。

方田均税法的施行对社会发展起到了一定的积极作用，它消除了部分隐田逃税现象，增加了赋税收入，一定程度上减轻了农民的负担。但它却侵害了豪强地主阶级的利益，遂遭到他们的强烈反对，元丰八年（1085年）基本废止，共推行了14年。先后所方之田，仅及五路，所清丈的田达2484349顷，占当时全国垦田总数的一半以上，可算是中国古代历史上丈量田亩的一次壮举。

熙宁二年（1069年）十一月，神宗正式颁布实行《农田利害条约》（又称《农田水利约束》），这是一部大兴农田水利建设的行政法规，对各地兴修农田水利的组织审批方式、经费筹集、责任和权力分担、建议人与执行官吏的奖赏等，都有具体规定。它是中国古代第一部比较完整的农田水利专法，全文共分八条，1200余字，其内容有：凡能提出有关土地耕种方法和某处有应兴建、恢复和扩建农田水利工程的人，核实后受奖，并交付州县负责实施；各县应上报境内荒田顷亩，所在地点和开垦办法；各县要上报应修浚的河流，应兴修或扩建的灌溉工程，并作出预算及施工安排；河流涉及几个州县的，各县都要提出意见，报送主管官吏；各县应修的堤防，应开挖的排水沟渠要提出计划、预算和施工办法，报请上级复查，然后执行；各州县的报告，主管官吏要和各路提刑或转运官吏协商，复查核实后，委派县或州施工；关系几个州的大工程，要经中央批准；工程太多的县，县官不胜任的要调动工作，事务太繁重的可增设辅助官吏；私人垦田及兴修水利，经费过多时，可向官府贷款，州县也可劝谕富家借贷；凡出力出财兴办水利的，按功利大小，官府给予奖励或录用；不按规定开修的，官吏要督促并罚款，罚款充作工程费用；各县官吏兴修水利见成效者，按功劳大小升赏，临时委派人员亦比照奖励。据漆侠先生分析，神宗颁布《农田利害条约》主要目的是：无论官员或居民，只要熟谙农田耕作或水利修建工程，都可向各级官府陈述自己的意见，经各级官员商量或按视清楚，如确属有利，即由州官员实施。其中较为巨大的工程，即奏明朝廷决定，等到实施完毕，按功利的大小，对条陈意见的人给以一定奖励。兴利极大的，即量才录用。

《农田水利条约》在实行过程中又不断完善。熙宁四年（1071年）补充规定，对兴修农田水利有功的官员，按灌溉顷亩千顷以上、五百顷以上和百顷以上三等分别予以奖励。熙宁五年（1072年）又补充兴修水利占用民田，应以官田补偿的办法，以及对无力承办兴工者，出官钱资助的办法等。这本是好事，可急功近利地去执行，反而闹出了笑话。《邵氏闻见后录》和司马光《涑水纪闻》记载了同一件事情："王荆公好言利。有小人诣曰：'决梁山泊八百里水以为田，其利大矣。'荆公喜甚，徐曰：'策固善，决水何地可容？'刘贡父在座中，曰：'自其旁别凿八百里泊，则可容矣。'荆公笑而后止。"刘贡父跟王安石是诗友，关系不错；

王安石曾经出过一个上联：三代夏商周。刘贡父对下联：四诗风雅颂。对句的妙处在于《诗经》中的"雅"又可分为"大雅"和"小雅"，与"风""颂"合起来恰成"四诗"。当时传为雅谈。后来刘贡父挖苦王安石凿泊引水一事，传为笑谈。

贡举新法，顾名思义就是关于改革考试制度的法令。这项法令颁布于熙宁四年（1071年）二月。隋唐以来，各代王朝的统治者都开始实行科举取士，我国的科举制度也由此开始。科举制度的实行，打破了自魏晋南北朝时期的九品官人法，为广大的庶族地主和广大的寒门人士提供了参政的机会，有力地打击了士族门阀的势力，人才的选拔也较为公平。因此，科举制度带来的进步作用是很显而易见的。但是隋唐时开始的科举制，把广大的读书人都控制在了诗赋儒经之中，所学的知识，都脱离了社会实际，时间越长，其显示出来的弊病也就越来越明显。北宋王朝的政治家也看到了这种弊病所带来的影响，都很想采取一种办法来对此加以改革。范仲淹在宋仁宗庆历年间举行的"庆历新政"时向朝廷上书陈述要求变革的方案，其中的第三条就是"精贡举"，由此可见封建士大夫对选拔人才的重视程度。与范仲淹一样，王安石也意识到了其中的弊病，所以在他进行变法之前，对科举考试的改革亦有所思考。王安石对科举改革所作的思考是：考进士时取消以前要考的诗赋记诵，而是改考对朝廷实际政治问题的见解；考经学时取消以前要考的记问传写，而是改考对礼乐等实际问题的看法。王安石所思考的这些，在他执政以后的变法中，全部被付诸实际行动。熙宁四年二月，颁行了科举考试的法规，其言如下：

古之取士皆本于学校，故道德一于上，习俗成为下，其人材皆足以有为于世。自先王之泽竭，教养之法无所本，士虽有关材而无学校成就之，此议者之所患也。今欲追复古制以革其弊，则患于无渐。宜先除去声病偶对之文，使学者得以专意经义，以俟朝廷兴建学校，然后讲求三代所以教育选举之法，施于天下，则庶几可复古矣。

这个法令，提出了科举改革的根本目标与目前任务。根本目标就是恢复三代的教育选举之法，目前的任务就是改革现有的以诗赋、记诵、传记为主的考试。鉴于此，又作了如下六项规定。

一是废罢明经及其他诸科，只保留进士科。

二是京东、陕西、河东、河北、京西五路先设置学官，予以教导。礼部所增进士名额，只能在这五路中录取，为的就是诱导这几路的诸科人士努力考取进士。

三是进士科考试罢废诗赋、帖经、墨义，只选《诗》《书》《易》《周礼》《礼记》等本经中的一经，并涉及《论语》《孟子》等兼经。

四是每次考试分为四场。第一场为本经；第二场为兼经并大义十道，要求"务通义理，不须尽用注疏"；第三场论一道；第四场时务策；二道，礼部五道。

五是凡诸路从应诸科改应进士科的，皆另场考试。今后新人应举，不得应诸科，渐令改习进士。

六是殿试策一道，限千字以上，分五等。第一等、第二等赐及第，第三等出身，第四等同出身，第五等同学究出身。

熙宁科举改革的目的，在于造就和选拔为新法服务的人才。宋神宗对这项改革所取得的成绩和实际效果非常满意。熙宁六年（1073年）三月，宋神宗说："今年从南方所得的大多数是很有名的举人,大家都很倾向于义理之学,这是一件好事。"科举法的改革,在宋一代确实造成了读书人都很倾向于义理之学这样一种风气。

但是,王安石的这项很合时宜的改革,却遭到了反对。《宋史·选举志》云:"诗赋浮靡,不根道德,施于有政,无所用之,自唐以后,莫之能革。上稽合先王,造立法度,而议者不深维其意,髃起而攻之。"从最后一句"髃起而攻之"可以看出反对这个改革的人很多,其中苏轼反对得最为激烈。苏轼认为,从文章的角度来看,策论是有用的,诗赋就没有什么用处;从政事这个角度来看,则诗赋、策论均成为没有什么用处的东西了,虽然知道这个没什么用处,但是从创国之初以来就没有废除。他又说:"从唐朝到现在,靠诗赋起家而成为名臣的人,大有人在,多得数都数不过来,又何曾有负于天下,而现在必须废除呢?"应该说,苏轼的这一说法在某种程度上具有一定的道理。

王安石的改革,固然有他自己的道理,但是以苏轼为代表的反对派的意见,也不是没有根据的。王安石废诗赋而倡导经义和策论,其用意在于引导读书人关心政治理论和国家的现实问题,而不是把精力都放在与现实无关的诗赋传记之学上面。但是,这样改革的问题在于习经义和策论,并不等于就能解决现实中存在的政治问题。诚然,诗赋和传记固然脱离了现实政治,对政事没有什么实际的帮助,但是,经义和策论又何尝一定是切合政治的呢?对解决实际的问题又能有多少帮助呢?站在今天的角度来看待,空洞无物的经义和应试所学的策论不知有多少,也不知道这些到底给当时的社会带来了多少益处。用历史的眼光去看,这些还不如诗赋,诗赋虽然对政治没有什么大的帮助,但是对文学的发展却是大有益处的。

总的来说，这些改革措施还是相当不错和富有改革精神的。也难怪后世许多人，包括许多大人物们，对此都赞誉有加。

神宗动摇

王安石在宋神宗支持下进行变法，从一开始就遭到许多人的反对。以司马光为首的反对派在曹太后和岐王赵颢的支持下，对新法进行了全面的攻击。守旧派反对改革，首先制造谣言，阻挠王安石上台参与大政，王安石以身许国，义无反顾，面对流言，毫不畏缩。

治平四年（1067年），神宗刚把王安石调到京师，守旧派就预感到力主改革的他将被重用。一时间，朝廷中刮起一股阻挠王安石参政的阴风。当他被任命为参知政事后，御史中丞吕诲急不可待地捏造了王安石十大罪状，攻击他"大奸似忠，大诈似信"。当时王安石刚上任几个月，连司马光也感到惊讶，觉得吕诲操之过急。

神宗看完吕诲的弹劾文，立即退回，弄得吕诲难以下台，不得不要求辞官，神宗于是让他任邓州知州。王安石推举他的好友吕公著（前任宰相吕夷简之子）代替吕诲任御史中丞。

韩琦规劝神宗停止实行变法，神宗有些犹豫，刚想同意韩琦的意见，王安石立即要求辞职。后来，司马光为神宗起草的诏书中有"士大夫沸腾，百姓骚动"等言语，使王安石大怒，他立刻上章为自己辩护。

神宗深感王安石的说法有道理，于是没有采纳韩琦的意见，而继续任用王安石管理政事。

反对派认为，变法针对那些地方富豪是不应该的，他们是国家政权的基础，如果把他们都搞垮，一旦边境形势紧张，需要兴师动众，军需钱粮将没有着落。他们反对保甲法，担心保丁习武，一旦出现灾荒，保丁就会拿起武器造反，成为国家的大患。对于青苗法，反对派认为实际上是在放高利贷，有损朝廷体面，而且荒年借贷肯定要亏本。在推行免役法上，曹后、高后亲自到神宗面前哭诉，说她们的亲属被强迫交纳很重的免役钱，恐怕京城会因此发生动乱。

对于反对派的责难，王安石据理反驳，毫不畏惧。

王安石变法指导思想是正确的，目标是明确的，法令措施是可行的，推行步骤也比较适当，效果也较为明显。可是，由于北宋社会的复杂性，变法实施之后又出现了一系列问题，使得王安石的变法之路举步维艰。

其中对变法影响较深的是市易法的推行。在北宋社会，大商人操纵和控制了各种交易，他们压低价格收购各种商品，却以很高的价格批发给小商人和普通市民，投机倒把，垄断市场。在巨商大贾们富得流油之时，小商人和老百姓却只能勉强度日。

种种弊端，在朝的大小官员心里都很明白，却没有一个人能够上书皇帝。在他们看来，商业之事不是读书人所该关心的，但王安石对此事却给予了高度重视。他意识到社会财富的分配，因为这些豪商巨贾的欺行霸市、操纵市场而变得不合理，必须扭转这种局面。

恰好，熙宁五年四月，有一个穿着十分破旧的中年人到王安石府上进言。这个人名叫魏继宗，没读过几年书，是个普通百姓。王安石见到他写的文章粗俗浅薄、错字连篇，但还是硬着头皮读了下去，读到最后，他发现此人对当时的社会问题颇有见解。

魏继宗在文中写道，在现在京城之中，物价上涨非常厉害，同样的东西，在这个月卖一贯钱，到下个月可能就变成了五贯。这种情况严重影响了百姓的生活，这全都是豪商巨贾们操纵市场、投机倒把的结果。因此，魏继宗建议官府出面，动用钱财，买卖商品，平抑物价。

王安石执政以来，一直动员百姓建言献策，可是响应者寥寥无几，魏继宗的上书使他非常兴奋，尽管文章错漏百出，但却有一定的见解，而这正是王安石所思考的。经过充分的准备，王安石制定实施了"市易法"。

王安石在对待这个问题上，有他自己独特的办法。他命令市易务在京城的御街东边摆了数十个水果摊，命官监进行贩卖。在他的主持下，市易法取得了初步的成效，市场物价趋于稳定，官府的财政收入有了很大的提高。

然而，中国社会自古以来都是鄙视商业的，视农业为本，商业为末，这在传统文人的思想观念中表现得尤为明显。老臣文彦博看到这种情况，便上书皇帝说："就为了这么一点点蝇头小利，就与商人斤斤计较，这不是有损国体吗？外国使者看到了，会让人家看不起的，而且堂堂的朝廷命官，竟然上街叫卖水果，真乃我大宋王朝的耻辱啊！"

文彦博的观点代表了当时朝廷中大多数官员的看法。王安石的这一法令在当时的确有些超前，以至于连皇帝都接受不了，在看了文彦博的奏折之后，神宗对王安石说："让市易务卖水果，你也太不像话了，确实有伤国体，不要让他们再卖了。"

王安石立刻回答道："为什么卖其他商品就不伤国体，卖水果就有伤国体呢？历来政府禁止私盐，卖公盐时不也是一斤斤地卖吗？也没见哪个朝代说朝廷贩卖食盐就有伤国体的！"神宗见王安石说得有些道理，也就没有继续坚持，但此时的神宗已经表现出对变法的动摇。

宋神宗和王安石经常不能达成一致意见的当属人事问题。王安石认为，为了能让新法顺利彻底地实行，须将一些年老没有心力办事的，及一些反对变法的官员全部罢黜，大力提拔有才华的年轻官员来推行变法。但宋神宗却不同意王安石的这种做法，因为反对变法的很多官员都是朝廷元老，名望很高，如果把这些人全部贬出朝廷，未免太不得人心了，仅从这点来看，宋神宗看问题要比王安石全面。司马光、韩琦等几位大臣都是变法的反对者，但他们资历都很深，尤其是韩琦，他是三朝元老。按照王安石的意思，他们反对变法，应把他们全部排斥在外。王安石的儿子王雱是一个态度十分激进的人，王安石的态度可能或多或少地受了他儿子的影响。据说王安石在变法之初，王雱就鼓动父亲以商鞅为榜样，要杀掉几个带头反对变法的大臣，以儆效尤。他认为只有这样，新法才能顺利实行。《宋史》载，有一天，王安石正在征求变法派官员的意见，问新法为何难以推行，王雱没打招呼就蓬头垢面地走过来，手里还拿着一顶妇人的帽子，大声说："斩韩琦、富弼之头于市，则法行矣！"由此可见王的性格及态度。

由于在变法问题上分歧渐多，宋神宗与王安石的关系已不如变法初期那么密切了。神宗尽管佩服王安石的才能，但也对他的缺点非常不满。王安石非常固执，脾气很倔。有时候做事一意孤行，听不进任何人的意见,因此得了个绰号"拗相公"。他的这种性格,让他很难与朋友长期相处,这也成了他致命的弱点。原本跟王安石关系很好的朋友,有的背叛了他,有的远离了他。作为一个实施变法的宰相,这种性格对他而言是可悲的,导致了他不能团结身边的人,梦想着只靠皇帝的支持和自己的能力就能改变庞大的北宋帝国百年以来的积弊,这显然是水中月、镜中花般的虚幻。用今天的话说,王安石缺乏的就是团结协作的精神。

虽然神宗和王安石惺惺相惜,但免不了会出现矛盾。在对程防的任用问题上,神宗和王安石就有很大的分歧。

熙宁初年,程防为河北屯田都监。在职期间,他曾多次治理黄河,王安石大为赏识。熙宁五年,王安石要提升程防为押班,神宗表示反对,说:"虽然此人治河成效显著,但他劳民伤财、骄暴自肆,把这样的人提拔为押班,恐有朝中大臣不服。"

王安石认为神宗对程防存有偏见,多次在神宗面前替程防说好话,但无论怎样说情,神宗始终不肯答应让程防担任押班。直到熙宁八年,提起此事,王安石还是耿耿于怀。

同样,在怎样对待李评的问题上,神宗和王安石发生过激烈的争论。李评家世显赫,为皇亲国戚,神宗对他非常信任。熙宁初年,李评曾对变法提出批评,王安石因此非常厌恶他。此后在有关李评的问题上,神宗与王安石一直争论不休。

李评在朝廷内外是一个颇受众人非议的人物,可他偏偏受到神宗的赏识,以至于神宗不惜得罪自己的爱臣王安石来袒护李评。原因很简单,李评久侍神宗,知书达理,熟悉典故和朝廷礼仪,又懂得一点智谋术数之学,这一点少有人及。

神宗既想留下李评,又想用王安石。用李评是想来拉拉家常、聊聊天，用王安石则为主持大政。一公一私，正好满足了神宗的需求。王安石则认为，这样一个为神宗钟爱却整天在神宗面前说自己坏话的人是最危险的，这也是王安石长期揪住李评辫子不放的根本原因。

王安石对李评深恶痛绝，要神宗将李评治罪或者外放，与皇帝争执不下。为此，王安石竟提出辞相。神宗没有办法，只好让步。

在这件事情上，王安石最终胜利了，可他没有意识到，在他胜利的同时，失败也在悄悄地向他逼近。因为这件事神宗伤透了心。自此以后，神宗和王安石经常发生争论，对王安石也不像以前那样崇拜了，对他的话也不像以前那样言听计从了，他们之间的裂痕越来越大了。

宣德门事件

熙宁六年（1073年）正月十五日，在这个喜庆的日子里，发生了一件令神宗皇帝和王安石都十分意外的事件。

正月十五元宵之夜，王安石应邀陪同宋神宗到皇宫观赏花灯，地点是皇宫正门宣德门。当年开封的宣德门类似于后来北京的天安门，高大雄伟，巍峨壮丽，是门楼合一的建筑，故也称宣德楼。门前有开阔的广场，国家的重大庆典活动都在此举行。当晚，神宗皇帝就要带领众臣登楼观灯，与民同乐。

此时的王安石正得宋神宗的恩宠，踌躇满志，春风得意。当他兴致勃勃骑着高头大马直接进入宣德门时，不想这个看上去很平常的举动竟惹了麻烦。在这里值守的太监张茂则先是冲他大声叫停，随后示意守门卫士上前揪住为王安石牵马的马夫，不由分说上来就是一顿拳脚。马夫骂道："瞎了狗眼啦，这是王相公的马！"张茂则呵斥道："相公也是人臣，难道要当胡作非为的王莽吗？"原来，张茂则如此大胆是因为王安石进宣德门不下马，犯了规矩。

一个当朝宰相居然遭下人如此侮辱，王安石自然十分恼火，马上找到宋神宗给评理："陛下，门内下马，并非我王某开的先例，先前随同曾公亮宰相陪皇上进皇宫都这样。"这一提醒，神宗也觉得有理："是嘛，朕做亲王时，地位可是在宰相之下的，不也是在门内下马吗？今天这事何故如此？"不料一向与王安石不对眼的老臣文彦博，却冷冷地甩出一句阴毒的话："老臣从来只于门外下马。"言外之意这是当臣子的应该懂得的规矩，难道就你王大宰相特殊？

不过宋神宗还是向着王安石的，但若明着偏袒王安石，又怕落人口实。于是，决定走符合"三公原则"的司法程序，将此案移交开封府审理。

接手宣德门一案的是开封府判官梁彦明、推官陈忱。这俩法官脑瓜灵光，深知王安石与皇帝的关系不一般，于是，毫不犹豫将门卫判处杖刑，把两个大胆狂徒打了个屁股开花。

事情至此，本可以画上句号了。但王安石觉得这事并非偶然，不然一个小小的门卫哪来这么大的胆，所以，强烈要求神宗皇帝彻查幕后指使人。

宣德门一案在朝中大臣中引起议论，不少官员也毫不客气地指责王安石。御史蔡确就公开站出来为受冤屈的门卫辩护："卫士的职责就是拱卫皇上，王宰相不按规矩下马，卫士理应呵止他。

而开封府的两判官也不是个玩意儿,就知道仰高官鼻息,不仅不秉公执法,反而重责卫士,从今往后,卫士谁还敢忠于职守?"

神宗感到蔡确所言亦不无道理,然而也不想追究王安石的责任,他要维护王宰相的面子,只为自己魂牵梦萦的改革大计。为了平息官员中的不满情绪,只能拿那两个开封府的官员开刀。于是,拿出了一个两全其美的处理意见:对开封府的两名官员各罚铜十斤。这场沸沸扬扬的宣德门事件遂告平息。

不料,熙宁五年,又发生了谏官唐坰大闹宫廷一事,几乎使王安石名誉扫地,在当时影响非常大。

唐坰闹殿

唐坰是一个年轻气盛、急于升迁而胸无城府的人。熙宁初他曾上书说:"秦二世制于赵高,乃失之弱,非失之强。"神宗很赞赏他的观点。唐坰认为变法要取得成功,就必须采取非常手段,说:"青苗法不行,宜斩大臣异议如韩琦者数人。"王安石听后非常高兴,向神宗推荐他的才华,唐坰得赐进士出身,为崇文殿校书。但神宗不久后即看出此人的思想太片面,用之会有后患,遂令其知钱塘县。王安石则想提拔他,自己不好在神宗面前直说,就让邓绾推荐唐坰为谏官。经过一段时间的接触和了解,王安石也逐渐看到了这位年轻人做事太草率,没有责任感,因此不同意提升他的职位,只以本官同知谏院。

恃才傲物的唐坰这次再也忍不住了,他认为自己不能升迁,全是因为王安石从中作梗,在神宗面前说自己的坏话,决定要狠狠地告王安石一状。但唐坰没想到,神宗对他的几次上书皆不予理睬。升迁无望的唐坰决定孤注一掷,非要把王安石告倒不可:既然皇帝不理睬我的上书,我就当着皇帝的面弹劾王安石,让他在众大臣面前出丑。于是就演出了下面颇有戏剧性的一幕。

《林希野史》载:熙宁五年八月二十六日,大臣们准备退朝的时候,唐坰突然站出来,说有本要奏。因唐坰此举不合常规,众大臣皆惊,神宗亦愕然。神宗让守门使向唐坰说明,有事明日再说。唐坰不肯,神宗按捺住火气,要他到后殿详说。唐坰仍是不肯,并大声说:"臣所言者,请与大臣面辩。"

神宗见此,只好作了一点让步,召升殿。唐坰走至神宗面前,从袖中慢慢抽出一大轴奏本,刚要进读,神宗制止说:"疏留此,卿姑退。"神宗这么做,一是给唐坰留些面子,二是避免使自己和王安石在众人面前出丑。

可血气方刚的唐坰不仅不听,反而大声说:"臣所言皆大臣不法,请对陛下一一陈之。"不等神宗劝止,他就展开奏疏,眼睛盯着王安石厉声喝道:

"王安石近御座前听札子!"

唐坰这一着可真厉害,王安石根本没有明白是怎么一回事,因此不知是进是退。平时思路敏捷言辞流利的王安石,竟然脸憋得通红,一句话也没说出来。

唐坰见王安石迟迟不肯向前,又厉声呵斥:"陛下前犹敢如此轻慢,在外可知!"

王安石不由自主地向前走了几步。

得意忘形的唐坰步步紧逼,迫不及待地大声宣读,共六十余条，核心内容是攻击王安石，大意是：王安石专作祸福，曾布等表里擅权，倾震中外，引用亲党，以及阿谀无行小人，曾布在要地，为其耳目，天下只忌惮王安石威权，不知有陛下！新法烦苛，刻剥万端，天下困苦，即将危亡。今大臣外则韩琦，内则文彦博、冯京等，明知如此，忌惮王安石不敢言。陛下深居九重，无由得知。王珪位居中枢，曲事王安石，无异于奴仆。

唐炯边读边盯着王珪，王珪羞惧交加，低头后退，不敢仰视。唐炯不让任何人有插嘴的机会，接着指责韩绛、薛向无异于王安石的家奴，谏官张商英不敢弹奏王安石党，此乃王安石鹰犬，非陛下耳目。

唐炯每念完一段，即指着王安石的鼻子问："请陛下宣谕王安石，臣所言虚耶，实耶？"

神宗觉得唐炯做得实在太过分，屡次大声制止。可这个唐炯偏偏抱定了必死的决心，非得痛痛快快地说完不可，毫不退缩。

侍臣、卫士们无不相顾失色。

唐炯读完后，大殿里面的空气紧张得都凝固了，甚至能清楚听到人们急促的呼吸声。神宗一时也不知说什么好。

这时，唐炯又进一步批评神宗。因为是皇帝，唐炯自然不敢像弹劾大臣一样无所顾忌，于是他就指着神宗的御座说："陛下即不听臣言，不得久居此座！"

唐炯完成此惊人之举后，倒也显示出男子汉的气概，自己乘马直出东门永宁院待罪。

等唐炯走出大殿，神宗问左右大臣，唐炯为何敢这么做？王安石自我解围，说："此小儿风（疯）狂，又为小人所使，不足怪也。"

耐人寻味的是，神宗对唐坰大闹殿堂的处分不太严厉。不久，唐坰被贬为潮州别驾、韶州安置。神宗内心对唐坰这一置生死于度外的举动也有些好感，可以想见当时的复杂心情。

唐坰此举在朝野上下产生了极大的影响，但因为他那不大为人称道的品行，并未赢得名誉。然而，唐坰的弹劾却使王安石的声誉受到影响，而且动摇了神宗对王安石的信任感，这非同小可。此后神宗与王安石的分歧加大，并最终导致王安石的辞职。

第一次罢相

熙宁六年（1073年）发生了一件大事，对王安石变法运动产生了致命的打击。这件事情的起因是一位名叫郑侠的看城门的小官进献的"流民图"。

郑侠原本是由王安石亲自提拔上来的，可是在他目睹了变法运动给老百姓带来的惨状之后，实在是忍受不住了，道德良知促使他一定要把实际情况向宋神宗上报，以解万民于倒悬之苦境。按理说在很多朝中大臣接连上奏折都没能让宋神宗改变主意、停止新法，作为这么一个小官的情况上报，怎么可能引起宋神宗的重视呢？估计郑侠在上奏折前，一定也是大费思量，思忖着如何写这奏折，才能引起宋神宗的重视。最终，郑侠选择了一个与其他大臣都不相同，非常特殊的情况汇报方式，郑侠并不是上一道文字奏折，可能他知道，宋神宗肯定对普通的奏折已经提不起兴趣了。于是，郑侠画了一幅"流民图"，呈见宋神宗，并附言此图所绘皆他亲眼所见的民间流民扶老携幼之困苦之状，俱是实情，请神宗观其害，罢废害民之新法。并且郑侠还立下军令状："延万姓垂死之命，十日不雨，乞斩臣宣德门外，以正欺君之罪。"也是说，他请求宋神宗废除新法，是在为万民请命，如果罢废新法后，十天之内还不下雨，就让皇帝斩了自己。从郑侠所立下的军令状来看，他为了罢废新法，可以说将身家性命都押上了。

宋神宗收到此图后，打开一看，不由倒吸一口冷气，只见图上无数流民扶老携幼，身无完衣，啼饥号寒，口嚼草根野果，许多人身披锁械犹负瓦揭木、卖以偿官，百姓尸体，奄毙沟壑，累累不绝。但是面对这样的惨状，酷吏还在威逼恫吓，怒目追索，无数百姓流离失所、呼天抢地……

看完，神宗不禁潸然泪下，他非常痛苦、非常无奈，也非常迷惑，因为宋神宗实在想不明白，以"富国、裕民、强兵"为目的的变法运动，怎么会造成这样一个"民不聊生、天下万分悲苦、海内民怨沸腾"的局面？他实在是想不通啊，到底变法运动错在什么地方？

"流民图"所绘之天下黎民百姓的惨状，不仅惊动了忧国忧民的士大夫们，使得请求罢废新法、贬黜王安石的折子像雪花一样朝宋神宗飞来，还惊动了两位太后，曹、高两位太后也是一把鼻涕、一把眼泪地述说"安石乱天下"，恳请皇上罢废新法，罢免王安石。

在这样的压力下，宋神宗不得不选择了妥协。熙宁七年（1074年）四月，王安石第一次罢相，出任江宁知府。下令暂时罢免青苗、免役、方田、保甲等十八项法令。

吕惠卿等改革派坚持新法是正确的，并把郑侠交御史治罪。吕惠卿、邓绾言于帝曰："陛下数年以来，忘寝与食，成此美政，天下方被其赐，一旦用狂夫之言，罢废殆尽，岂不惜哉！"相与环泣于帝前。于是，新法一切如故，惟方田暂罢。

这一次政治较量中唯一被废除的方田均税法，也是唯一以遏制土地兼并为目的的新法。不伤害老百姓的被废除，伤害老百姓至深的则统统保留，真让人啼笑皆非。

虽然以后宋神宗又重新启用王安石为相，变法运动仍是时断时续，但是整个变法运动发展至此，基本可以宣告它的失败了。

用人不当

熙宁变法的本意是好的，但是一些政策在客观上没有起到好的效果。

比如青苗法、免役法之实行，与理想相去甚远。如果贫困民户自愿请贷官钱，尚有可说，但实际上是地方官强迫农民贷款，称为散青苗。地方官为了保障秋后本息全部收回，散派的对象是中上之家而非贫困户，大概是怕贫困户无力偿还，这还谈什么惠民呢？而青苗法中要收取利息二分，即是百分之二十，这数目是一般平民所不能负担的。

政策执行不力的根本原因是没有合适的人才推行新法。而且王安石个性刚强，与神宗议论国事，有所抗辩，声色俱厉，神宗每为之改容听纳。创行变法之初，司马光曾致函叫他不要用心太过，自信太厚，安石覆书抗议，深不以为然，二人本是极要好又互相推重的朋友，从此画地绝交。例如，苏轼本来是拥护新法的最好人选，但苏轼的很多正确的意见也未能被王安石采纳。起初最推崇他的文彦博以及对王安石有知遇之恩的欧阳修，都成了他的反对派。连他自己亲自挑选的革新集团中的人物程颢和苏辙也背叛了他，加入了反对派的阵营。而革新集团中的中坚力量吕惠卿及章惇等人，人品都有问题，只是看到王安石受到神宗皇帝的大力支持，想借助安石的力量获得更多的权力而已。

因此，王安石在进行变法时，选人不当是他所犯的一个致命的错误，很多人并非想真心进行变法，只是打着变法的幌子攫取各自的利益而已。在变法的这条路上，除了神宗皇帝的支持外，王安石可谓是单枪匹马，这也就不难理解他为什么会失败了，为什么在他失势后大部分新法会在一夜间全部废除，虽然这不是最主要的因素，但也是一个不可忽视的重要因素。

曾布是王安石推荐为主管变法的司农寺的少卿，也是青苗、市易诸法的参与制定者。作为王安石变法的元老旧臣，他本应该将变法进行到底，但当看到朝野有人反对、皇帝对变法有所动摇时，他的立场也开始转变了，随即联合另一个市易法的倡议人魏继宗，公开诋毁变法。只此一点，曾布、魏继宗等人的人品可见一斑。首倡差役诸法的前三司使韩绛（王安石第一次罢相继为宰相，继续推行新法）与王安石的得力助手吕惠卿多有不和，王安石复相后，由于在市易司人选问题上与王安石意见相悖，韩绛自请辞职外任知州。王安石荐用吕嘉问为市易司，招致吕惠卿不满，双方时有摩擦。王安石的儿子王雱知道后，指示御史中丞邓绾上书弹劾吕惠卿在华亭县借富民家财置田产，由县吏收租，交接贪污，致使吕惠卿罢政，牵连故友章淳，使王安石又失两臂膀。王安石在变法中使用的这些人，看似拥护变法，实则居心叵测，心怀诡诈，目的不一。这样一个临时拼凑的、貌合神离的变法集团，最终禁不住反对派的疯狂打击，断送了改革。用人不当无疑是王安石变法失败的一个不可忽视的原因，以至到最后，王安石几乎是孤军奋战，尽管有心力挽狂澜，却最终无力回天，变法的失败在所难免。如此松散的变法集团，怎能不让王安石陷于内外交困的境地呢？

接任王安石宰相的枢密使吴充，是王安石的儿女亲家，却不心许新法，率先变更。王安石的弟弟王安国，竟然与前宰相富弼的女婿冯京联合支持言官郑侠上书攻击"吕惠卿朋党奸邪"。闲居洛阳四年的司马光上书言及新法弊端：一是青苗钱，使民负债，官无所得；二是免役敛钱，养浮浪之人；三是保甲扰民。确实也触到了新法在推行过程中官吏借机盘利勒索，扭曲新法，使新法变味的弊端。在外有强大政敌、内部离心离德的情况下，独木难支的王安石只有息政告退，哪能有其他的选择？至此，新法便成了蔡京六贼（蔡京、高俅、童贯、王黼、朱缅、李彦）揽财害民的工具，致使天下纷扰，民不聊生，内忧外患纷至沓来。

假如王安石能开诚布公地与韩琦、富弼、范纯仁、司马光、文彦博这些曾经的改革者、重臣作倾心之谈，以国之根本打动他们，相信这些人大多数决不会抱残守缺，坚持腐朽之见，仅以利己来论国事。因为他们毕竟不是贪赃枉法、利欲熏心的腐败官僚。王安石在建立改革统一战线方面首先失之偏颇，以致树敌过多。假如王安石在用人上，听其言而观其行，坚持任人唯贤的路线，而不是党同伐异，至少新法在实行过程中不会变味，成为某些人以变法之名行营私舞弊、中饱私囊之实的工具。

名臣们反对变法，恐怕很大程度与王安石的用人不当有关，他所任用的一些人，为名臣们所不齿，自然不屑与之为伍。而且像苏轼兄弟也不是一概反对变法，否则便不会有"司马牛"的故事了。

司马光当政以后，以为苏轼以前曾受到新党的迫害，这次一定会跟他站在一条线上。结果苏轼说："新法之所以没办好，是因为所用非人。新法的内容大都还是不错的，只是没实施好，太急并且没用对人。"

结果司马光大为恼火，两人不欢而散。苏轼回到家里大叫："司马牛，司马牛。"

执拗的君子

王安石被人家称为"拗相公"，就是说他的为人、文章，所持观点每每与人不同，而且非常固执地维护自己的观点。

首先，他这个人刚正不阿，对权势从不趋炎附势。他不迷官恋权，二十一岁考中进士时，宁愿在一个偏远的地方当一小吏，也谢绝朝廷召他入京做官。嘉祐四年，他做了朝廷的三司度支判，上"万言书"要求实行政治、经济方面的变法，但没能引起仁宗皇帝的重视，被迁知制诰，不到两年便借故因丁母忧而解官归江宁待业了。而后，他一直谢绝赴京师做官达二十五年之久。仁宗驾崩、英宗即位后，王安石由于曾上奏朝廷反对英宗接班，不愿复官。直到神宗即位明确表示对他欣赏时，王安石才重回京师，就任参知政事。

英雄有了用武之地，王安石一上任便颁行新法，大刀阔斧地进行改革。先是"清洗队伍"用新人。他竟然把自己编著的《三经新义》中的观点作为科考的题目，还把对变法的态度作为选人用人的标准，一下子，左右御史台被清洗了十四人之多，由此，一些深孚众望的大臣开始公开反对王安石。皇帝问："为什么所有的大臣乃至全朝的读书人都群起反对新法呢？"王安石回奏："陛下要师法先王之道，不得不清除这些反对的旧臣。反对新法的旧臣与陛下之间的夺权之争，不会以陛下善良的愿望而得以避免。这是改革派与保守派的生死之战，关乎国家与陛下存亡，是领导权掌握在谁手里的大问题。"虽然新法实施步履维艰，甚至在实践中碰得头破血流，但是王安石那种坚定执著的精神令人佩服，最起码他没有为明哲保身对皇帝唯唯诺诺，也没有睁只眼闭只眼姑息养奸，更没有说一套做一套。

其次，他洁身自好，对历代官员任情放纵、贪污腐败现象深恶痛绝，尤其对当时士子们热衷的纳妾风气嗤之以鼻。有一次，王安石的妻子吴氏专门买了个侍妾进献给丈夫，晚上侍妾前来侍寝，王安石惊问："怎么回事？"得知该妇人因家产卖尽不足以还官债，所以她丈夫把她卖掉好凑足赔款后，王安石找到她丈夫，命将妇人领回，连钱也没让妇人的丈夫退还。王安石的不近人情被苏洵视做"大奸"："是不近人情者，鲜不为大奸慝。"其实他哪是什么大奸，只不过是个不碰南墙不回头的理想主义者罢了。

王安石有点清高自大、刚愎自用。其在能耐学识方面，同代及后人从无异议，王安石自己也颇为自负："自百家诸子之书，至于《难经》、《素问》、《本草》、诸小说，无所不读。"（《答曾子固书》）

据说王安石在政治辩论急眼时，就会毫不客气地斥责对方"君辈坐不读书"，政敌们也不得不承认他博览群书。

嘉祐六年（1061年）八月，宋仁宗殿试春闱举人。这一年殿试是选贤良方正进谏之士。这次应试中，就有四川的苏轼、苏辙弟兄俩。苏轼、苏辙颇有文采，许多人都以为第一名第二名非此二人莫属。初试后，令人瞠目结舌的是，兄弟二人并未夺得头彩，苏轼的考卷录为三等，而苏辙的考卷被视为不合格。原因是苏辙在卷中严厉地批评皇帝不关心西北边防、沉溺后宫、不问朝政，致使朝政日益黑暗，并且在引文方面不够仔细。考官司马光颇欣赏这两兄弟的才能，重新审核后认为合格，列为四等。于是，苏轼、苏辙被双双录取。但是，任知制诰的王安石不给苏辙拟写"告身"（即授官凭信，似后代任命状）。宰相问理由，他说苏辙以攻击圣上而中进士，自己坚决不赞成。于是，宰相反唇相讥："三年前你写的《上仁宗皇帝言事书》岂非攻击圣上？仁宗皇帝不是依然欣赏你的才能，破格录用你吗？"一句话，把王安石问得无言以对，两颊涨得通红。

但是，拗相公王安石是个做事不回头的人。他想干的事，无论反对者势力如何大，也会坚持下去；他不想干的事，即使众人都说可以做，他也不会做。王安石最终也没给苏辙拟写"告身"。如此倔强的性格，执拗之中却也不失那么一点可爱。

如果是一个小人物，执拗也不是什么大缺点。可王安石是个政治家，这一个缺点所造成的影响就非常明显了。如在他担任宰相期间，大刀阔斧改革，想改变积贫积弱的国家面貌。但是改革最后还是失败了，原因除了大地主、大官僚的反对，以及改革本身的局限外，他的执拗也导致了用人不当，使他的变法变了味，最后失败。如他任命的副手吕惠卿，就是一个见风使舵之徒。司马光早就告诫过他，此人不可重用，但是王安石不听。起初吕惠卿是变法的急先锋，比王安石还"激进"，后来变法失利，吕惠卿反过来倒咬一口，说了王安石不少坏话，还故意出难题难为王安石。当然，这样的人还有不少，比如蔡确之流。

变法把北宋王朝拖入党争的漩涡，朝廷空前分裂。一边是"熙宁新党"，但除了王安石，鲜有正直的人，可以说，宋神宗和王安石带着一群心怀鬼胎的人在做事。另一边是"保守旧党"，非但有司马光、苏轼这样的社会精英，还有韩琦、文彦博这批范仲淹改革时的旧臣。变法开始后，王安石性格里的拗劲，发展成一种实践理想的狂热，让他看不到政策执行中的问题。

比方说青苗法，青黄不接的春季，官府低息贷粮给农民，秋收后农民再按息还粮。王安石夸海口说，"民不加赋而国用足"，两全其美。但结果呢？一个农民敲开了县衙的大门，官吏说，借粮可以，先填申请表吧。农民是个文盲，花钱请了书吏，交了表，石沉大海。一咬牙，掏钱，给官吏好处费。到了还贷时，一算利息，好家伙，竟然比地主的高利贷还高！

王安石改革至此成了一场黑色幽默。

执着和固执、一往无前和一意孤行，就像硬币的两面。然而恰是这一种"拗"，让我们今天还能看到王安石可敬又可悲的背影。

第四章　可惜风流总闲却

其实，自从王安石登上相位的那一天，就注定了他要以悲剧收场。在这场前无古人后无来者的大变法中，皇帝是帅，他是将，按照人们传统的思维，皇帝是天之骄子，圣明如神，是完美的化身。在这场变法中，如果取得了什么成就，首要功劳肯定要归功于皇帝，而如果出现了错误，王安石理所当然地就成了替罪羔羊。

罢相与复出

王安石执政前后共计七年，其功过是非神宗最为清楚。在变法方面，王安石对反对派予以坚决反击，或者降官，或者逐出京城，为了实现富国强兵的伟大夙愿，王安石可谓排除了一切困难，积极推行新法。似乎正是因为王安石不信天命而招致的报复，就在王安石推行变法日渐深入之时，一场北宋历史上最大的旱灾从天而降，这无疑给了变法当头棒喝。变法的反对者们似乎正在等待这一场大旱，饥民遍野、白骨累累的惨景不知道比他们的多少道奏折都有效。他们认为，这种乱象充分地说明王安石的倒行逆施已经引起了天怒，这更使原本已日渐平息的反对浪潮又重新高涨起来。饥民的增多，直接引发的就是流民的增多和各地的暴乱。禁军马队，挥动着马鞭到处追逐着饥饿的流民，逃躲追逐之间，马蹄声、斥骂声、鞭打声、哭叫声充斥了京城的每个角落。这更使变法的推行雪上加霜。每天都会有众多关于流民的奏折和大臣反对的奏折源源不断地呈送给神宗皇帝，即使神宗再怎么信任王安石，可摆在面前真实的证据，让他渐渐对王安石的变法产生了怀疑。

而此时，郑侠的《流民图》震撼了神宗。而一直处于后台的太皇太后和皇太后亦走上了前台，她们在神宗面前痛哭流涕，声称新法变乱了天下。在这种情况下，神宗又一次动摇了。尽管王安石几经解释，但神宗皇帝还是心存疑虑。

神宗思索了许久，第二天一大早，神宗皇帝没有征得王安石等变法派的意见，在上早朝之时直接颁布圣旨：在东京城广设粥厂，倾尽官府存粮，赈济百姓；命各地官员迅速详细汇报各地灾情；新法暂停，令天下之人对此各抒己见。

新法的暂停，对王安石的打击是巨大的。这不仅意味着神宗皇帝对他信任的动摇，更意味着他为之付出一生的宏伟事业有可能会付之东流。他不在乎高官厚禄，不在乎荣华富贵，可他在乎的却是百姓的认可，国家的强大。

事已至此，王安石已经没有退路了。他的新法被暂停了，他在朝廷也被彻底地孤立了。他从一个受人瞩目的位置上滑落到了孤立无援的境地，这是何等的悲哀啊！此时，不仅满朝的文武百官反对他的变法，连变法的基础——老百姓都因他的变法而深受其害，他已没有什么颜面继续留在朝廷，除了辞职，他别无选择。

因为一场天灾而导致变法的失败，这是他在执政时期所未曾预料到的。在王安石看来，他的新法纯粹是为着国家利益着想，他一心装的只有整个大宋王朝。他的新法不是没有错误，不是没有弊端，这些他都承认，可任何事情都不可能尽善尽美，有利就有弊。自他执政以来，大宋王朝入不敷出的境况已经得到了很好的改善，甚至还有一点结余；在对西夏的战争中，也取得了前所未有的胜利。可是就因为这一次突如其来的天灾，他的新法就功亏一篑，他接受不了这样的现实，他自叹这是何等的荒唐，可是，眼前的这一切已经告诉了他，他失败了，输得很彻底，已经没有任何翻身的余地了，他满心苦涩，无奈地摇了摇头。

辞职的奏折很快就呈上去了，可一直没有回应。其实，新法虽暂停了，但神宗并没有罢免王安石的决心，毕竟王安石是他深受尊敬的老师啊。他们拥有共同的理想，拥有共同的抱负，为了实现这些理想和抱负，他们曾经一起并肩作战，相互勉励。而今，要罢免昔日的挚友，神宗皇帝又于心何忍呢？而且罢免王安石就意味着自己几年的一切努力全都付诸东流了，他能下得了这样的决心吗？

神宗暂罢了新法，王安石心里有抵触，变法派的吕惠卿、邓绾二人进宫面奏神宗，请求继续推行新法。神宗犹豫不决。吕惠卿声泪俱下地说："几年来，陛下废寝忘餐，推行新政，已经取得了很大成果，天下百姓也一片赞颂，怎能仅凭一个狂夫之言，说废就废呢？如此一来，多年的心血不是白费了吗？"

而此时的邓绾附和吕惠卿，也劝说神宗继续推行新法。变法图强，本来就是年轻的神宗皇帝梦寐以求的理想，也正是因为有了这个理想，才有了对王安石的提拔，才会有了后面这许多的风雨。他下令暂罢新法，也只是看到流民图上那悲惨的一幕，让这位从小生活在深宫之中的人的心灵为之深深震撼。但静下心来仔细一想，觉得将推行多年的新法全盘否认，实在是心有不甘。他不想就这么承认自己的新法失败了，一方面是不想新法失败，另一方面也是想为自己挽回一点做皇帝的自尊。见两位大臣苦苦相劝，变法图强的意识在思想里又占了上风，于是同意了继续推行新法。两人领旨而出，新法继续推行，而且力度比以前更大。

此时，在王安石一再坚持下，神宗皇帝接受了他的辞呈，并叫王安石推荐接替他的职务的人选。此情此景我们不难看出，神宗虽然免去了王安石的宰相之职，但并没有完全放弃富国强兵的理想，而是要继续推行新法。

王安石推举了两个人，一个是前宰相韩绛，一个就是曲意奉承的吕惠卿。

熙宁七年（1074年）四月，王安石正式罢相，出知江宁府。

大宰相王安石秉政七年有余，大张旗鼓地推行新法，在中国历史上掀起了一股巨大的改革风暴，许多人都被这场风暴刮出了政坛，刮出了京城，甚至丧命，最后却被一个名不见经传的小人物掀翻了。

王安石离京之后，韩绛和吕惠卿迅速被提拔重用。韩绛任同平章事，吕惠卿任参知政事，变法运动由韩绛、吕惠卿等人负责。至此，神宗已经将变法的希望放在了这两个人身上。起初，两人深感王安石的提拔之恩，所以继续实行王安石制定的方针政策，真正是萧规曹随，一点儿不肯改违。因此，京城的一些人送他们二人两个美号：韩绛称为"传法沙门"，吕惠卿唤做"护法善神"。但是，过了一段时间以后，他们为了各自的利益，走上了不同的道路。

吕惠卿是个极具野心的人，且极善于钻营。王安石在位时，为了取得王安石的信任，以达到自己升官发财的目的，他极力鼓吹变法如何如何好，曾被视为王安石变法最得力的助手。王安石离开之后，他妄图取代王安石的地位，为了达到目的，提拔族弟吕升卿、吕和卿等人，以此来扶持自己在朝廷的势力，打击变法派内部的其他成员。此时的吕惠卿已经完全由一个变法的拥护者转变成了一个变法的利用者，他打着变法的招牌，肆意妄为。吕惠卿执政以后，因为之前与三司使曾布有嫌隙，便想利用现在手中的权力拔去这个眼中钉，真可谓是"官报私仇"。恰在此时，曾布上表请求废除市易法，认为此法不良。吕惠卿便趁机抓住这个借口，以阻挠新法罪弹劾曾布，将曾布逐出京城，贬到饶州去做了知州。

吕惠卿采用吕和卿的建议，创行手实法，具体内容为：命令民间的土地、房屋、宅基地、牲畜和所有资产，都要据实估价报官，官府按估价总额抽税，凡隐瞒不报者，重罚，举报者有赏。这实际上就是征收资产税。如此一来，民间寸土尺椽，都要纳征，养鸡饲牛，都要纳税，老百姓苦不堪言。

吕惠卿的所作所为激起了郑侠的愤慨，他再次画了一轴画，题名为《正人君子邪曲小人事业图》，在这幅图中，他将唐朝的宰相进行分类，其中魏征、姚崇、宋璟等，称为正人君子；李林甫、卢杞等，号为邪曲小人；将冯京比做君子，吕惠卿比做小人，借古讽今，呈献给神宗皇帝，并附上一道奏折，弹劾吕惠卿。吕惠卿绝不容忍郑侠对他的攻击，在他一手操办下，郑侠被贬谪到偏远的英州。本来，吕惠卿要置郑侠于死地，但被神宗阻止了。神宗说郑侠谋国而不谋身，忠诚可嘉，不可重罚。皇帝都这样说了，吕惠卿也只能见好就收。

王安石的弟弟王安国，一直不赞成哥哥的新法，但却丝毫不影响兄弟间的感情。为此，他曾特别提醒过哥哥王安石，要时时刻刻提防吕惠卿。有一次，王安石正在和吕惠卿商量政事，王安国见势，故意在屋外吹起了笛子自娱自乐。正在兴头上的王安石冲着外面的弟弟喊道："停此笛声如何？"王安国应声回敬道："远此佞人如何？孔夫子曾说，驱郑声，远佞人。哥哥如能远离这等阴险小人，吾便停此笛声。"兄弟俩的一问一答，实际上王安国是引用了孔夫子的话告诫王安石远离吕惠卿，这令处在一旁的吕惠卿甚是尴尬。

虽然吕惠卿当时没有说什么，但怀恨在心，时刻想寻找时机报这一箭之仇。恰巧，郑侠流放英州之后，吕惠卿便以王安国与郑侠交往甚密为由，撤掉他的职务，贬回老家去了。吕惠卿总算松了一口恶气，报了一箭之仇，这也在无形之中助长了他的嚣张气焰。在将郑侠、王安国逐出京城之后，吕惠卿依旧觉得不解气。对上他一味阿谀奉承，对下四处走动，拉帮结派，慢慢地在朝中建立了自己的地位。于是他处事更加独断专行，很少同宰相韩绛商量。但最令他担心的还是王安石的复出。虽说王安石早已远离了朝政，但皇帝却时刻没有忘记他，总想找机会再请他出山。吕惠卿怕王安石的复出抢了自己的风头，更害怕自己好不容易建立的地位因王安石的复出而瞬间崩塌。索性他一不做二不休，对恩师王安石开始下黑手。

当时，山东有一个谋反案，主犯是一个亲王，犯罪团伙中有一个人是王安石的朋友。本来，这件事与王安石八竿子也打不到一块。吕惠卿欲置王安石于死地，便以此为依据，诬陷王安石与这起谋反案有染。

吕惠卿的所作所为引起了包括宰相韩绛在内的朝中大臣的诸多不满，很多人强烈要求王安石复出，他们认为，只有王安石才能控制吕惠卿。宰相韩绛向神宗上了一道密折，请皇上罢免吕惠卿，起用王安石，同时，他派人给王安石送去一份密函，说吕惠卿欲控告他谋反罪，叫他在七天之内赶到京城，七天之内，他可保这件事不爆发。当时，谋反罪是灭九族的大罪，只要与此有一丝的联系，不但自己人头落地，九族之内的亲人也要跟着自己陪葬。王安石接到韩绛的密函后，意识到问题的严重性，于是连夜从江宁出发，快马加鞭日夜兼程，果然在七天之内赶到京城。进京之后，连夜进谒神宗。

神宗皇帝自从王安石出京之后，似乎失去了主心骨，变法随之停滞。加之吕惠卿执政后，处事毫无章法，弄得朝中大臣怨声载道。他明白，长此以往，他一直希求的宏伟大业就会功亏一篑，他便开始想念王安石了，似乎也理解了王安石离职的用心。自从韩绛告诉他，王安石不日将进京，神宗又恢复了以往的生气，开始重视起变法大业。此时的吕惠卿不断地把控告王安石与谋反案有染的奏折送于神宗那里，希望神宗能尽快治王安石的罪。神宗哪还会相信他吕惠卿的话，因而将他的奏折压而不发。

王安石进京的当天，神宗便接见了他，君臣二人彻夜长谈，惺惺相惜，以往种种误会烟消云散。第二天，王安石官复原职。

王安石的复职并没有使吕惠卿就此放弃自己的野心，他不仅不协助王安石推行新法，反而处处设置障碍，处处为难王安石，处处指责变法的弊端，妄图一举搞垮王安石，取而代之。螳螂捕蝉，黄雀在后。吕惠卿做梦也没有想到，正当他算计别人的时候，有人已将矛头指向了他，而这个人，就是他曾经的政治盟友邓绾。

王安石复出之后，朝中的很多大臣开始取媚于他，企图通过支持变法满足自己的一己私欲，其中御史中丞邓绾就是一个最为典型的人物。邓绾本来是王安石变法的助手，王安石罢职后，他倒向吕惠卿，成为吕惠卿的政治盟友。此二人狼狈为奸，飞扬跋扈，对王安石落井下石，做下了许多见不得人的勾当。王安石复出之后，邓绾的处境非常尴尬，他清楚地知道王安石与吕惠卿两人的嫌隙已生，他不可能在两人中间左右逢源，必须从中选择一个人作为自己最终效忠的对象。他知道吕惠卿不是王安石的对手，于是选择了王安石。直接投靠王安石已不太可能，那样只会弄巧成拙。邓绾是个聪明人，既然直接倒向王安石已不现实，便从王安石身边的亲人入手。他背着王安石，暗中与王安石的儿子王雱商量，控告吕惠卿勒索华亭商人铜钱五百万缗。为了弥补以前的过失，重获王安石的信任，邓绾反戈一击，出卖了吕惠卿。至此，吕惠卿和邓绾的为人可见一斑。

御史蔡承禧也欲取悦王安石，于是上表弹劾吕惠卿，说他欺君玩法，结党营私。神宗此时已对吕惠卿充满了厌恶，看了邓绾等人弹劾吕惠卿的奏折后，一怒之下便将吕惠卿贬出京城，出任陈州知州。三司使章惇也为邓绾所劾，贬出京城，出任潮州知州。韩绛是王安石复出的功臣，除去了吕惠卿这等奸佞小人，两人本可以共同完成这宏伟基业。奈何韩绛与王安石的意见却始终背道而驰，而此时的韩绛已萌生去意，便托病请求离职，神宗批准了他的请求，命他出任许州知州。

就这样，王安石重新独揽宰相大权。

尽管王安石又重登了相位的宝座，可摆在他面前的路并非像之前那么好走。辞相之后朝政被吕惠卿搞得乌烟瘴气，留下的这个烂摊子还要王安石来收拾。这次他遇到的就不仅仅是变法的问题，还有如何改善黑暗的朝政状况问题。王安石的复出使变法派重拾信心，而对反对派来说，之前的一切努力都已白费，但他们仍不甘心，因为他们明白，只要出现类似上次的流民事件，再次罢黜王安石也不是没有可能。的确，尽管王安石的复出使当时朝廷的风气好了很多，可是摆在他面前不争的事实是，他和神宗之间已经出现了裂痕，关系变得很微妙，无论他再怎么努力，只要神宗的一句话，王安石的变法就有可能付之一炬。这也是王安石一直担心的。

王安石在自己的相位上小心翼翼，生怕自己出一丝错误会影响到变法。尽管如此，反对派还是抓住变法带来的不良影响不放，只要一有机会，他们会不惜一切代价地扳倒王安石。反对派的人不停地上书给太皇太后和皇太后，诉说着百姓们的生活是如何的凄惨，乡间田野是如何在议论变法，如何议论王安石。原本是一件很小的事情，但经过反对派的添油加醋以后就歪曲了事情的真实面目。为了扳倒王安石，反对派无中生有，硬说王安石变法违背了列祖列宗的遗愿，若继续实行，江山最终将毁于一旦。太皇太后和皇太后在经受了反对派群臣的苦谏后，也为大宋的社稷着想，不断地劝说神宗皇帝废除新法，贬斥王安石。

太皇太后是仁宗皇帝的皇后，姓曹，已是七八十岁高龄的老人了。虽然身为女性，但她无时无刻不关心着朝政。有一天，神宗和母亲高太后、弟弟岐王赵颢一起去看望她。聊了几句家常之后，曹太后立即切入了正题："听说百姓苦于新法，确有其事吗？"已经为此事焦头烂额的神宗听到这话很恼火，他只好悻悻地说道："行此法非害民，而是利民。"曹太后接着道："王安石固有才学，然百姓苦于新法已久，若不对此作出交代，何以对得起天下百姓？"在一旁的弟弟赵颢也按捺不住说道："还请陛下三思。"

神宗忍无可忍，大发雷霆说道："你的意思是说朕无能，败坏了宗族法制吗？那朕不干了，这个皇位你来坐吧。"听了这话，赵颢气得失声痛哭，场面十分尴尬，大家都不再说什么了，一场家庭会面就这样不欢而散。

神宗虽然没说什么，可太皇太后的话还是给他敲响了警钟。他也知道，太皇太后平常说话很有节制，不到万不得已，她不会有此举的。神宗亦明白，如果不对此事作一交代，他有何颜面对得起列祖列宗，有何颜面对的起天下百姓呢？即使再怎么不舍，可他也不能为了一个王安石而得罪天下人。他必须做出抉择，纵使有千般万般理由……

告老金陵

就在王安石罢相、复相的这段时间，王安石的儿子王雱因背疽早逝，死时仅三十三岁。王雱是王安石的长子，自小聪慧过人，深得王安石的宠爱。进士及第后，他与父亲同朝为官，共同修撰三经。王雱的死无疑又在王安石的伤口上撒了一把盐，伤痛自不待言。此时的王安石对儿子王雱的死深感痛惜，这不仅使他视富贵如浮云的观念更加强烈，且对人生如梦、转瞬即逝的思想有了更加深刻的认识，这更加坚定了王安石辞相归去的决心。

王安石第一次罢相虽说是出于自愿，但不免有怨恨之情，但第二次罢相却只有无限的遗憾与轻松。他是解脱了，可这代价也太大了，为了变法，他付出了一生的心血，甚至也牺牲掉了爱子，可换回的却是无尽的伤痛和天下人的谩骂，没有人能理解他。

其实，自从王安石登上相位的那一天，就注定了他要以悲剧收场。在这场前无古人后无来者的大变法中，皇帝是帅，他是将，按照人们传统的思维，皇帝是天之骄子，圣明如神，是完美的化身。在这场变法中，如果取得了什么成就，首要功劳肯定要归功于皇帝，而如果出现了错误，王安石理所当然地就成了替罪羔羊。

在王安石离开京城之前，他最后一次去面见神宗皇帝。当两人单独在一起的时候，两人都心知肚明，他们再也回不到过去了，君臣叱咤风云的时代已经结束了，而王安石作为臣子，要永远地为大宋王朝做替罪羊，来承担来自全社会的巨大压力。

神宗皇帝充满了内疚，两人迟迟默不作声，大殿里的空气都凝固了。最后还是皇帝先开了口，说道："爱卿这次虽离职，但变法还要继续，等到风平浪静之时，朕还要请爱卿回来主持朝政。"

王安石强挤出了一丝苦笑："臣真的累了，这些年来为了变法确实耗尽了心力，真的撑不下去了。如今老臣终于可以安心地休息了，说真的，臣期待这一天也很久了，唯一让臣不放心的就是变法大业全部要靠陛下了，今后陛下一定要多多注意身体。"

神宗恋恋不舍地对王安石说道："爱卿走后，朕就好比失去了左膀右臂，没有了爱卿，今后谁还能与朕彻夜长谈国家大事呢？"

皇帝叹了口气："爱卿这一走，不知何时才能相见，愿爱卿回金陵后好好调养，朕也不知道该送什么给你，就赐你黄金百两，你就不要再推辞了。朕知道你为官清廉，积蓄不多，这点钱全当是朕的一份心意。这次回去又要不少开销，这点钱你拿着用，千万不要苦了自己。"

王安石眼圈一红，两行老泪顿时流了下来。归根到底，还是皇帝了解他啊，像这样亦臣亦友的君臣之情，世间能有几人？但他们再惺惺相惜，最终还是免不了要分离。王安石深深地叩下头去："老臣谢皇上。"

王安石去意已决，待他离开京城之时，他望着那熟悉而又陌生的城墙，内心苦楚而疲惫。他本有着干一番大事业拯救大宋王朝的雄心壮志，有着"以天下为己任"的初衷，有着"士为知己者死"的感恩戴德之心。在这场没有硝烟的战争中，他拼尽了所有，他对此无半句怨言，依旧忠心耿耿地奉献着自己的一切。然而，当新法激起群臣的攻击，当对自己不利的一切涌向他时，皇帝的动摇、眼中的疑惑、勉强的言语，深深地刺伤了王安石的心，他的灵魂空了。

王安石并不是一个世外高人，他不可能把这一切当做过眼云烟。他骨子里有着文人的脆弱，哲人的敏感。他自尊、自爱，多少还带着淡淡的哀伤忧愁。他向往自由安宁，可又放不下国家大事，这一切都在王安石心中进行着激烈的冲突。他为之奋斗终生的事业，不过是一件明知不可为而为之的事！这就注定了他的一生是个悲剧。

还在王安石被任命为宰相的时候，众人觉得正是他一展宏图备受宠信之时。有一天，文武百官都登门向他庆贺，但王安石却没有一丝兴奋，甚至连出房门都没有，而是独自与朋友来到西庑之小阁，徘徊许久，取笔在窗上写了这样一行字：

霜筠雪竹钟山寺，投老归欤寄此生。

此后，王安石罢相后曾与这位友人同游钟山，在小憩之时，说起书窗题诗之事，王安石叹息道："你看是不是？"说完淡淡一笑，这笑中饱含了王安石多少的辛酸与无奈啊！

至此，原先那个"天变不足畏，祖宗不足法，人言不足恤"的勇士消失了。王安石叱咤风云的时代彻底画上了一个句号，只是这个句号不是那么的圆满。

王安石携着所有的家当与老妻静静地乘船回金陵。从东京回金陵，有水路相通，王安石并没有乘坐官船，却穿了便服去乘民船。在即将开船的时候，他对家仆吩咐道："我虽然是当朝宰相，今已告老还乡，凡一路停船之处，有问到我官职的，你们莫说实话，只说是过往游客就行了。不然，惊动了当地官府和百姓，前来迎送，就太不方便了。谁若是有意走漏风声，那他一定是想敲地方上的竹杠或者想诈取民财，我知道了，决不轻饶！"众仆听了，大声说："晓得了！"

这时，一个名唤江居的家仆拱手说："相公如此隐姓埋名，假若途中听到了有人毁谤相公，该怎么对待呢？"王安石回答道："常言说，'宰相肚里能撑船。'说我好的，不足为喜；说我坏的，不足为怒。千万不要去招惹是非。"

他们沿水路走了二十多天，后来王安石因患病不适，只得同夫人等暂时分手，去走陆路，临别前约定到金陵江口相会。

原来走水路时一切还好，自打从陆上走，王安石真是受尽了窝囊气，处处不顺心。

一次在一个小镇上，他们主仆四人想找脚力，到一个人家去雇。他们刚说明来意，主人便摆手说："自从拗相公当权，创立新法，百姓四处逃散，连饭都吃不饱，谁家还养得起骡马？"江居问："你说的那位拗相公是谁？"主人道："他叫王安石。听说长着一双白眼睛，真是恶人有恶相。"王安石听了低头不语，转身朝外走去。

王安石心中烦闷，到茶坊去转悠，只见茶坊壁间题着一首绝句：

祖宗制度至详明，百载余黎乐太平。
白眼无端偏固执，纷纷变乱拂人情。

王安石一看是骂自己的，沉吟半晌，又掉头走开了。他踱步走进附近一所道院，一抬头便发现红墙上面贴着一幅黄纸，上前仔细一看，纸上写的也是骂他的诗，说他"尽为新法误苍生"。王安石无可奈何地长叹了一口气，决定哪儿也不再去了，便疾步回到主人家，闷闷地过了一夜。

第二天午饭后，王安石去茅房解溲，只见茅厕土墙上，有人用白石灰水写诗八句，内容是攻击他的。说他排斥贤正，独断专行，倡言"三不足"，到头来将落得"千年流毒臭声遗"。王安石看着实在气不过，便抬脚用鞋底使劲蹭掉了。回店后，他吩咐仆役赶快收拾行装，提前赶路。

一路上，主仆几人很少搭话，行色匆匆，只顾往前走。眼看天色渐渐黑下来了，仆人江居上前向王安石禀告到："相公，天已晚了，我们到哪歇息？"王安石沉思了一下，回问江居："依你之见呢？"江居答道："要我看，今宵不必再宿村镇，还是借驿亭歇息好一些，省得生闲气。"王安石听了，点头称是。

这天晚上，他们便在附近的一处驿站住下了。夜间，王安石睡得很踏实，连日来的疲劳好像一下子都消散了。第二天一大早，江居等人忙着安排早饭，王安石独自在亭子间散步。忽然，他看到对面墙壁上题着两首绝句，其中一首这样写道：

高谈道德口悬河，变法谁知有许多！
他日命衰时败后，人非鬼责奈愁何？

王安石心想：一路来，茶坊道院、村镇人家，处处题诗讥诮，人人咒骂新法，真是咄咄怪事！如今连这驿亭也有题诗诋毁，真太不像话了！想到这里，他不禁勃然大怒，决定亲自去问个究竟。他唤来几名驿卒问道："哪个狂夫，敢题诗壁间，毁谤朝政如此？！"一位老卒应道："官人息怒。我等实在不知此诗为何人所写，也是在一个早晨突然出现的。后来一打听，才知道不只我们驿站有题诗，其他各处也都有留题。"王安石又问："此诗为何而作？"老卒说："据说这都是上面布置下来的，说王安石罢相还乡，要各处题诗相送。于是，就有一些人出来到处题写这样的歪诗，毁坏他的名声，这可真是罪孽啊！"

王安石听罢，心中立刻明白了：原来这竟是顽固派们有意搞的鬼！他想，顽固派对自己和新法的攻击，从来都是不择手段的，这无关紧要，也不值得忧虑，只要新法能有益于黎明百姓，自己受些屈辱，又算得了什么呢！想到此，他便微笑着对驿卒说道："既然这样，那就让他们去到处题写好了，总有一天会被人们抹掉的！"打这以后，一路上王安石就再也没有去理会题诗的事了。

等他回到金陵后，昔日的老宅已变得破败不堪，墙头爬满了野草与枯藤，这衰败的景象与他此刻的心情一样，凋敝凄凉。王安石实在太累了，多年的朝廷纷争，已经让他耗尽心力，筋疲力尽。坐在这熟悉的地方，呼吸着江南特有的温润，他的心情渐渐地平静了。

金陵这个地方，是王安石的发迹之地，当时，求贤若渴的宋神宗，一天几道诏书，要他到开封去任相国。现在，过气政客，失意明星，落魄文人，和不修边幅的前宰相，再度出现在金陵。

王安石最后的失败，倒不是正人君子把他挤出朝廷的，老实说，善与恶较量，善是绝对不会操胜算的。相反，恶与恶斗，倒必有一场全武行的好戏。王安石实际是败在了他一手提拔的吕惠卿手里。

苏轼在南京见到下野的拗相公时，还曾关注他过去一些政治上的举措得失。他连连摆手说："别问我，别问我，现在已是吕惠卿主政了。"而且还神秘兮兮地对苏轼嘱咐，"此话出于我口，入于你耳，万万不可为他人所知。"

他如此小心谨慎，紧张其事，不是没有来由的。由于王安石当年给吕惠卿写过一封私下的信，上面特地注上一笔："勿使上知"，也就是不要让皇帝知道他们之间的秘密。结果，吕惠卿成了彻底的两面派，随时准备反戈一击的叛卖者，把这封"勿使上知"的信件，交给了皇帝，结果自然是可想而知了。

王安石下台以后，过度失落造成心理的极不平衡，时常"喃喃自语，有若狂人"，甚至歇斯底里地发作，还用手指对空书写"福建子"三字，一写就是半天。吕惠卿是福建泉州人。

超前的眼光

　　变法中所制定的所有的政策，必须靠切实可行的制度以及可靠的官员来推动进行。王安石拥有在地方任职的实际经验，他自己也很重视这些经验。因此在进行变法时，他首先对中央政府的一些政治机构进行了改革。由于新法偏重于经济和财税，因此王安石便设立了"制置三司条例司"以配合新政的进行。另外，他还设立了"提举官"，派遣到各地去监督、推动新政的实施。王安石虽然具有较为丰富的地方工作经验，但是缺乏在中央政府工作的经验，以及在人事协调方面的技巧。正因为如此，在对人的能力及性格的判断上常犯错误，这从他在变法中的用人上可以很清楚地看到。

　　王安石进行的新政看起来一切似乎都很合理，都很符合中央政府及老百姓的要求，这些也确实是当时所需要的，其中一部分也是他任地方官时的成功经验。不过，王安石认为这样就可以通用于全国，这多多少少有主观认定上的错误，也就是犯了以偏概全的错误。对于变革而言，这是致命的。

　　秦始皇曾经将在秦国成功实行的法律制度在统一后的大中国实施，造成了秦朝在政权建设及运转上的严重错误，这也是秦朝成为短命王朝的一个不可忽视的原因。王安石为明州鄞县知事的时候，对读书和写文章很是用心。他努力进行水利建设，起堤堰，掘陂塘，官府贷给农民的谷物在偿还时只需付很低的利息。这样做还可以使官仓里的谷米进行循环。他还创建学校，实行保伍制度，这一切都很成功。新政在这里的成功实施，让王安石看到了希望，但他没意识到以此新政实施于全国会产生什么问题和连锁反应。

的确，中国的地方太大了，各地的风俗习惯、政治、经济、文化等差异很大。在宋朝时，由于经济重心南移已经完成，所以在长江流域以南经济十分繁荣，而中原地区则处在一种严重的停滞状态。或许有些地方确实需要新法，但有些地方或许就不是那么迫切，新法的实施必然会改变人们原来的生产和生活方式，对于因循守旧、求稳怕变的人来说，难免会有顾虑，新法实行起来有阻力也是必然的。当然，最重要的一点是，中央的政令很难真正有效、不走样地在各地区被执行。

在新政推行过程中，最严重的问题就是政府与民间无法进行有效的交流，而且官僚集团基于自身特权及利益的维护，根本不愿让新政成功，使得在执行上产生了非常严重的扭曲及偏差。例如，青苗法本来是一种救济贫农的方法，王安石曾骄傲地说，只要实施两年，全国所有的农民都不会再有春天无钱买秧播种的现象。理论毕竟只是理论，理论上可行的东西，在实际执行中就未必可行了，而且还可能产生相反的效果。当年王安石担任地方官的时候，由于地域狭小，行政层次简单，对于信息的了解和分析，能够比较充分和符合实际情况。因此，他可以贷粮给农户，而且监督和管理成本也相对较低，使得这一个农业贷粮系统可以有效运行。另外，虽然没有上级政府的考核压力，像王安石这样有着良好的道德品质的人，也不会利用职权搞腐败。而且王安石对那些因为各种原因暂时无法还本付息的农户，肯定不会强迫他们拆屋卖地卖儿卖女来还钱。地域狭小，管理层次简单，对信息的及时了解和分析，具有良好的道德品质，这些因素决定了青苗法可以低成本地有效运行，这也是青苗法在王安石任职的地方推行获得巨大成功的根本原因。但是，青苗法全国实际执行的结果是：青苗虽然只取两分的利，但农民实际付出的远远不止这些，包括手续费以后就达到七八分，要比理论上的高出了好几倍。表面上看着利低，但由于手续繁琐，加上其他一些不必要的费用，实际的利息甚至比高利贷还要高了。据史料记载，利息竟然高达原来的35倍，其恶劣程度可见一斑。

原来是变法的中坚人物的苏辙就曾经警告过王安石："青苗法的这些钱借给农民，是为了解决农民的燃眉之急，而不是政府去赚利息钱。但一旦这些钱借出去了，也就在所难免地为某些贪官污吏制造了贪污的机会，国家虽然明令禁止这样做，但也无法完全禁绝。还有就是，农民借到的这些钱，难免会用于他处，等需要还钱的时候，他们就拿不出钱来了。此时，须按照法律来进行惩罚，势必增加地方政府的麻烦。"王安石回答说："你说得很有道理，我们得从长计议啊！"由此可见，新法在实施过程中的确困难重重，而王安石在进行变法时根本没有将这些问题考虑进去。变法的中坚人物苏辙，在退出新党时曾经说过，王安石新法的目的就在于为国家增加财富，但新法属于计划经济，忽略了人性的一面，不懂得利用人的心理来处理事务，所以想收到实际效果恐怕就很难了。如果再加上官员在执行过程中有私心，问题势必更为严重。例如，吕惠卿等人根本就不是真心变法，也不如王安石那样清廉爱民，只不过是一个投机的政客而已，因此在政策的执行上，几乎无法避免严重的扭曲。

王安石没有很妥当地处理与同僚的关系，而且变法也没有把推行变法与整顿吏治很好地结合起来，这也是一个严重缺陷。王安石在变法时，对反对派毫不留情地予以打击和排挤，就扫清变法障碍而言，此举无可指摘。然而，对那些只是指责新法过失、并无恶意的大臣，以及居于中间立场的大臣，王安石也没有采取积极措施争取他们，而是一律予以压制，把他们推向了反对派一方，壮大了反对势力，给改革造成了十分不利的后果。而宋神宗出于权力均衡等原因，对王安石进行牵制，使王安石对变法障碍的清除没有收到很好的效果，让反变法派得以不断攻击、阻挠变法，使新法推行举步维艰。变法之初，王安石就提醒宋神宗不要为异论所惑，宋神宗表面允诺，却又把司马光、冯京、文彦博等反对派留在朝中，以牵制和监视变法，为反对派阻挠变法提供了条件。他们在等待时机，一旦取得权力，就开始全面废除新法。

王安石把重点放在经济改革方面，急于推进变法，以对变法的态度选人用人，任用了吕惠卿等一伙道德品质很坏的势利小人，撤职、调离了一批反对"急进式"变法、主张"渐进式"变革的优秀官员，这就埋下了扭曲变法、人事纠纷和"窝里斗"的祸根，导致变法派内部分裂，不能齐心协力。用人不当，造成变法派成员良莠不齐，出现了危害百姓的现象，使变法派的社会政治形象大打折扣。变法本来就有问题，像吕惠卿这样的小人们再在其中上下折腾，结果可想而知。新法的推行，也因这些人的影响而被严重扭曲。某些新法条文本身虽然不错，但一到贪官污吏手里便走样变形，引起百姓不满。在吏治不清廉、官僚地主的阻力没有扫清之前，改革是会遇到许多意想不到的困难的。王安石的一位学生曾经对此评论道："法非不善，但推行不能如初意。"

失败的原因，远远不止这些。例如，王安石个人意志力特强，坚如磐石，正像他的名字一样，他做事提倡的是雷厉风行、大刀阔斧，但优点过于突出了，往往会变成缺点。改革不但需要勇气，更需要政治智慧，而有时候后者更重要。王安石是个坦坦荡荡的君子，从不结党营私，但是缺乏斗争策略。一是不会团结人，凡是与自己意见不合的，一律"道不同不相为谋"，没有做到积极争取大多数，最大限度地孤立反对派。结果既不能得到朝内元老派的支持，也不能得到老百姓的理解，被群起而攻之。二是他做事过于仁义，对自己的对手只是逐出朝廷，至多是予以排挤，而没有置自己的对手于死地，没有做最坚决的斗争，给了反对派卷土重来的机会。

王安石最大的不幸是遇到了司马光，针尖对麦芒，水火不相容，这真是"既生瑜，何生亮"。但有一点他们二人是相通的，那就是为国为民，他们都认定自己是在为苍生社稷谋福祉。

司马光的眼光过于狭隘，王安石的眼光过于超前。有人一语中的：天还没有亮，而王安石却起了个大早。

本来都是以拯救天下苍生为己任的两个人，本来可以吟诗唱和把酒言欢的两个人，却因政见不同而变得水火难容、视如仇敌。走不到一条战线上的王安石和司马光注定要分道扬镳渐行渐远。"坏人台上唱戏，好人台下唉声叹气"，恰恰相反的是，王安石与司马光都不是坏人，悲剧的根源在于他们既不能互相理解，更不能得到天下人的理解。

朋党的拖累

梁启超在《王安石传》中说道：王安石所处的时势，虽说非常艰难，而凭借他非凡的才能，又遇到了大有作为的皇帝，来做拨乱反正的事，应该是很容易的。只是他的成就不如所期望的那样，是什么原因呢？是因为朋党拖累了他。

中国在宋之前的党祸，如汉代的党锢，唐代的牛李。宋代之后的党祸，如明代的东林、复社，都可以说是用小人害君子。只有宋代不是这样，它的性质复杂而且极不分明，不管是聪明的、愚笨的、贤能的和无才的全都卷入其中。一言以蔽之，是士大夫们因志趣而结在一起相互竞争罢了。追寻宋代朋党之所以兴盛的原因，一是由于那时重文而轻武，二是因为中央集权过度。宋太祖的政策，是必须压抑臣下，使他们不能以武功而显露自己，有才能的人，不得不都走从政这一条路。而兵权财权都集中到中央，管理百姓的官职、各地方的官署，都是用来接收被贬官员的，或者是大臣们养老的地方，不像汉代的郡国，在那里可以实现抱负有所建树，并且考核他的政绩而有升降，使人能在那里得到锻炼。因此那些优异突出的人才，想获取功名的人，都涌向京师。而那时的京师，不像现在那些立宪国的国会，能容纳许多人在里面发挥才能，能够参与国政的，两三个宰相罢了。其次是少数的馆职、台谏之类的官，也是升迁到宰相的官阶。这么大一个国家，有这么多的人才，而只有这极少极窄的位置作为立功名的凭借，那么大家相继来争抢，也就很自然了。看整个宋朝的历史，称它是争夺政权的历史也是可以的，无能的人来争目的是营私，贤能的人也来争为的是实现志向。争急了，就免不了意气用事，彼此相互诋毁，又把朋党的名声加到对方的头上，于是党祸和宋朝就始终相随了。

宋代朋党之祸，虽说在元祐、绍圣以后最严重，其实它发端于仁宗和英宗两朝。它的源头是仁宗时的范仲淹和吕夷简两人之间的争斗，发展成党争则是英宗时的濮议事件。最初范仲淹触犯了吕夷简而被逐出朝廷，士大夫们争论两个人的曲直，相互指责对方为朋党。等吕夷简罢官离去，范仲淹做了丞相，石介做诗说："众贤之进，如茅斯拔。大奸之去，如距斯脱。"孙沔读了石介的诗后说："祸患将从此开始了。"范仲淹做了几个月的宰相后，史书上称他裁减宠信滥用之官，考察官吏政绩，日夜谋划怎样使天下太平。但改革没有步骤，规模广大，论事者认为不可行。直至按察使出任，多人被弹劾，人心不满。自从恩荫子弟范围减小，磨勘制度严密，对侥幸投机者不利，于是对他的毁谤开始多起来，关于朋党的言论也被皇上听说了。反对党乘机攻击他，于是范仲淹与杜衍、韩琦、富弼同时被罢官。王拱辰、张昌言说："我们一网打尽了。"他们的气焰和石介的诗句像出于一样的口吻。

宋代的朋党，无所谓君子和小人，纯粹是士大夫们为争意气而相互倾轧，自庆历年间（1041—1048年）就已经是这样了。这种风气既然开了头，到宋英宗治平年间（1064—1067年）就遇到了濮议这一大公案。

濮议是什么呢？仁宋驾崩，他没有儿子，让他哥哥濮安懿王的儿子继承皇位，就是宋英宗。英宗治平二年，有人提出要办追尊濮王的典礼，朝廷的大臣们意见不同而引起争论，一个个气势汹汹如临大敌。朋党的祸患，从此开始发展得激烈起来。言官们甚至纷纷上书要求斩了韩琦、欧阳修以谢先帝，逐渐演变成因公事而诋毁对方个人生活上的品德，随即就有人诬陷欧阳修有男女之间见不得人的事。而当时因濮议被攻击的人，有像韩琦、欧阳修这样被后世称为君子的人；因濮议被攻击人的人中，像吕诲、范纯仁这些人，也是后世称为君子的人。宋代朋党的真相，由此就完全可以看清。

此事虽然与针对王安石新法的争论无关，但表现很相似。有关新法的公案，不过是另一个濮议。

新法尽废

公元1085年，王安石主持的变法运动落下了帷幕。之所以这样，是由于"元祐更化"的出现。这期间的风风雨雨，究竟是怎么回事呢？

目前，史学界大多认为王安石变法具有进步意义，而把元祐更化看做是一场复辟和历史倒退，并将变法失败的原因归结于元祐党人的反对，甚至把北宋的中衰和灭亡也归罪于元祐更化及其代表人物。其实，从王安石变法到元祐更化是一个必然的历史过程，是北宋社会矛盾发展的结果。因此，不能把这个历史过程中的某一个环节拉出来孤立地肯定或否定。

元祐元年（1086年）司马光执政，尽废新法，苏轼、范纯仁等人皆曰不可，司马光却执意而行，"熙宁变法"以司马光的"元祐更化"结束。不久王安石在江宁病死，同年九月，司马光病逝。史书上记载王安石退居金陵时"闻朝廷变其法，夷然不以为意；及闻罢助役，复差役，愕然失声曰：'亦罢及此乎？'良久曰：'此法终不可罢也。'"元祐元年二月，罢青苗法。到了三月，范纯仁以国用不足，请复之。八月，司马光奏称"散青苗本为利民"。其实，司马光最后也承认了青苗法是利国利民的，虽然承认了，但终究于事无补。

宋哲宗元祐八年（1093年），在高太后主导下，重又恢复祖宗旧制，"凡熙宁以来政事弗便者，次第罢之"。支持变法者被称为"元丰党人"，反对变法者被称为"元祐党人"。

今天，历史的迷雾散尽，我们以一个局外人的眼光来看那段历史，其实熙宁年间到元祐年间反对变法的这些人，也不能全部冠之以顽固保守的帽子，否则有失公允。不可否认，他们中有一部分是为了维护自己的私利，但同时也应该承认，他们中也有一部分人的言行带有兴利除弊的成分，对新法的指责也基本上符合客观事实。他们根据自己的经验，认为积弊不可能在朝夕间就得以改变，改革也不可能迅速取得成功，这些都有一定道理，不能视为守旧。其实，在王安石变法之前，朝野上下要求改革的呼声已经很高了，因为各地的农民起义加上辽国的欺侮，这些都刺激着北宋统治集团的神经。有一些大臣也曾提出过很多办法，这其中包括文彦博、司马光、包拯等人。他们尽管思路各不相同，主张并不一致，可是都曾发出要求改革的呼声，最终的目的都是一样的。不过他们想走的是一条循序渐进的道路，当他们见变法如此苛峻，就只好转而投向保守派的阵营。王安石在变法中的激进做法，把这些主张采取缓进式改革的大臣，推到了对立面。

在所谓的反变法派中，有苏轼、苏辙、黄庭坚，甚至有王安石的亲弟弟王安国等人。这些人都是非常正直、有才华的人物，他们冒着与皇帝作对的政治风险，强烈反对新法。其理由同样是为了能让国家安定，他们认为这种激进的做法过于冒险，一旦失败，后果不堪设想。他们只是想在稳中求胜，虽然最后想要的都是胜，但是却与王安石的做法背道而驰了。在新法的实行过程中，他们看到、听到的来自民间的疾苦，触动了他们的良知。其实，相当一部分人并非盲目反对新法,他们只是要求纠正新法的弊端,新法的合理之处他们也是赞成的。譬如,当司马光要把作为减轻农民负担的募役法废除时,苏轼等人再三力争,认为这项"免役法"已获得一致拥护,只不过少数权势人家不便,万不可改。由此可见,这些所谓的反对派也是在为百姓考虑,并非冥顽不化、故意阻挠变法。

但不可否认的是,在反变法派中,的确有一部分人排斥和仇视一切新鲜的事物,他们沉醉于祖宗之法,认为那是让国家长治久安的秘诀,改变了,就是对祖宗的不敬,就要招来亡国之难,这些人只愿意守着陈腐的教条过日子。就"元祐更化"时期来说,反变法派中的司马光,就是北宋大官僚、大贵族、大地主既得利益集团的代表,他所采取的措施确实是一种历史倒退,称之为保守派也不为过。

"元祐更化"不是北宋社会发展中的一个偶然事件,而且是北宋社会自身矛盾发展的必然结果,有着深刻的社会背景和多方面的原因。

首先,王安石变法触动了北宋大官僚、大贵族、大地主集团的既得利益,引起他们激烈的反对,这是元祐更化发生的主要原因。北宋在积贫积弱、内忧外患日益严重的形势下,统治集团中的一些人都意识到不能再照老样子继续统治下去,他们认为有必要革新政治以摆脱社会危机。不过有一个先决条件,那就是不能损害自己的既得利益。从总体上来说,什么新旧党争并不是要不要改革之争,而是怎样进行改革之争。

虽然王安石变法对巩固宋朝的统治、增加国家收入,起了积极的作用,却在不同程度上损害了北宋大官僚、大贵族、大地主集团的既得利益,这是他们不能容忍的。变法招来的不仅是公愤,而且是全体既得利益阶层疯狂的反扑。反变法派称王安石的诸项新法为聚敛之术,"聚敛害民";说王安石的理财之策是兴利之道,"剥民兴利"。为了推翻新法,他们在政治、学术等方面做了大量文章,下了不少工夫。

其次,王安石的变法与宋朝一贯恪守的"祖宗之法"是背道而驰的。宋朝自建立以来,经历代朝廷的不断实践与完善,逐步形成了一整套的统治制度。随着时间的推移,这套"祖宗之法"越来越深入人心,成为王朝统治的重要依据,但同时它也愈来愈不适应社会的发展。然而,中国历代王朝对"祖宗之法"的继承和固守,以两宋为最。两宋对于"祖宗之法"的重视与强调,达到了前所未有的程度,上至皇帝大臣、下至平民百姓,对北宋王朝前代帝王所施行的法度一以贯之地追念与推崇。尤其是北宋中期后,"祖宗之法"越来越不容置疑,它已成为臣僚们阐发政治主张时立论的依据、谏诤规劝皇帝时通用的利器。熙宁年间,王安石变法的大规模推行,在朝野掀起了轩然大波。新法实施主要是针对国家的财政经济问题,之后便逐渐由经济问题演变为激烈的政治冲突,关键就是因为新法涉及了对于"祖宗之法"的更变改革,一旦"祖宗之法"动摇,也就意味着统治政策受到质疑,由此还会引发一系列深层次的问题。

事实上,对于"祖宗之法"的守与不守、变与不变,始终是改革派与守旧派争论的核心。守旧派主张坚决维护"祖宗之法",以此作为治国的主要依据。改革派则力主在各个方面实施改革,以此改变国家积贫积弱的局面。无论是哪一派的主张,出发点都是一致的,就是要维护和延续赵家王朝的统治,只是选择的道路不同。北宋的改革派与保守派的争论主要是围绕政策法规层面展开的。王安石变法要改革的内容也是政策和设施层面的问题。但是，由于在实施变法的过程中，触动了"祖宗之法"的本质，动摇了"祖宗之法"的根基，牵扯到了更深层次的问题，这无疑是在向北宋统治者所实行的统治政策提出质疑，这一点是封建统治者所不能容忍的。尽管王安石在实施新法的过程当中，并非完全否定"祖宗之法"的作用，但同时他也从不将"祖宗之法"过度理想化。他毕生所追求的，不是以恪守成法、因循守旧来维持统治的稳定，而是要通过"择利害、辨是非"，通过"询考贤才、讲求法度"的"大有为"措施，来达到治弊防乱、富国强兵的目的。他倡行变法的指导思想，即要根据现在的形势进行相应的改革，以期解决"内则不能无以社稷为忧，外则不能无惧于夷狄"的严重问题。王安石还提出"天变不足畏，祖宗不足法，人言不足恤"作为理论根据，来反击守旧派的攻击，支撑变法。王安石始终坚持，无所畏惧，遗憾的是宋神宗并不像他那么坚决，朝中反对的人日益多起来之后，神宗改革的决心也就慢慢动摇了。

王安石用发展变化的观点看待"祖宗之法"，给希望变法的士人注入了一副兴奋剂，但在思想还很保守的宋代，改变"祖宗之法"无疑会招来守旧派的激烈反对。反变法派要宋神宗不事更张，奉行"祖宗法度"，这种思想在当时的士大夫中是很普遍的。守旧派司马光、文彦博等人则主张"祖宗之法不可变"，"祖宗法未必皆不可行，但有偏而不举之弊尔"，"祖宗法制具在，不须更张以失人心"。因此，王安石的变法在一开始就遇到了强大阻力。王安石面对的不只是既得利益集团，而是全社会的守旧势力。

再次，新法本身及其实施过程存在不少问题，在实际操作中对平民百姓的伤害不可低估。王安石变法是一场自上而下的政治革新运动，从整体上说具有进步意义，但对各项新法，不可一概而论。变法中的许多措施都不完善，有广泛地利用金钱的趋势，以集体负责的方式主持，实际上是不符合当时的社会历史条件的。

王安石新法立意虽佳，但制定推行中却是弊端丛生，在政治上和经济上给劳动人民增加了新的负担。这种动机与效果的巨大反差，是变法屡遭攻讦的重要原因。新法没有把富国与富民很好地结合起来。虽然王安石在变法之初，曾作出过"民不加赋而国用饶"的许诺，但在实践中却没有做到，来自民间老百姓的抱怨日益高涨。王安石变法在实际操作上和效果上，在不同地方不同时期有着很大的差别。随着时间的推移，新法逐渐演变，向着王安石意料不到的方向转化。有的地区新法在实施中被严重扭曲，实施的结果更是出人意料的恶劣。推行新法导致了农民大量破产、工商业急剧萎缩，在政治上导致了统治阶层的分化。特别是元丰年间，新法对内激化了阶级矛盾，对外劳而无功，王安石本人是没有能力挽回这个局面的。随着时间的不断推移，变法所产生的弊端越来越明显，形势越来越不利于变法。

更何况，由于种种原因，导致王安石变法没有彻底解决当时迫切需要解决的冗官、冗费、冗兵三大问题，反而加剧了朝廷与农民的对立和冲突，激化了阶级矛盾，这正是变法失败的根本原因。因此，变法失败不在于反对派的反对，而在于没有减轻对人民的盘剥压榨和缓和阶级矛盾。所以，元祐更化并不是王安石变法失败的根本原因，元祐更化的出现只是一个契机，也是一个必然的结果。

最后，新法没有得到持久有力的贯彻，大部分遭到了废除，新法的废除也就同时意味着改革的失败。纵观中国古代的改革，一场改革的成功与否，在很大程度上依赖于当时的帝王，也就是说帝王是否真正拥有实权来支持和保证这场改革，再者就是帝王所依靠的官员是否得力、可靠，是否真心为国。遗憾的是，宋神宗在变法后期的举棋不定，无疑令步履维艰的变法雪上加霜，而此时的王安石已失去了开始时的那种锐气，再加上反对派声势的高涨，宋神宗对王安石的不信任日益增加，变法的决心也开始动摇，宋神宗的动摇，导致王安石两次罢相。

元祐更化能够发生的直接原因，是神宗的死和高太后（神宗之母）的垂帘听政。元丰八年（1086年），宋神宗死，年幼的太子赵煦即位，为宋哲宗，高太后垂帘听政，起用司马光、文彦博、吕公著、范纯仁等反变法派。高太后在政治上极为盲目和固执。宋神宗时代，她就是变法的主要反对者之一，曾与仁宗曹皇后一起在神宗面前哭哭啼啼，控诉王安石新法败坏祖宗家法，害苦天下百姓。高太后垂帘后的第一件事就是召回反对变法最坚决的司马光。高太后不仅一味信任司马光，对其委以重任，还在司马光死后，将其反对变法的措施贯彻到底。

此外，元祐更化的出现还涉及朋党之争、天灾等，由于篇幅原因，在此不一一详述了。

其实元祐更化的实行，大部分是针对王安石变法的，从以下几个简单的方面可以窥见一斑。

在政治上，废除新法。正如前所述，哲宗继位后，司马光被召执政，而司马光执政的核心就是恢复过去祖宗的法令、礼教。在司马光执政一年左右的时间里，王安石所实行的各项新法，几乎全部被罢废了。司马光曾说："这些祸患不除，我死都不会瞑目的。"司马光在废除新法的同时，一一恢复了旧法，但这一切所造成的状况比原来更差。这一点，不知道司马光在实行"废新复旧"时有没有意识到。

在军事上，实行弭兵政策。宋朝为了求得一时的和平，一再命令守边将士不要妄动，这个政策使西夏认为宋朝软弱可欺，因此不断进攻兰州等地。在对西夏的政策上，司马光也完全改变了王安石的抵抗主张，先前对西夏的那种蓄势待发的态势也一去不复返了。哲宗继位后，西夏统治者欺其年幼，经常派使臣勒索兰州、米脂等边地，北宋不仅不发兵征讨，反而对西夏提出的要求一口应允，并斥责不赞成的大臣。西夏趁机侵占了北宋的大片土地，北宋仍然无动于衷。神宗时千千万万的将士用生命和鲜血换来的土地，就这样被西夏占去，而身为宰相的司马光此时却没有任何举措，这是一种出卖国土、苟且偷安的行为，这无疑又是元祐更化的一个失败之处。

在思想和学术上，崇儒禁法。这是从思想上对变法派进行打击。学堂停止使用王安石的《三经新义》教材，改科举考试法，明文规定崇儒禁法，使其合法化。

排挤变法派，这是反变法派的一个重要措施。以司马光为首的反变法派在高太后支持下，一举夺取全部的军政大权，贬黜熙宁、元丰时任用的诸位大臣，对变法派进行根除。起用大批反对派官员如文彦博、吕公著、范纯仁和吕大防等人，从而激化了统治集团内部的矛盾。

但是对元祐更化"尽废新法"，并不能简单看做是一种反对变法的行为，它在某种程度上也有对已经自行失败的新法进行合理否定的因素，对扭转元丰年间国富民穷的局面，促使社会经济正常化，都有着值得肯定的作用。值得注意的是，废除的新法并不完全是王安石设计的。在王安石辞去相位不久，宋神宗等人就把改革的重点转向职官制度，而削去原来新法中抑制豪强兼并和发展社会生产的内容，只重视扩大税源和加强各项军事措施，企图求得对辽、夏战争的胜利。因此，元祐更化所废除的新法，有些是被严重扭曲的"新法"。

虽然元祐更化有着值得肯定的一面，但是它带来的负面影响远远超过熙宁变法。废除新法，不仅仅意味着新法的不合理之处被废除，它更意味着新法的合理得当之处也被废除。没有吸取新法的合理成分，就把新法废除，一一恢复旧法，给当时的北宋社会带来了极大的灾难，深深地影响到整个社会的发展，对当时北宋的政治、经济、军事等方面都是一个不可估量的沉重打击。元祐更化造成了土地兼并继续急剧发展，官户、形势户地主更加依仗权势、贪赃枉法、公开掠夺、经商走私、诡名挟佃、影庇税户，导致国税流失和阶级关系紧张，农民造反与士兵暴动此起彼伏。

某些旧党人士把元祐年间的形势描述为圣政日新、天下安静，史书上有"元祐之治，比隆嘉祐"之说。这些属于夸张不实之词，元祐年间同嘉祐时期一样都不是什么治世，而是北宋王朝的某些积弊进一步加深。一是官员更冗滥。元祐三年（1088年）十一月，各级各类官员多达三万四千余人，比元丰初年多出整整一万。这意味着朝廷要剥削压榨更多老百姓的血汗来供养这批官员。二是财政更拮据。当时，不仅"熙丰余积，用之几尽"，而且拆东补西，"借贷百出"。几年的更化结果，将国家通过变法积蓄的钱财耗散殆尽，引起普遍不满。三是吏治更腐败。这与将是否反对新法作为选人标准有关。元祐年间，官员"贪冒不职，十人而九"。当时"朝廷务在宽大",对官吏既无严格要求,也不严格考察,以致官吏为非作歹,简直肆无忌惮。四是党争加剧。宋人说:"朝廷大患,最怕有党。"元祐年间不仅积弊加深,而且党争加剧,并对社会造成恶劣影响。元祐年间,官僚集团的内部矛盾不仅有新党与旧党之争,而且在旧党内部又有朋党之分,各自抱成一团,互相攻击。更令人悲哀的是,由于朋党之争,新法的存废问题已不再是主要的了!

元祐更化最主要的问题在于没有认真考虑并解决新法出现的问题,吸取新法的合理之处,而是意气用事。以司马光为首的守旧派废除新法,全盘恢复旧法,这完全是一种不分青红皂白的做法。司马光废除新法之彻底,不能不说他是受到了自己十多年政治上郁郁不得志的个人情绪的影响。司马光对变法恨之入骨,凡是王安石实行的新法,都务求罢废而后快。但是,在废除新法后没有拿出一套适合当时需要的统治方案来,仅仅暂时缓解了北宋王朝的危机。因此,元祐更化的失败,也是必然的。元祐八年,高太后死,宋哲宗亲政,重新起用变法派人物为相,又恢复新法,并贬黜元祐臣僚,史称"哲宗绍述"。这其实也是当时社会矛盾的发展变化所致。

王安石变法的确亟须救偏补弊,诸如人民负担加重、财政开支增长、贪官污吏横行、对西夏作战失利等,就应当采取措施。但是,从立法设计看,变法的宗旨是富国强兵,减轻百姓负担,实现政府与老百姓"双赢"。

绝大多数变法条款至少是有益无害,在发展生产、富国强兵方面确实收到了某些效果,在一定程度上扭转了积贫积弱的局面,特别是在财政上,熙宁、元丰年间出现了"中外府库无不充衍"

的局面。然而，这一切依然不足以动摇司马光走回头路的决心。相对王安石变法来说，元祐更化确实是一场复辟和历史倒退。

元祐更化不只是废除了一个新法那么简单，它还是北宋中期改革高潮的终结，影响了整个宋朝的发展，甚至影响到中国历史的发展进程。元祐更化结束了王安石变法，也压制了变法派，因循守旧的观念进一步渗透到中国社会的各个方面。在这之后，对王安石变法及所牵涉的人物的褒贬一直没有停止过，这在无形中压制了试图改革中国社会的人。这段历史深深影响了中国后来的知识分子，知识分子本应是拥护和推动变法的主力军，可当一些先进人士起来变法时，知识分子却反对得最为激烈。因此，在中国历史上留下了这样的遗憾——传统知识分子的保守和固执让人不可思议，这是士大夫的悲哀，也是中国历史的悲哀。

由于元祐更化的发生，北宋王朝的改革高潮戛然而止。之后，无论是激进式改革派还是渐进式改革派，都没有再拿出一套适应形势的改革方案。无论是变法派内部还是变法派与保守派之间的斗争，都演变成派系倾轧和争权夺利的斗争，对哪一方来说都无积极意义可言。虽然不能把北宋的中衰和灭亡完全归罪于元祐更化及其代表人物，但他们是脱不了干系的！可以说，因为"元祐更化"，致使许多社会问题没有得到很好解决，反而愈演愈烈。像北宋这样一个需要改革才能发展下去的社会，却因为种种原因而没有将改革进行下去，从而导致北宋的内忧外患继续恶化，并且最终断送了北宋王朝。在元祐更化三十多年之后，便爆发了方腊、宋江农民起义，而金兵也进入中原，北宋王朝不久就垮台了。

元祐更化是统治集团内不同利益阶层试图重新进行利益分配的产物。元祐更化的发生，标志着中小地主阶级与官僚地主阶级即所谓豪强斗争的失败。随着隋唐农民战争摧毁了门阀世族的势力，封建领主制逐渐退出历史舞台，代之而起的是封建地租制，我国封建社会进入了它的第二个阶段，即地主经济阶段。到了宋代，地主经济有了较大的发展，此时自耕农、中小地主、小商人、小手工业者众多，他们是当时最广大的人民群众，又因为科举制度的建立，一些有才华的中小地主阶层的知识分子走上了政治舞台的中央，于是形成了一股强大的政治力量。而他们一旦掌握了权力，就站在中小地主阶级的立场上，从而为维护广大民众的利益与官僚地主即所谓豪强展开激烈的斗争。很不幸的是，相对北宋大官僚、大贵族、大地主集团这类所谓豪强，中小地主阶级的力量比较弱小，没有足够的力量推翻他们取而代之，上升为社会的主要统治力量。这种局面的出现，是由中国社会历史发展的客观规律所决定的。

　　从王安石变法到元祐更化，北宋大官僚、大贵族、大地主集团这类所谓豪强势力虽然不能与以前的门阀世族相比，但还是占据着政治舞台。宋代虽然自宋太祖以来，总结了以往的经验教训，特别是唐末藩镇军事集团过于强大而酿成祸患的经验教训，采取了控制并分散兵权的方法，故而从未发生过豪强以军事力量威胁中央政权的事例；但是在北宋时期，官僚地主依靠其各种特权，大量兼并土地，使中小地主、自耕农、半自耕农经常处于破产的边缘，甚至沦为佃户，同时他们还凭借其权势隐田漏税，将其税负直接或间接转嫁到贫苦农民身上。总之，官僚地主即所谓豪强的力量在不断发展，其结果一方面导致国家积贫积弱，另一方面破坏了封建社会的稳定。事实上，纵观中国历史的发展，官僚地主阶层真正退出政治舞台，中小地主阶层占据主要政治舞台的历史现象，是随着明朝的建立及发展而逐渐产生的。

第五章　归梦不知山水长

荆公生命中的最后两年是在极度痛苦之中度过的。永乐城兵败之后，神宗遭受沉重打击，身体一天不如一天，两年后病逝。幼子哲宗继位，太皇太后高氏垂帘听政，起用司马光。司马光进行"元祐更化"，把熙宁、元丰年间主持变法的官员全部贬黜，并逐条废除新法，荆公与神宗等人十余年的心血付之东流！

寄情半山园

王安石的晚年生活过得还是比较闲适的。远离了政治的纷争，此时静下心来，徜徉于山林之间，与两三知己游山玩水，讲经论道，或止于道旁，或宿于禅寺，俨然是一个世外高人了。元丰元年（1078年），特授开府仪同三司，封舒国公，领集禧观使。三年（1080年），授特进，改封荆国公，所以后世常称"荆公"。

在王安石第二次出任宰相时，就已经为自己的再次归隐做好了准备。他已经深深地知道,这次出来的时间不会太久。神宗已经成熟了,不需要再事事依赖他了。而且他自己的身体每况愈下,也已经不容许他再日夜操劳。最重要的是,王安石该做的事情已经差不多做完,新法都已经相继出台,余下的只是如何贯彻实施,是守成的问题,神宗一人就可以支撑局面了。

所以,王安石早早地就托江宁的朋友为他购买一块田地,以做终老之计。这块地就在江宁城外白塘,距江宁城七里,距蒋山也是七里,地处入山之半途,所以王安石给它取名为"半山园"。半山园东面不远,就是有名的"谢公墩",南面有定林寺,附近还有孙权墓、宝公塔等,虽然偏僻,却很适宜隐居。

说起"谢公墩",倒有一个荆公"争墩"的有趣故事。说起来"谢公墩"也不过是一个地势高一点的土墩,只因为晋朝丞相谢安经常登临此处,故称"谢公墩"。谢安,字安石,与王安石的名相同,王安石也很崇敬谢安的为人。但是,对于"谢公墩",王安石却不客气了,要把它据为己有。为此,他特意在"谢公墩"处建了个小亭,取名为"半山亭",如此,"谢公墩"就名正言顺地成了王安石的私人物品。开心之余,王安石写诗一首:

我名公字偶相同,我屋公墩在眼中。
公去我来墩属我,不应墩姓尚随公。

你走了,我来了,这个墩就是我的了,不应该还随着你姓谢了。王安石的可爱之处尽现出来。后人曾笑言"荆公好与人争","在朝则与诸公争新法,在野则与谢公争墩"。这也算是一段千古佳话了。

"半山园"与其他人的庄园比起来，实在是太寒酸了，"仅蔽风雨，又不设垣墙，望之如逆旅之舍。"连个院墙都没有，只能算一个荒郊野外的小旅店。有人劝王安石筑院墙，王安石却始终没有同意，在他看来，如今已经很好了。在他的诗词中，多处提及半山园的环境优美。后来，王安石大病一场，神宗派御医前来为他诊病，王安石趁机向神宗请示将"半山园"捐作寺院。神宗同意了，并亲笔赐名"报宁禅寺"，所以"半山园"后来又称为"半山寺""报宁禅寺"。捐出"半山园"之后，王安石在城中租了一个院子安居，一生都没再置产业。一个全身而退的宰相，又有皇帝的百般照顾，却甘愿过着如此清贫的生活，自得其乐，荆公的品性不能不令人敬佩！

退居江宁以后，王安石并非无事可做，删定《字说》是他的一项重要工作。以前，在朝中时政务缠身，一直没能定稿，如今总算有时间详细推敲了。对于《字说》，王安石投入了极大精力，想要给后世留下一部经得起品评的文字学著作。《字说》二十四卷，删定之后上呈神宗，神宗当即把它定为学子必读的教材，与《三经新义》并行于世，在当时影响很大，深受好评。可惜的是，后来，反对派们当政，不辨优劣，但凡与王安石相关的尽皆废除，《字说》亦不能幸免。

著作之余，王安石就会走出"半山园"，四处闲逛。出门只骑一头驴。有人因他年事已高，劝他坐轿，王安石回道："岂可以人代畜？"哪怕只是轿夫，王安石也不愿轻贱他们，把他们当牲口使唤。有时候不骑驴了，就会坐一种江州车，自己坐一箱，另一箱就由村人或仆人坐，毫不介意。

钟山是他最常去的地方，累了就去定林寺的禅房里歇息，天晚时才回。出游时，也常常毫无目的，随心适意。有一次，王定国去看望荆公，正遇到荆公骑驴出行，一个仆人牵着驴跟随。王定国就问军士，相公要去哪里。指使回答说，如果牵驴的仆人在前面走，那就听仆人的，牵到哪儿是哪儿。如果仆人在后面，那就听驴的，驴走到哪儿就是哪儿。什么时候相公想要停了就随时停下来，或是坐在松石上，或是去到农户家里，或是去附近寺院。但有一点，就是随行一定要带着书。有时骑在驴上诵读，有时停下来休息时诵读。每次还用囊装着十几个饼，饿了就吃饼，相公吃完，给牵驴的仆人吃，剩下的就喂驴了。有时候，附近的山野人家献上饮食，也吃，并不客气。

有一年盛夏，提刑官李茂直去看望荆公，在道旁遇到了。荆公下驴，与李茂直坐在路旁讲话，说了很长时间。太阳转西，阳光照射到两人身上。李茂直令随从张伞，但伞只能遮住一个人，阳光全落在了荆公身上，李茂直过意不去，令随从把伞移到荆公头上，荆公说："不须。若使后世做牛，与他日里耕田。"如果后世托生为牛，还要在太阳底下耕田呢。其豁达如此。

荆公晚年喜读佛经，对《维摩诘经》和《楞严经》爱不释手，交往的人中也多是一些不合群的孤高之士，如俞秀老、俞清老、杨德逢、王介等人。

俞秀老，名紫芝，浙江金华人。一生不娶妻，参修佛法，工于诗，"尝作唱道歌十章，极言万事如浮云，世间膏火煎熬可厌，语意高胜"。荆公喜欢他的这些歌，常让身边的人歌唱，也作有与之往来的游戏歌曲。在《诉衷情·和俞秀老》组词中，荆公写道：

其一：

常时黄色见眉间。松桂我同攀。每言天上辛苦，不肯饵金丹。怜水静，爱云闲。便忘还。高歌一曲，岩谷迤逦，宛似商山。

其二：

练巾藜杖白云间。有兴即跻攀。追思往昔如梦，华毂也曾丹。尘自扰，性长闲。更无还。达如周召，穷似丘轲，只个山山。

词中透露出的是一种如闲云野鹤一般寄情山水、看淡世情的心态。

有一天，荆公与俞秀老同到报宁寺，荆公累了，就在禅房小睡，秀老私自骑了王安石的驴去法云寺找宝觉禅师。荆公睡起，等秀老回来之后，假意正色责问他："你作为读书人竟然敢盗骑我的驴！"秀老道歉，说知错了，请求自赎。荆公就罚他作《松声诗》一首。秀老脱口而出，其词极佳，只是山中之人多忘记了。

俞清老，名澹，是俞秀老的弟弟，亦是终身不娶。清老为人滑稽幽默，放荡不羁，精通音律，晚年曾作《渔家傲》等乐府诗数首，山行即歌之。荆公也非常喜欢与他交往。

有一次，俞清老忽然起了出家的念头，对荆公说："我想要出家当和尚，但是没有钱买祠部。"荆公觉得他的想法也不是坏事，就欣然出钱为他在半山寺置办了祠部。清老和荆公约了正式削发出家的日子就回去了，等到了日期，却不见来，又过了几天还是没有消息。好不容易等清老来了，荆公问他原因，清老慢慢地说："我想，当和尚也不是那么好当的，您所赠的祠部已经送给酒家抵偿旧债了。"荆公听了大笑。

清老最后还是做了和尚，法名紫琳，但却并不受佛门约束，穿僧服却戴儒生冠，喝酒吃肉。经常抱着《字说》跟随在荆公后面，往来于法云寺、定林寺之间，"过八功德水，逍遥游亭之上"。遇到好学的人请教荆公《字说》中的问题，荆公"口讲手画，终席或至千余言"，清老就在一旁听。也是一时胜事。黄庭坚还据此特意画了一幅《王荆公骑驴图》，并写文记述。

王介与荆公的关系也很好，两人经常在一起斗诗。荆公曾在驿舍写下两句诗："茅店沧洲一酒旗，午烟孤起隔林炊。"

王介见到后，瞧不起荆公此联，便在其后续道："金陵村里王夫子，可是能吟富贵诗。"

荆公知道后，对王介也不屑意，又续了一联："江晴日暖芦花起，恰似春风柳絮时。"此联以芦花和柳絮来讥讽王介轻狂。

又有一次，两人在一起聊天，荆公随口吟诗一首。王介不服气，"遂和十篇，盛气而诵于荆公"，其中有两句："正直聪明神鬼畏，死时应合作阎罗。"

荆公听罢笑道："阎罗见缺，可速赴任也。"

王介哭笑不得。

有一个丹阳人陈辅之，荆公也很喜欢。有一天陈辅之到杨骥德家去喝酒，走时写了一首诗送给杨骥德：

北山松粉末飘花，日下风轻麦脚斜。
身似旧时王谢燕，一年一度到君家。

杨骥德不明白是什么意思，就跑来请教荆公，荆公看后，笑对杨骥德道："你吃亏了，陈辅之这是'骂君寻常百姓也。'"

原来刘禹锡诗中有"旧时王谢堂前燕，飞人寻常百姓家"一句，现在飞到杨骥德家里去，自然是说杨骥德是寻常百姓了。

乌台诗案

王安石罢相之后，神宗封王安石为舒国公，元丰三年，皇帝改封他为荆国公，这便是后人称他为荆公的缘故。

元丰八年，神宗去世后，哲宗继位，王安石的官名又成为特进司空。到第二年四月王安石去世，朝廷又赠给他一个太傅的荣誉头衔。这些官名虽然都是虚衔，但其象征意义上的地位是步步上升的，说明王安石退居江宁以后，虽然不在相位，但仍时时得到神宗皇帝的关照。在神宗之世，他的政治地位没有下降，生活待遇也不错。然而，朝中的政治生活，却不可避免地要发生变化。

王安石二次罢相后的第二年，熙宁十年（1077 年）十二月，宋神宗发布更改年号的诏书，其中讲道：

> 其因来岁之正，以新元统之号。式循典旧，对越神休。宜自明年正月朔旦改为元丰元年。

这一改元意味着变法将进入新的时期，希冀在神宗"独裁"之下，变法能取得巨大的丰硕成果。

如果说在熙宁时期神宗的行政策略是以传统的"制衡术"为主，

有如王安石形容的"刚健不足"的话，元丰时期则过渡到了以"铁腕强硬"为主的历史阶段。

改元之后，神宗进行了一系列的人事调整。他任命吴充、王珪为相，后以蔡确、章惇参政，冯京执枢密，吕公著副之。此后又有一系列的黜陟拜罢，王珪、蔡确、章惇、王安礼诸人，先后为执宰辅弼大臣，尤其是王珪出任宰执大臣先后共十六年之久，深得神宗相知重用。

这个王珪，曾在司马光与王安石当廷争辩理财问题时，左右逢源地"和稀泥"，这件事很能代表王珪的特点。然而，这样一个人自熙宁三年（1070年）官拜参知政事以来，竟然能与神宗共处十六年之久，一直到元丰八年五月病逝。十六年间，任凭风急浪高，群臣升贬像走马灯一般，而唯独"将顺为政，无所建明"的王珪能一帆风顺，其诀窍可从时论中看出。时人称他为"三旨相公"——取圣旨、领圣旨、得圣旨。神宗久用这样的人很能说明问题，那就是专制君王的令行禁止，专行独断，而不允许有作为的大臣有擅权之机，这固然是赵宋立国的传统，更是神宗自己从任用王安石过程中得到了教训。

然而，进入元丰年间之后，王珪之类已成了宰执主流，这标志着神宗不再任用有为之臣而一意专断，要群臣尊仰，并以更加专制的办法去执政，去推行新法。

元丰三年（1080年）四月，神宗下令负责推行新法的"司农寺"（废掉"制置三司条例司"之后，主管新法的机构）：以后凡涉及变法措施的大事，不得随便交所属部门讨论，都必须"先奏取旨"，由自己严格把握。与此同时，他对于反对新法的官员，也不再客气容忍，而予以坚决回击。元丰五年（1082年）提举江南西路常平等事刘谊上书，指出新法十大害民罪状，系统批评熙宁以来"富国之法"的弊病。神宗立即予以批驳，说刘谊"惟举一二偏僻不齐之事，意欲概坏大法，公肆诞谩，上惑朝民外摇众听。宜加显黜，以儆在位。特勒停"，刘谊被罢了官。这样强硬的态度，完全出自神宗躬亲之手，确实令人竦然。

其实，在此之前，已有因吟诗讥时而获罪的事，这就是"乌台诗案"。

神宗一朝大开"以言罪人"的杀戒，在熙宁年间无数反新法大臣去官落职足以为证，这已经违背了赵宋开国君主钦定的"不以言罪人"的"祖宗之法"。但是，上述事例毕竟还是朝议纷争、明陈直谏的结果，大兴"以诗文获罪"的文字狱，则是进入元丰时代才开始的。这是宋神宗独裁政治的显著标志。

事情发生在元丰二年（1079年）四月。苏轼离开彭城，出任湖州知州，他到达湖州之后，在给神宗的谢表中写道："臣荷先帝之误恩，擢置三馆。蒙陛下之过听，付以两州……此盖伏遇皇帝陛下，天覆群生，海涵万族。用人不求其备，嘉善而矜不能。知其愚不适时，难以追陪新进；察其老不生事，或能牧养小民。"他感激皇恩迁其到湖州，决心好好干，"上以广朝廷之仁，下以慰父老之望"。这本是一道十分正常的谢表，当然也多少有一丝自嘲的怨气。

可这不经心的怨气却大大地刺激了主张行新法的一些人，"新进""生事"之类的字眼，使一些人很不舒服。他们早就对苏东坡耿耿于怀，"如蝇在食，吐之乃已"，可就是找不着下手的机会。这回可好了，抓住他上皇帝表中的字句，再挑一些他平时诗词中的"犯上"毛病，狠狠治他一下，看看谁还敢对时局不满，看谁还敢再说三道四！

于是，七月初首先由监察御史里行何正臣出面，上书状告苏轼"愚弄朝廷""妄自尊大"，还把别人刻印的《元丰续添苏学士钱塘集》交给神宗。

不久，又一位监察御史里行名叫舒亶的也弹劾苏东坡，说他借写诗作赋，"无不一以讥讽为主"，而且说他把诗赋雕版印书，"传播中外，自以为能"。舒亶把苏轼的四本诗集连同他的奏章一起呈上去，指责苏东坡《山村五绝》《杭州观潮》等诗中一些句子，说他借诗词谤新法，愚弄皇帝。他为苏轼罗织的罪名是：

陛下为赈济贫乏贷钱于民，以使之恢复本业——苏轼讥为"赢得儿童语音好，一年强半在城中"。陛下为富国裕民，兴办水利，以使天下富足——苏轼讽之为"东海若知明主意，应教斥卤变桑田"。陛下为增进财政收入，实行了榷盐——苏轼谤之为"岂是闻韶解忘味，尔来三月食无盐"。陛下为行新法，令官吏尽心学习法令文书——苏轼笑之为"读书万卷不读律，致君尧舜知无术"。

苏轼如此目无天子，实在是罪不容赦！

第三个想置苏拭于死地的，是升任了御史中丞的李定。李定曾在熙宁时因讲青苗法便民，得王安石器重，提拔他当了京官。当时激起朝中许多大臣的反对。苏轼亦在反对之列。李定母死而不服丧，"子瞻以为不孝，恶之"。如今，李定是怀着强烈的报私仇的小人之心，非置苏轼于死地不可了。他同样采取了"捕风捉影""随意栽赃"的恶劣手法，列举了四条足以要苏轼命的罪状，最后下了断言：苏轼"讪上骂下，法所不容"。

神宗看到三位谏官都交相弹劾苏轼，心中自然恼火，下令由御史台派人去抓苏轼进京问罪。进京之前，苏轼被允许与家人告别。这是多么悲恸的一幕啊！一家妻子老小泣不成声，号哭欲绝。苏轼强压住自己的感情，装出一副满不在乎的样子安慰一下家人，便离家远行了。

路上，苏轼萌生过自杀的念头，可又怕给亲友惹来麻烦。御史台派人去抄查他的诗文信件，大部分文稿都被烧毁了。

苏轼七月二十八日被逮捕，八月十八日被解入御史台牢狱，几天以后便正式开始接受审理。

苏轼进京受审期间，其长子苏迈一直陪同照顾他。他们约定每天送饭时，没有什么事就送肉和菜，万一有不测就送鱼来。这样，可以使苏轼明白事态的发展，心中早有准备。

这天苏迈因事外出，委托个朋友代为送饭，却忘记告诉他约定的暗号。事也凑巧，这位好心的送饭人为苏轼买了几条鱼，做好后高高兴兴地送进牢房去。苏轼一看，顿时胆战心惊，以为自己难逃一死了。他就与狱卒商量，写了两首永别诗给弟弟苏辙，请狱卒转交。

这是大文豪苏轼以为自己将离开人世的两首绝命诗：

圣主如天万物春，小臣愚暗自忘身。
百年未满先偿债，十口无归更累人。
是处青山可埋骨，他年夜雨独伤神。
与君世世为兄弟，更结来生未了因。

柏台霜气夜凄凄，风动琅珰月向低。
梦绕云山心似鹿，魂飞汤火命如鸡。
眼中犀角真吾子，身后牛衣愧老妻。

百岁神游定何处，桐乡知葬浙江西。

苏轼的这两首诗，使苏辙读后伤悲哀痛，涕泪泉涌。他立刻上书神宗，愿以自己的出身官爵去赎其兄之罪。神宗看到了苏轼令人心恸的两首诗，心中也有所动。

苏轼因诗获罪之事，在朝野上下激起强烈的反响。许多大臣替他讲话，也遭到了贬官外斥。王诜、苏辙等人被贬职；司马光、张方平、范镇、黄庭坚等人被罚俸。就连已故的欧阳修、文同等共二十余人都受到了牵连，这就是"乌台诗案"。

"乌台"指御史台，是监察机关，负责监督百官行为、政务的机构。这次由御史台整治诗人苏轼的"文字狱"，就称为"乌台诗案"。

这是一件明显改变"祖宗之法"不许以言罪人之规的重大事件，也激起了朝中其他一些人的反感。宰相吴充以曹操尚能宽恕"击鼓骂曹"的汉末文学家祢衡一事，规劝神宗宽赦苏轼。神宗惊异地说："朕并无他意，不过召轼入京核察是非而已，即将放他出去了。"这件事激起如此强烈的反响，神宗有些意外。

贬居江宁白下门外半山园的王安石，得悉苏轼因"诗赋文字"获罪被捕入狱的消息，已经是十月初了。

得知苏轼被捕入狱的消息，他确实非常吃惊。他对苏轼是了解的。此人虽然恃才自傲，但操守严明，是个君子。他敏锐地意识到：文字狱兴，绝不是个好兆头！盛世怎么会出现这样的事情！他坐不住了。诗赋既非街头"贴示"，亦非上书，乃诗人、词家遇事触物之感，随兴而发。若深文周纳，系之以狱，则箝塞天下之口。

苏子瞻口无遮拦，恃才傲物，才华横溢，自然易于招来小人怨恨。命运不幸，苏子瞻恰恰落在御史台执权者的手里，这些执权者恰恰又是一群小人……

李定、舒亶等人，都是自己提拔而上的。没想到品行竟如此之差，看来自己确实缺乏识人之明！他早知道他们恨苏轼，知道他们早想择苏轼诗词歌赋中的"哀怨愤懑"之作诉于刑律，不意今天果然炼罪成狱！

王安石一颗冷却了两年的心骤然沸腾起来，提笔展纸，为营救苏轼，写下了他贬居江宁两年来第一份奏表。

"乌台诗案"引起的京都震动、朝臣纷争和后宫太后的沉默，两个多月来已使三十一岁的皇帝陷于一筹莫展。

抓住苏轼诗文中的一些词句大作文章，这本是李定、舒亶等打击反对变法的那些人的手段。然而，此事在朝野激起了轩然大波，却是他们所始料不及的。不过事情既然发生了，也没有什么必要手软。为苏轼说情的人既然不怕受牵连，就得让他们倒点霉。这也是神宗显示一下他的"铁腕"的机会。没有神宗的支持，这么大的案子是不可能成狱的。

但是，更为棘手的是，连章惇这样的主张变法者也都不赞成此案，而且他们还都站出来替苏轼讲话。章惇对神宗说，仁宗得苏轼，以为一代之宝。如今陛下将他投之大狱，恐怕后人会说陛下不爱惜人才而爱听阿谀之词吧。

就在皇帝心神不定左右为难之时，太监禀奏，同修起居注王安礼送来王安石千里驰送的奏折。

神宗当时送走王安石的时候，特别给王安石以专门奏事权。让他有什么事可以专折驰送，但王安石离京之后，一直没有音信。

这回，是什么事呢？

皇帝立刻从太监手中接过"奏表"，移来烛台，凝目阅览起来……

史料和宋人笔记有载："乌台诗案，上以公（王安石）疏入方为决。"十分可惜的是，史料所记载的这封信的原文未能留下来，使今人无从一睹那为了崇高的友谊而披肝沥胆的精彩文字。

王安石的人格力量深深触动了皇帝，他的神态肃穆凝重起来。三年前，王安国遭吕惠卿诬陷而放归江宁，王安石不曾上表求情；两年前，王秀因"弄权蒙混"而获罪，王安石不曾上表求情，而是默默承受了"失弟丧子"之哀。今天，苏轼获罪入狱，其罪为讥讽新法，讥讽王安石的所作所为，可王安石忘私为公，以负罪遭贬之躯，冒死为苏轼求情！这是怎么样的胸怀呀！

王安石的奏折让皇帝下定了决心。文字成狱，天下箝口，表面上人心归一，实际上阳奉阴行，江山虚假的稳固终不可取！

神宗终于做出决定，放了苏轼。他又拿过王安石的奏折，看着上面熟悉的字体，心中一时激起了万千滋味。自己独撑天下的这段时间，他才更多地了解了王安石的难处，他对王安石也有了更多的理解。

苏轼活下来了，被降为黄州团练副使。五年后，当从黄州谪所征召回京师时，他特地绕道金陵看望了王安石。经历了宦海沉浮的两位君子一见面，真是感慨万千。苏轼向王安石作揖："苏轼今日敢以野服参见大丞相。"王安石笑道说："繁文缛节岂是为你我之辈设的？"二人开诚布公地交换了意见，同游山水，细论诗文。王安石向人称赞说："真不知再过几百年才能再出如此人物。"

王安石邀请苏轼迁往金陵，以作邻居。虽然尚未看破红尘的苏轼婉拒了王安石的美意，但两位诗坛巨匠间的吟诵仍给我们留下了许多可以触摸的暖暖温情。

永乐兵败

王安石罢相之后，新法在神宗的主持下，仍然在进行，只是对一些地方作了调整。此时，宋朝的国库已经大大地充实起来，"熙宁、元丰年间，中外府库无不充衍，小邑所积钱米，亦不减二十万"，到哲宗即位时，当时府库所积"常平、坊场、免役宽剩钱共五千余万贯"，"谷、帛二千八百余万"，变法收入可供二十年之用。

元丰年间（1078年—1085年），神宗曾题过一首教育子孙后代的诗：

　　五季失图，猃犹孔炽。
　　艺祖造邦，思有惩艾。
　　爰设内府，基以募士。
　　曾孙保之，敢忘厥志？

诗中说明了变法的目的，让子孙不要忘了富国强兵的大业。全诗32个字，神宗以每一个字作为一座库房的名字，建立了32座库房盛放变法所得，统称"元丰库"。后来，这32座都装不下了，又增设了 20 座，也是据神宗的诗，一字一名：

第虔夕惕心，妄意遵遗业。
顾予不武姿，何日成戎捷。

除此之外，各地官府县衙还滞留着大量的钱物。神宗把收归朝廷的钱物封在库里，主要目的还是为了他的统一梦想，在第二首诗中体现得尤为明显。终神宗一生，从未忘记过西夏和北辽所带来的耻辱，在变法前期，因为国库太空虚，不具备发动战争的物质基础，所以，神宗听从王安石的意见，变法以"富国"为首要目的，同时推行"保甲法"等提高战斗力的措施，对西夏和北辽则采取和平策略。到元丰年间，神宗一人独裁，"恢复汉唐旧境"的念头时时盘桓在脑海中。

元丰四年（1081年），西夏国内发生政变，西夏太后囚禁了国王秉常，并对宋朝进行挑衅。神宗决定发动对西夏的战争。兵分五路，以李宪从熙河路入，种谔于鄜延路入，高遵裕于环庆路入，刘昌祚自泾原路入，王中正出河东路入。以高遵裕与刘昌祚两路合击灵州，王正中与种谔围攻夏州，最后四路合攻兴州，同时请吐蕃渡黄河攻取凉州，以为配合。

五路大军一路急进，势如破竹。攻城略地，直逼灵州城。刘昌祚率部到达灵州城下时，城门尚未关闭，刘昌祚先锋军差一点就要夺门而入了，正在此时，距灵州不足百里的高遵裕派李临等人持军令赶来，说已派王永昌入城招安，有结果前禁止攻城。只此一会儿工夫，城门已经关闭了，坐失最佳时机。刘昌祚想要强攻，又怕被朝廷众人攻击为与高遵裕争功，只好作罢。

最终招降无果，灵州城却再难攻下来了。城防坚固，环以黄河，易守难攻之外，天气苦寒，滴水成冰，宋军士气低落。此时，各路人马之间的问题也都显现出来，军中缺乏攻城之具，高遵裕竟然欲以军法斩杀刘昌祚，经众人苦劝才作罢，却导致刘昌祚忧愤成疾，所部泾原兵皆愤怒不已。后来，西夏人决黄河水灌宋营，再加上宋军粮草不继，不得不撤退，撤退途中，又被西夏军趁机追杀，损失惨重。

种谔一路克服重重困难，"败夏人于黑水"，攻破石堡城。到达夏州索家平时因为无粮溃败撤退。

王中正一路除了拖累前线外，没什么作为。因为王中正指挥无方，混乱不堪，军粮断绝，撤回延州，士卒死亡近两万。

至此，这一场声势浩大，连西夏国内都以为兴州城和灵州城支撑不了多久的战争以宋军无功而返草草结束，不能不令人扼腕叹息。

这次战争，虽然宋军遭受了损失，但毕竟抢夺西夏土地两千多里，也算有所收获，所以，最终的失败并没有打消神宗的兴兵念头。

元丰五年（1082年）五月，神宗再次下令出兵攻打西夏，以李宪为统领，种谔为先锋，进军神速。此时，西夏自知到了存亡关头，倾其国力三十万精兵抢夺永乐城。此前种谔与神宗商议，先攻银州，取乌延与夏州，把西夏人赖以为生的横山之地囊括，便可以直捣西夏巢穴。神宗认可，令种谔回边关与徐禧等人再次商定。但等到种谔赶回边关时，徐禧已与沈括商量好，不同意先攻银州，而是在永乐周围建了十二座城堡。种谔劝谏无效，又无力阻止，愤恨不已。徐禧也劝不动种谔，只好奏请把种谔留守延州，自己带人在沈括的全力支持下建永乐城。

建城期间，西夏来侦探虚实，种谔手下大将曲珍想要追杀，被徐禧制止，任其往来。

九月，永乐城建好，武器粮草充足，但却缺少水源，只得在城外建一水寨。徐禧留曲珍带兵一万守城，自己带大队人马回米脂。徐禧一走，西夏就倾力来攻，徐禧回救。

大将高永亨劝徐禧此处"城小人寡，又无水泉，恐不可守"。徐禧把高永亨绑了起来，留待审查。

不久西夏兵至，尚未布阵，高永亨哥哥高永能请求趁机攻击，徐禧不听，把一万人马在城下列队，等着西夏兵来。西夏兵渡水，曲珍请求在他们渡到一半时出击，徐禧仍然不听，直到西夏骑兵全上了岸，两军才开始对战。

以一万兵抵三十万，又坐失种种战机，结果可想而知。宋军败回永乐城，因为山路狭窄，战马一时上不去，损失八千，"将校寇伟、李师古、高世才、夏俨、程博古及使臣十余辈、士卒八百余人尽殁"，西夏兵围永乐城，水寨也成了别人的。

为了争夺水源，宋军发动多次攻击，但均在西夏精兵的全力扼守下失败。曲珍建议绕道夹击西夏兵后方薄弱部分，扰乱敌军心神，或许可以取胜。徐禧不听。

西夏兵逼近永乐城之前，沈括上报朝廷，只说是有敌情，并未引起足够重视。神宗接到军报后，深感不安，批评沈括料敌不当，对方尚未出战，如何肯轻易退去，后面必有大兵。事实果然如此。得到永乐城被围的消息后，神宗急令李宪、张世矩苻兵救援，同时令沈括与西夏议和。

但是援兵和粮草被西夏游骑兵阻断，种谔因为怨恨徐禧不听劝告，不肯出兵相救。永乐城的宋军孤军奋战。城中没有水，凿井也打不出水来，士卒渴死者过半，甚至"绞马粪汁饮之"。

曲珍料到不能久持，请求趁士兵尚有力气时突围出去，能逃多少是多少，再次被徐禧拒绝。后来，天降暴雨，西夏兵四面围攻，永乐城陷。

城被攻破之后，双方展开激烈搏斗，永乐城中宋军几乎全军覆没。老将高永能本来可以逃生，却长叹道："高某自幼守边，未曾受挫，如今年已七十，受朝廷大恩，无以为报，这里就是我为国捐躯的地方了。"换上士兵的衣服，与西夏兵激战而死。吐蕃部指挥马贵亦持刀杀死数十人力战而死。徐禧、李舜举、李稷，皆为乱兵所害，只有曲珍等几千人逃回。

永乐城之战，宋军惨败，也断送了神宗毕生的梦想。西夏经此一战，也是伤亡惨重，无力再战，请求议和，两国停战。

有人因永乐之败而全面否定王安石和神宗的强兵之法，但是，永乐之败又岂是变法的问题！国无良将，一些未经过考验的将领要么只会纸上谈兵，要么就是有勇无谋，要么再就是因私愤而置国家大义于不顾……惜哉！痛哉！

黯然辞世

荆公生命中的最后两年是在极度痛苦中度过的。永乐城兵败之后，神宗遭受沉重打击，身体一天不如一天，两年后病逝。幼子哲宗继位，太皇太后高氏垂帘听政，起用司马光。司马光进行"元祐更化"，把熙宁、元丰年间主持变法的官员全部贬黜，并逐条废除新法，荆公与神宗等人十余年的心血付之东流！

元丰五年（1082年）十月，永乐城兵败的消息传到京城，神宗乍闻之下，当即瘫软在轿内，此后便昏迷不醒，只是呓语不断。等到前线详细汇报战况的塘报送到时，神宗强撑着起来，看到战况之激烈、损失之惨重，神宗竟至伏案大哭。悲愤之下，大病一场。

十一月，荆公得到消息，亦是心痛至极，第二天也病倒了。这一病便是一年多，元丰七年五月，神宗得知荆公卧病后，立即派荆公的女婿蔡卞带了御医前来江宁探望。荆公认真问起神宗的身体状况，却听蔡卞说皇上这次大病之后，朝中众臣已经开始考虑立嗣的问题了。

看来神宗的身体已经不容乐观了，可是他才三十七岁啊！荆公不相信神宗会如此短命，他只希望立嗣只是大臣们提前做准备，历史上做了几十年太子的不也大有人在吗？

然而这毕竟只是荆公美好的愿望，元丰八年（1085年）三月五日，北宋第六位皇帝赵顼驾崩于福宁殿，年仅三十八岁，庙号神宗。严格说来，自此以后，才能称呼赵顼为神宗。

神宗的逝世给荆公带来的打击不亚于王雱的死。两人这么多年来相知相交，名为君臣，实则亦师亦友，荆公更像是看待自己的孩子一样对待神宗。放眼历史上还能找出来像他二人这样心无嫌隙的君臣吗？虽然荆公曾多次批评神宗意志不坚定，容易动摇，对他的用人、决断也毫不留情地加以批判，可是，那是求全责备啊！神宗是荆公心目中的明主，是他甘愿集天下毁谤于一身也要全力助其实现梦想的有志明君。

"富国强兵"，那是把两个人的心紧紧地拴在一起的理想啊。

为了这个理想，两人共同面对朝堂上的反对之声，齐心协力推动变法，想要成就一番伟业，谁料想大业未成，荆公已老，如今神宗又英年早逝，还有谁来继承神宗的遗志？荆公悲痛之余写下两首挽词：

其一：

将圣由天纵，成能与鬼谋。
聪明初四达，隽义尽旁求。
一变前无古，三登岁有秋。
讴歌归子启，钦念禹功修。

其二：

城阙宫车转，山林隧路归。
苍梧云未远，姑射露先曦。
玉暗蛟龙蛰，金寒雁鹜飞。
老臣他日泪，湖海想遗衣。

对神宗的聪明才智和变革精神给予了高度评价和肯定，也表达了深深的追悼之情。除了伤心，荆公更多的是对朝堂局势的担忧。此时，他再也无法做到对朝廷之事不闻不问了。继位的赵煦年仅十岁，太皇太后高氏垂帘听政，而高氏对变法的态度荆公又岂能不知？朝中主持变法的人失去了神宗的支持和掌控又能维持多久？荆公似乎已经能够预见他最不想看到的结果了。

果然，消息传来，高太后起用司马光为相了。荆公望天长叹：

"司马十二作宰相矣！"司马光久被荆公压制，无可奈何，一旦得势，势必要借机一泄私愤。

事实也正如此，司马光一上台就借为神宗办丧事之机，把一千变法之臣尽皆贬出朝廷，同时起用反对变法之人。下一步便是废除新法。按照礼法要求，"三年无改于父道"，也就是说哲宗继位后，三年之内都不应该变革神宗定下的法令。但是，司马光说，王安石所出台的法令并不是神宗的本意，而且当时乃是高氏听政，应属"母改子政"，合情合理。

于是，元丰八年（1085年）七月，罢保甲法。十一月罢方田法。十二月罢市易法、保马法。元祐元年（1086年）二月，罢青苗法。三月，罢免役法。至此，荆公所推行的新法几乎全部罢去。

家人担心荆公承受不了打击，都不敢在他面前提起这些事。但是，荆公心中又岂能没有猜想？每天在屋中看书，却只见他常常抚床叹息，谁也不知道他是在感叹书中的人与事还是在想别的。

有一天，一个举子从京城回来，前来看望荆公。荆公问他京城最近有什么事情发生。

举子如实答道："最近朝廷有令学子们不得看《字说》。"

荆公沉默良久，才说道："法度可以更改，文字也不能作吗？"

这天晚上，荆公彻夜不眠，在床前走来走去，直到天亮。其胸中不平之气，由此可见。

等到司马光把免役法也废除，重新实施差役法时，荆公再也忍不住，痛声责问道："亦罢至此乎？"为什么丝毫不考虑其存在的优势，只知一味罢除！

荆公对免役法抱着坚定的信心，他坚信免役法即使此时被司马光废除，也终有一天会恢复。免役法是荆公与神宗商议长达两年才推行的，其间种种细节无不考虑周全。荆公的判断是对的，哲宗亲政后，重新起用变法重臣，熙宁、元丰年间的新法又得以逐步恢复，此后，各朝代也都在实行免役法，并对其进行了发展，直至今日。

然而，在当时，荆公再多的痛心与感慨也与事无补，"不在其位，不谋其政"，荆公一再告诫自己不要再插手朝廷之事，所有的郁郁之气全都压在心里。本就多病的荆公经历了神宗驾崩和司马光废除新法的一系列打击，生命渐渐走到了尽头。

在最后的日子里，荆公变得越来越沉默，他总是陷入一个人的深思中，有时眉头紧锁，有时又忽然笑起来。此时的荆公只剩下了回忆。他常常想起自己的年少轻狂，想起儿子和两个女儿，也会想起往日的好友，但是，最多的却是与神宗共同主持变法的那些日子。

神宗即位后首先便想着起用自己，通过韩维让王雱转达意思。第一次见面，便恳切地询问治国之道。以后自己所作的每一项决定，神宗几乎都听从了，以致大臣们都说陛下和王安石就像是一个人一样。想想，自己也有很多时候让神宗很为难，让他在众臣面前没有面子，可是他都承受了。新法推行过程中遭受了那么大的阻力，若没有神宗的全力支持，恐怕一天都进行不下去，以自己的个性，也很难全身而退。

也有争论的时候，有一次，因为一些事情，两人意见不合，自己有些不高兴，说神宗不了解自己，想要辞职去外地。神宗对自己说，自古君臣像我们这样相知的人极少，你不能说我不理解你！你愿意辅佐我，不是为了官也不是为了钱，而是认为自己的才学可以使百姓受到好处，不愿被埋没。而我之所以信任爱卿，就是因为这些啊，想与卿一起尽胸中所学使百姓受到恩泽！我以前什么都不知道，只是想有一番作为，直到卿来了之后，才稍稍开悟，卿虽名为臣子，却是我的老师。不要说辞职的话，只会让外人认为我们感情不和，我们二人又岂是别人能够离间得了的？卿有什么话，别放在心里，尽管说出来。

试问，一个九五之尊、有志有为的帝王，还有谁能对臣子说出这么感人肺腑的话来？帝王的知遇之恩，莫过于此。

神宗始终把自己当做老师一样敬重，对自己的关怀从未减弱。自己偏头痛发作时，神宗命内侍给自己用药，并把宫中秘方传给自己。有一次自己卧病在家，神宗一天之内遣内侍来探望了十七次！知道自己清廉如水，御医前来为自己诊病，神宗提前把诊药费都付了，自己过意不去执意要付，神宗一再叮嘱少给一点是个意思就行。

即使自己退居江宁了，神宗也常常派人来看望，每到自己生日时还专程派人送贺礼。有一次，神宗派人来看望，正赶上几个官差因一点口角之争就来自己家中捉拿妻弟，特使回去后上报神宗，神宗当即下令把相关的三个官员全部贬出去。

永乐兵败后，神宗自己大病一场，可是一听说自己也病了，马上又派蔡卞来探病。

还记得变法取得成效以及自己坚持起用的王韶收复河湟时神宗开心的样子……可是，那么多激情的、温馨的日子，如今都已成为过眼云烟。神宗曾赐自己一条玉带让留给后人、让子孙们都知道君臣二人的深厚感情。如今，这条玉带就在自己手里，可是赐玉带的那个人却成了"先帝"。"先帝，先帝"，只这一个"先"字就让人再也止不住悲痛欲绝。

老年无忻豫，况复病在床。
汲水置新花，取慰以流芳。
流芳不须臾，吾亦岂久长。
新花与故吾，已矣可两忘。

元祐元年（1086年）四月六日，忧病交加的荆公在回忆中再次看到了当年意气风发的少年天子，神宗走在前面，回头唤道："卿快来，我们一起努力，共创大业，一展胸中抱负。"荆公笑道："陛下只管走，老臣紧随其后。谤归于我，誉归于上。莫管身后之事，只管坚定地走下去。"

荆公追随神宗永远地去了！终年六十六岁。

荆公去世之时，正是司马光当政，因为两人是政敌，所以前来吊唁的人很少。荆公素来不重视身外之物，遗言中吩咐不必告知他人，葬礼一切从简。

荆公去后，关于新法的争议依然存在，在新旧两派的斗争中，新法越来越偏离原来的轨道，逐渐演变成政争的工具，也使荆公蒙受千载诟病。南宋朝廷为了推脱亡国罪责，把责任归咎于蔡京等人，又因为蔡京打的是支持新法和荆公的名义，所以，最终荆公成了导致北宋灭亡的元凶。小说家以荆公为主角编造各种传言来指责荆公，另有一些人敬佩荆公胆识及才学，不甘荆公受此骂名，考证历史，希望还荆公以清白。历史已近千年，争议依然在热烈地进行着。

然而，这一切都与荆公无关了。

"区区岂尽高贤意，独守千秋纸上尘！"

变法的影响

王安石变法以富国强兵为目标,从新法实施,到守旧派废罢新法,前后将近十五年时间。在此期间,每项新法在推行后,基本上收到了预期的效果,使豪强兼并和高利贷者的活动受到了一些限制,使中、上级官员、皇室减少了一些特权,而乡村上户地主和下户自耕农则减轻了部分差役和赋税负担,封建国家也加强了对直接生产者的统治,增加了财政收入。各项新法或多或少地触犯了中上级官员、皇室、豪强和高利贷者的利益,司马光当政时,最终被罢废。不久,因为中央财政资金不足,经司马光提议,荆公的变法条目部分得以恢复。

王安石变法和 20 世纪 30 年代美国新政同为世界经济史上影响巨大的事件。一千年来,对于王安石变法的巨大历史意义,后人的认识越来越深刻,世界上对王安石进行积极评价的人也越来越多,不少人对王安石变法对当代的启示意义给予全面评价。王安石变法和新政农业政策之间的联系,少有人给予像美国新政农业部长华莱士那样对之的关注。在华莱士看来,王安石变法所要解决的问题,是 20 世纪 30 年代美国同样面临的问题;王安石变法的措施,新政农业政策同样可以借鉴。

1944 年,华莱士访华期间,曾提到中国的政治家王安石,并称赞他是中国历史上推行'新政'之第一人。这让陪同的罗家伦、王世杰非常惊讶。

华莱士为什么对王安石评价如此高?在他看来,罗斯福时代的美国与王安石时代的中国经济形势非常相似,一方面出现农产品过剩，一方面由于美国农业信贷系统本身为垄断集团所把持，一般农民无法取得贷款，土地被地主收回，生计日窘，只有通过政府向人民提供贷款，使农民们能够尽快找到生计，才较好地解决了这个问题。王安石的良好立法在古代专制时期不能实现，但是在当代可以成为现实。

1930年正值美国经济大萧条时期，时任农业部长的华莱士仿照王安石的青苗法，在美国建立常平仓（中国古代储备粮荒平抑粮价的政府粮仓），一方面实施农业贷款，一方面收购多余的物资和粮食食品，免费发给城市人民，不但解决了粮荒问题，还保证了粮食物资价格的稳定，为美国度过经济大萧条起了重要的作用。可见，王安石的变法思想有深远的意义，不独属于中国，而属于全世界，是人类的宝贵精神遗产。

第六章　丹青难写是精神

王安石居家廉俭，奉行淡泊，一生不曾改变过，从他文集的诗文中，可以清晰分明地看到。《续建康志》中说："王安石第二次罢政，以使相判金陵，在白下门外建宅第，离城七里，离蒋山也七里。平日乘一驴跟着几个僮子到寺院去游玩，要入城就乘一小船从湖沟过去，大概没有乘过马和坐过轿。所住的地方，四外没有人家。他的宅子仅能遮蔽风雨。又没有院墙，看起来像旅店。有人劝他建院墙他不听。

清官廉吏

在王安石任舒州通判时，有一天，他正在书房里看书，门人来报说丰南县知县陈圣求见。王安石听了，略有些疑惑，这个人他多少有些了解，并没有什么好感。不知他来有什么事，还是见见再说吧。于是吩咐下人让他进来……

陈圣已经干了十几年的知县,但是人品不好,曾经因为夸大水灾冒领救灾款被上司发现,受到处分,一直没能升迁。这一年又到了考核的时候了,陈圣花了很多钱上下打点,希望各位考核的官员能够给予他一个好评,顺利升职。王安石作为他的顶头上司,评语对他至关重要,所以陈圣就带着银两来了。

陈圣一进门,看到王安石,立马脸上堆出笑来,施礼道:"王大人,您好!下官陈圣给您行礼了!"

王安石看他一脸奴才相,心中不喜,勉强道:"免礼。不知陈大人找本官何事啊?"

陈圣嘿嘿笑道,不接话,却是四处打量王安石的住处,啧啧叹道:"大人,您看您一个州官,官寓却这么寒酸,真是清廉如水啊!下官都有些看不过去了。"

王安石心中反感,这种人懂什么是"清廉"二字吗?耐着性子说道:"陈大人,本官这里确实没什么值得看的,陈大人若想找点稀罕之物,只怕是找错地方了。"

陈圣赔着笑道:"大人误会了,下官不是来找东西的,是来送东西的。"

说着,从怀里掏出一包东西放在桌上:"大人,下官见您初来乍到,用钱的地方很多。有心帮大人一把,这是下官的一点心意,还请您笑纳。"

王安石已经明白了他的意思,当下冷下脸来,问道:"不知陈大人这钱从何而来?"

陈圣道:"大人请放心,这乃是下官的俸禄,不会害了大人的。"

王安石冷哼一声,道:"我一个通判,难道还不如你知县的官俸多吗?我尚且没有余钱,你又哪来的余钱贴补我?只怕是民脂民膏吧？本官却不敢收。来人哪！送客！"

陈圣一听，急了："这，大人，您听我说啊！……"

不等陈圣说完，下人已经进来了，见王安石脸色不好，便拦在陈圣面前，道："陈大人，您还是请回吧。"

王安石在里面接道："把东西拿走。恕不远送！"

陈圣见没有了指望，不由得恨得一跺脚，只好拿起银两灰溜溜地走了。出了州府府衙，还不忘回头骂一句："不识好歹！这天底下哪有几个官儿不收贿赂的，那还不得饿死？哼！"

他虽然骂，心里也是惴惴不安，只怕自己这一次升职又要落空了。

果然，王安石在给他的评语中据实写道："行为有缺。"

陈圣的升官梦再一次破灭了。

消息传出去以后，很多人都觉得王安石不近人情，但是也不得不敬佩他的清正廉洁，再没人敢来送礼了。

但是后来，时间过去得久了，王安石的官做得也大了，有些人就忘了这件事，还想去讨好王安石。有一个人听说王安石连一方像样的砚都没有，于是，就挖空心思弄到了一方宝砚，去见王安石。对他说："这可是方宝砚，一呵气便能出水，给您这样的人用才不埋没了它啊！"

王安石却笑道："纵得一提水，又能值几何？"

王安石的话意思是说，就算是一肚子水，没有墨也写不出好文章来，要那水有何用？其实暗讽那人"胸无点墨，一肚子坏水"。

送砚的人听了，惭愧而去。

再宝贵的东西，王安石也不放在眼里。莫说是别人刻意讨好的东西他不会接受，就是他自己的钱，他认为来得"不太正"的也不会用。

王安石虽然不被后人认为是一个书法家,但他的字也写得很不错,"清劲峭拔,飘飘不凡,世谓之横风疾雨"。所以,也常常有朋友到他办公的地方求他题字,过后送一些"润笔费"。这乃是当时的惯例。但王安石却认为这钱花着心里别扭,于是就把钱全部封在一个袋子里,挂在房梁上,因为本不是公家的,所以不算公费,他自己也不用。有一年,王安石因事回乡,同事便把这些钱取下来花掉了,王安石知道后很生气。

王安石的清廉乃是出自他的本心,对于吃穿用度等身外之物,他从来都不在意。就算已经身处宰相之位,也从未变过。

在王安石当上宰相后,他儿媳妇一个姓萧的亲戚之子因事到京城,来拜访王安石。王安石见是家乡之人,又与儿媳有亲戚,就约他第二天来吃饭。这位萧公子一听丞相大人请吃饭,高兴得不得了,以为丞相家的饭菜必定是美味佳肴、珍馐玉馔。所以,第二天一大早没有吃饭,就穿着最好的衣服前来赴宴。

等到已经过了正午了,王安石还没有忙完公事,萧公子早饿得肚子咕咕叫,可又不敢离去。又过了很长时间,王安石终于忙完了,才唤萧公子出来坐下吃饭。萧公子一看,桌上没有水果也没有瓜子等零食,心中觉得奇怪。酒过三巡,下人先端上桌两个胡饼,又端来四个小菜,不久便上饭,旁边只有菜羹。这位萧公子平日里也是娇生惯养的,哪里吃过这样差的饭菜?于是就不再下筷子。但是又实在饿得受不了,就拿起饼把饼中间软和的部分吃了点,剩下四边的就又丢到桌上了。王安石见他不吃,太浪费了,就自己拿过来,把萧公子吃剩的饼吃完了。萧公子一见,深感惭愧,出了相府以后,对人说,王安石虽然位居丞相,自己吃的也不过如此。

　　王安石也像他的父亲王益一样，不管家中财务，官俸发下来就交给家人，任由他们去花，从不过问，所以，一生也没什么积蓄。第一次罢相时，神宗赐他银两，第二次还赐给他一匹马让他代步，但直到这匹马死去，也没见王安石骑过，他也从来不坐轿子，平日出行只骑一头小毛驴。

模范家庭

　　王安石因孝顺、友爱闻名于当时，他的家庭，可以说是家庭的模范。王安石十七岁父亲去世，他侍奉祖母十年。王安石兄弟七人，王安礼、王安国《宋史》中都有传。王安石集中有《亡兄王常甫墓志铭》《王平甫墓志铭》。王常甫是王安石的长兄王安仁，平甫就是王安国。王安石早年因为贫穷而当官，俸禄用来养祖母、母亲和寡嫂，他的家境在他的集中记得很详细。他和王安礼、王安国唱和的诗很多，他给王常甫、王平甫写的铭文都称他们最孝顺友爱。那么王安石的孝顺和友爱就可以知道了。

　　王安石有两个儿子，分别是王雱和王旁。王旁的事迹史书上没有传，只有王安石的集中有《题旁诗》一首，也可以证明他少年时便聪明出众。王雱字元泽，性情十分机敏，没有成年就已经著书数万字。十三岁时听到陕西的士兵说洮河的事，叹道："他们是可以抚慰并收拢的，如果让西夏得到，那敌人强大了，边患就多了。"治平四年（1067年），二十四岁，成进士，调任旌德尉，作策论二十多篇，极力论说天下大事。又作《老子训传》和《佛书义解》，也数万字。熙宁四年（1071年），因为邓绾和曾布荐举，皇上召见。授予太子中允崇政殿说书，接受诏命注《书》《诗》。不久提为天章阁待制兼侍讲。书成，升为龙图阁直学士，因病推辞没有就任。熙宁九年（1076年）去世，年三十三岁。

王安石的夫人吴氏，封吴国夫人，工文学，曾有小词，约亲戚游西池中有"待得明年重把酒、携手，那知无雨又无风"，被传诵一时。

王安石的妹妹是张奎的妻子，封长安县君，尤其因诗出名，佳句很多。例如："草草杯盘供笑语，昏昏灯火语平生。"王安石对她友爱很深，到老还常常亲自去迎接她回家省亲。

王安石有两个女儿，大女儿嫁给吴充的儿子吴安持，封蓬莱县君。二女儿嫁给蔡卞。蓬莱县君也工于文学，有诗这样写："西风不入小窗纱，秋气应怜我忆家。极目江南千里恨，依前和泪看黄花。"王安石和了一首寄给她："孙陵西曲岸乌纱，知汝凄凉正忆家。人世岂能无聚散？亦逢佳节且吹花。"后来王安石又寄给她一首绝句云："梦想平生在一邱，暮年方此得优游。江湖相忘真鱼乐，怪汝长谣特地愁。"

王安石还有《寄吴氏女子》一首：

伯姬不见我，乃今始七龄。家书无虚月，岂异常归宁？汝夫缀卿官，汝儿亦揓綎。儿已受师学，出蓝而更青。女复知女功，婉嫕有典刑。自吾舍汝东，中父继在廷。小父数往来，吉音汝每聆。既嫁可愿怀，孰知汝所丁。而吾与汝母，汤熨幸小停。邱园禄一品，吏卒给使令。膏粱以晚食，安步而车骈。山泉皋壤间，适志多所经。汝何思而忧，书每说涕零。吾庐所封殖，岁久愈华菁。岂特茂松竹，梧楸亦冥冥？芰荷美花实，弥漫争沟泾。诸孙肯来游，谁谓川无舲？姑示汝我诗，知嘉此林坰。末有拟寒山，觉汝耳目荧。因之授汝季，季也亦淑灵。

这大概是王安石的女儿在京城中思念亲人，而王安石为她解愁，不但文章绝美，而慈孝的性情，也跃然纸上。其中"授汝季"，就是蔡氏女。

王安石也有《寄蔡氏女子》两首：

建业东郭，望城西埭。千嶂承宇，百泉绕雷。青遥遥兮纚属，绿宛宛兮横逗。积李兮缟夜，崇桃兮炫昼。兰馥兮众植，竹娟兮常茂。柳荵绵兮含姿，松偃蹇兮献秀。鸟跂兮上下，鱼跳兮左右。顾我兮适我，有斑兮伏兽。感时物兮念汝，迟汝归兮携幼。我营兮北渚，有怀兮归女。石梁兮以苦盖，绿阴阴兮承宇。仰有桂兮俯有兰，嗟汝归兮路岂难？望超然之白云，临清流而长叹！

蔡卞，是蔡京的弟弟，《宋史》把他列入《奸臣传》。现在考证传中所谓"奸状"，大都暧昧不明，如说："蔡卞性情深沉不爱说话，章惇也在他的权术中。章惇的行为很容易看清楚，而蔡卞的心思难以琢磨。"又说："中伤好人，都秘密上疏。"像这些都是莫须有的。又说他一心认为岳父王安石的所作所为正确，专心托继承来的东西，上欺天子，下威胁同僚。这就是《宋史》中说他的所谓"奸"，难道能强迫后世天下把这些当成奸吗？之后蔡卞因为蔡京引荐童贯，当面责问他。蔡京极力在皇上面前诋毁蔡卞，最后蔡卞因此离开官职。他们是盗跖和柳下惠，同气异趣。

王安石居家廉俭，奉行淡泊，一生不曾改变过，从他文集的诗文中，可以清晰分明地看到。《续建康志》中说："王安石第二次罢政，以使相判金陵，在白下门外建宅第，离城七里，离蒋山也七里。平日乘一驴跟着几个僮子到寺院去游玩，要入城就乘一小船从湖沟过去，大概没有乘过马和坐过轿。所住的地方，四外没有人家。他的宅子仅能遮蔽风雨。又没有院墙，看起来像旅店。有人劝他建院墙他不听。

元丰末年（1085年），王安石有了病，上奏舍这个宅子给寺院，赐名"报宁"。随即病就好了，租了城中的一个屋子住，不再建宅子。当地的父老说："现在江宁县治所后面废了的惠民药局，就是王安石在城中所租的房子。"刘元城说王安石质朴俭素，终身好学，不把官爵放在心上。吴草庐说王安石行为非同一般，志向坚定，超越富贵之外，没有任何利益能使他改变，从小到老始终如一。唉！世上怎么能有这样的人啊！

事亲至孝

王安石是一个至情至性之人，对家人非常好。对长辈更是孝顺。少年时跟随父亲走了很多地方，父亲的一言一行也都影响着他。廉洁自律，一心为公，父亲的言传身教，王安石一生都在恪守。王益去世后，王安石第一次经历至亲的生死离别，心中悲痛万分……

"昊天一朝畀以祸，先子泯没予谁依？精神游离肝肺绝，眦血被面无时息。母兄呱呱泣相守，三载厌食钟山薇。"苍天啊！为什么忽然给我们家降下这么大的灾祸，父亲一朝仙逝，以后我还有什么人可以依靠？这种失去亲人的痛苦和无可依赖的孤独使我肝肠寸断，精神恍惚。不要说头发蓬乱，根本不知道去梳洗，哭泣至伤心处眼睛里都流出血来。这种悲痛之情无论如何努力也不能压制。母亲、兄长和弟弟妹妹们守在一处，一边伤心哭泣、一边给彼此安慰。连续几年，我们都无法从这种伤痛中走出来，每到吃饭时，看到桌上为父亲摆放的碗筷，心里又开始难受，饭也吃不下去了。

王安石的诗词文章都很平实，很少夸张修饰。在他的这首诗里，描写的正是当时的真实情况。这首诗写于他中进士以后，距离王益逝世已经有五年左右了。但是其间的伤痛之情仍然让人落泪。后来，熙宁元年（1068年）王安石奉诏进京，闲暇之时与朋友重游西太一宫，这正是当年父亲和兄长带他来过的地方，想起往事，更是悲不自胜，写下两首催人泪下的题壁诗：

其一

柳叶鸣蜩绿暗，荷花落日红酣。
三十六陂春水，白头想见江南。

其二

三十年前此地，父兄持我东西。

今日重来白首，欲寻陈迹都迷。

初读之下似乎并不觉得如何，但若细读，其中哀伤之情真是"绝代销魂"了。

王安石对祖母和母亲一样至孝。曾经因为祖母年迈需人照看多次推辞朝廷的任命。在母亲去世以前，王安石一直不愿进京，卷到朝廷的是非争斗中。

王安石的母亲吴老夫人也不是普通人家的女子，老夫人识文断字，喜欢读书，到了老年，还常常拿着书本看，而且记性很好。做事果断，明白是非，在很多事情上都有自己的独到见解，非常人所能及。她虽是王益的继室，却对王益前妻留下的两个孩子王安仁和王安道很是照顾，与亲生一般无二。

王安石每到一地，都把家人带着。嘉祐八年（1063年），吴老夫人在京城王安石的家中去世，王安石辞去官职，回到江宁为母亲守孝。王安石麻衣孝服，在母亲坟墓旁边盖草棚居住，地上铺上秸秆稻草之类的，王安石就坐卧在上面。因为哀伤过度，面容憔悴，身体消瘦，几乎让人认不出来了。

荆南的知州潘夙因为有事情要告知王安石，就写了一封信交给信差带去金陵。信差根据路人的指引，找到了王安石住的地方，见一个老头儿坐在地上，骨瘦如柴，面容枯槁，以为是王安石家的下人，便对他说道："我这里有一封书信，是给你们家舍人的，麻烦你快送到家里去交给他。"（"舍人"是当时对贵族子弟的称呼）

这个被信差当做下人的"老头儿"正是王安石，此时他才不过40多岁，却因为伤心过度，看起来像个老人了。王安石也没有纠正信差的话，只是接过书信坐在草铺上就拆开来看。信差一看，急了:"我说你这老头儿!这信是给你们家舍人的,你一个下人怎么能拆开看呢?舍人怪罪下来,你担当得起吗?就是我也没法交差啊!"

信差在这里急得大呼小叫,引来了路过的人。众人赶来了解了情况,松了一口气,对信差笑道:"你呀,别在这儿喊了。眼前的正是你要找的舍人,可不是什么下人。"

又小声解释道:"王舍人是因为老夫人去世,伤心所致啊!"

信差听了,这才明白,一个劲儿地向王安石道歉。王安石只是略摆一摆手,并不计较。天底下竟有如此孝顺的人啊!信差出去以后,嘴里还忍不住不停地赞叹:"好舍人!好舍人!……"

坚决不纳妾

在宋代,士大夫生活富裕,有纳妾蓄妓的风尚。而王安石与时人不同,坚持一夫一妻,不离不弃。

王安石开始在京城做知制诰的时候是四十一岁,正当盛年。知制诰也是朝中要职了,俸禄也比从前优厚,可是家中依旧寒酸,房屋不轩昂,连仆人都很少。而且连一个妾都没有,这在当时是非常少见的。

有一天,王安石的夫人吴氏和几个女伴在一起聊天。聊着聊着就说到自己的丈夫了。一个女伴叹口气说:"哎,我们家那个啊,都已经快60岁的人了,连我在内大小老婆娶了五个了,可是还不满足,整天盯着年轻姑娘看。这不,听下人说,不知又看上了哪个,正商量着要纳为小妾呢！我是管不了了，只能自叹命苦啊！"

另一个女伴也接过话头说："这男人啊，都这样。我们家的倒没听说要纳谁为妾，可是十天倒有八天不回来的。跟着那一帮狐朋狗友，说什么谈论公事，吟诗作对，整天出入烟花之地。以为我们不识几个字好糊弄吗？谁不知道他们那点儿花花肠子！可是，你又能怎么样呢？"

又一个女伴道："这男人三妻四妾都成规矩了，妻妾成群才显得威风哪，所以，一个比着一个来。哪个少娶一个或者娶慢一步就好像要从他脸上剥层皮似的。"

前面的女伴又道："可不是嘛！他们倒是有面子了，却不管我们的死活。糟糠之妻、糟糠之妻，说的时候满嘴仁义道德，做的时候却早被他们忘得一干二净了。"

又有人说："女人就是命苦啊！谁要是能遇着个一心一意对你，一辈子只娶你一个的丈夫，那可真是几世修来的福分了！"

"我说啊，你要嫁给当官的，嫁给有钱的，就别存这个指望了！他们要不娶几个小妾，倒显得你没有度量，容不下人呢！"

几个人在这里七嘴八舌地抱怨，吴夫人只是含笑不语。忽然一个女伴想起什么来，对大家说："大家先停一下，我忽然想起就咱们王大人只娶了吴家妹子一个人呀！"

"是呀，你一说我也想起来了，怪不得吴家妹子刚才不说话呢！好妹妹，快告诉姐姐们，你是怎么管住你家那位的？"

众人的眼光一下子全聚在了吴氏身上，倒把吴氏看得不好意思，勉强笑道："姐姐们说笑了，我哪有管他？就他那样儿，若不逼着他，脏衣服都不知道换，谁家的姑娘愿意给他做妾啊！"

一女伴笑道："妹子这话就不对了。哪要人家看得上看不上的？

只要你们王大人看上人家姑娘,哪有不愿意的?一定是你管得严,还不好意思说?"

另一女伴解围道:"你可别这么说吴家妹子,人家脸皮儿薄。王大人我是知道的,那才真是正人君子,从来不去那种不干净的地方。"

又一女伴接道:"是呀是呀,王大人的人品是没话说。不过,吴家妹子,不是姐姐说你,王大人也四十多了,你们家男丁又少,还是让他纳一个小妾,再给王家生几个儿子传宗接代才是正理儿。平常不用事事都要你一个人操心了,也显得你为人大度,省得人说闲话。"

吴氏听女伴们说得在理,虽然心中有些不乐,却不能说什么。只得解释道:"不是妹子不让他纳妾,而是我家官人的心思根本就不在这上面。就是我说,他也不会同意的。"

刚才的女伴道:"那还不容易吗?你直接给他找好了,送到他房里去。我就不信他还能打你骂你不成?这可都是为他考虑,他夸你还来不及呢!只怕妹子不愿意呢,嘻嘻……"

一群人在那里嘻嘻哈哈,说笑不停。只是,说者或许无意,吴氏倒还真把这事儿记在心上了。

巧得很,在回来的路上,恰遇见一群人在那里围观,指指点点说着什么。吴氏本无心看热闹,却在经过时听到身边的人说:"这女子长得也算不错了,可惜身遭不幸啊!"

另一人道:"你若真同情她,把她买回家去得了。既得了佳人,又做了好事儿,可不是一举两得?"

先前说话的人道:"你可别提了,我家里那几个已经天天吵得我头疼死了,再买一个回去,还不得闹翻天啊!同情归同情,咱可不敢买,而且价也高了点儿。但愿她能找个好人家吧。"

吴氏听在耳中,倒正撞着她的心事。于是,也上前去了解情况。只见前面空地上跪着一个女子,衣服倒也整洁,不像普通人家女子。面前放着一块牌子,上面写着"卖身赎夫",下面有详细的说明。身价九十万钱。

吴氏看她模样还算周正,便上前细问。原来这个女子本是江宁一个军将的妻子。几个月前,丈夫押送粮船来京,结果路上遇到风浪,粮船沉没,船上的人也都失去了踪迹。她的丈夫只身脱险,来到漕运司请罪,被漕运司硬索罚金500万钱,交不出就只能永远关进大牢里了。女子得到消息后,变卖家产,东挪西借,也还差90万,怕丈夫再生意外,就匆匆赶来,希望能够求得漕运大人法外开恩放她丈夫回去。结果,无论如何说情,漕运司就是不答应。女子在京城举目无亲,不只没有落脚的地方,连吃饭的钱都没有,又不敢动用救丈夫的赎金,被逼无奈只好卖身。

女子一边说,一边哭。吴氏也禁不住流下眼泪来,于是便对她说明来意,愿意出90万买她回去给丈夫做妾。

女子见吴夫人举止气度不凡,人又温和,当下便点了头,感激涕零。于是,吴氏带着她一起回家。路上简单把家中情况告诉给了女子。

王安石还没有回来,吴氏一边吩咐下人给那位女子准备了饭菜和新的衣服首饰,让她饭后沐浴更衣,准备等王安石回来伺候。另一边又让人拿了钱送到漕运司赎人,把情况说明。女子的丈夫出来后,见事已至此,虽然心中不舍,也是无可奈何。

王安石回家后,不见夫人来迎,倒也没有在意,直接去了书房。正在写公文,一女子端了茶水送来,唤道:"官人,请用茶。"

王安石当是平时的下人，也没注意她称呼，头也没抬，只吩咐放下。

过了一会儿，王安石发现女子放下茶后却站在原地不动，不由得诧异，这才抬起头来。见是一个陌生的女子，便问道："你是何人？还有何事？"

女子低了头，答道："回官人，奴家是夫人新给您买回来的侍妾，是奉夫人之命前来服侍您的。"

王安石一听，不由得来气："真是胡闹！这里用你不着，去给夫人说一声，你从哪里来还回哪里去吧。"说完手一挥，低下头接着写。

女子一听，立马跪下了："求大人不要赶走奴家。奴家是为了救丈夫才卖身的，如今得了夫人的钱，丈夫已经救出来。大人看不上奴家，奴家可哪来的钱还您啊？"

王安石一听，其中大有缘故。便停下笔，细问道："看你模样，也是良家女子，究竟是怎么回事？"

女子于是便把原委述说一遍。

王安石听完，更是不满夫人所为，这不是乘人之危嘛！于是问道："如今仍让你与丈夫团圆，你可愿意？"

女子哭道："小女子与丈夫原本感情很好，若得团圆如何不愿意？"

王安石道："既然如此，我这就派人寻你丈夫来，把你领了回去。"

女子感激不尽："谢大人恩典，可是这钱……"

"不用说了，这点钱我们家还是拿得出的，就当是送给你们夫妇了，回去以后好好过日子也就是了。"

女子叩头不已。

不久，女子的丈夫被找来，王安石鼓励他几句，让他们二人一起走了。二人是说不尽的感激。

这边吴氏见丈夫如此做法，既觉敬佩又暗自惭愧，见王安石不搭理她，只好自己前来赔礼道歉，夫妻感情这才和好如初。

博览群书

王安石从小就喜爱读书。少年时"夜读和罚赋"的故事流传很广。等王安石踏入仕途了，依然坚持着这种读书的好习惯，留下一段段精彩的故事。

在王安石任淮南签判时，还是像以前一样常常读书到深夜。但是，这时他已经是有公务在身的人了，每天都要按时去工作。所以，读书读得太晚了，睡眠的时候就很少。有时候只是靠在椅子上打个盹儿。甚至来不及洗漱就匆匆忙忙地赶去上班。当时，韩琦担任扬州太守，是王安石的上级。韩琦见王安石总是蓬头垢面，急急忙忙地来，以为他也和别的年轻人一样纵情声色。因为当时，很多读书人中了进士、得了官职以后，都开始贪图享乐。韩琦怎么会想到王安石是因为读书而彻夜不眠呢？

这一天，韩琦又见王安石没有梳洗就赶来，就找个时间对他说："安石啊！你现在年轻，还有很多事情可以做，有时间不如多读读书，不要自暴自弃，耽误了自己的前途啊！"韩琦本也是好意，话也说得委婉含蓄。王安石却一听就知道是他误会自己了，但是却没有分辨。韩琦以常人之心来揣测王安石的行为,却哪里知道他的志向呢?

在舒州的时候,王安石常常在舒台秉烛夜读。静静的夜里,高高的舒台上烛光明亮,仿佛一轮皎洁的明月悬挂在空中,在烛光的映照下纱窗上现出的是一个沉浸在书中的身影,构成了一幅美丽动人的图画。当地的百姓,深夜中起来,还习惯性地望一望舒台的方向,见到烛光仍在,便觉得一种温暖。这一景象深深地印在百姓的心中,也给后人留下了无尽的向往和怀念。

明监察御史李匡诗云:"舒王台榭高百尺,舒王事业人不识。至今忽见明月来,台上犹疑照颜色。"潜邑令李载阳亦诗云:"台高月皎洁,清影照回廊。至今留胜迹,千古有余香。"

王安石的性格一向与众人格格不入。即使是在宴席上,别人都在聊天喝酒,王安石却常常沉浸在自己的世界里,思考着一些问题。

在常州任上时,很少有人看到宴会上王安石在众人面前有笑容,因为他本来就对那种毫无意义的饮酒作乐很反感。

这一天,在众人的张罗下,邀请了一千宾客同僚共聚一堂大摆宴席,还请了艺人来弹琴唱曲儿。王安石也在座,但他的心思却根本不在这里。席间艺人献艺,众人一边欣赏一边赞叹,王安石也忽然开怀大笑起来。宾客们都是惊讶不已。宴会后,大家把艺人叫过来,给予厚赏:"你的技艺真是很好啊,连我们太守都笑逐颜开,确实应该重重奖赏!"

有一个人还是有些了解王安石的,暗想:我们太守什么时候会对这感兴趣,那才奇怪呢?恐怕他并不是因此发笑吧?于是,为了证明自己的猜想,就找了个时间,私下里问王安石:"大人,那天宴请宾客时，大人想起了什么高兴事？平日可不见您笑啊！"

王安石一想想起来了，不由得笑道："那天啊，我偶然间想起《咸常》二卦，忽然领悟到其中的一些道理，心中高兴，忍不住就笑起来了。"

"呵，我就说大人不会因为艺人而开怀大笑嘛！那帮人真是不了解大人的为人！"

王安石一听，不明所以："这是怎么回事呢？"

于是，问的人讲述了大家重赏艺人的事。

王安石也笑了："那些个艺人啊，我都没注意他们演奏的是什么！辜负了大家的好意。"

后来，问话的人把这件事情讲出去，人们才更加了解王安石的与众不同，时时刻刻都在想着书中学问。

王安石读书很广博，对佛经的兴趣也很浓。曾巩总想着拿这件事取笑他一番，但却一直没找到合适的机会。有一年，曾巩到了南昌，安顿好之后，第二天就去看望王安石。二人很久不见，自然是有很多话要谈。过了不久，王安石的另一好友潘延之也来看望王安石。

潘延之名叫潘兴，当时的人都很推崇他的才情，公卿名士交相向朝廷举荐他，但他却无意功名，而是每天弹琴看书，自得其乐，还给自己取了一个淡雅的字号"清逸居士"。潘延之崇尚佛道，曾经向黄龙南公问道，深得其真传。与王安石很谈得来。

王安石见潘延之也来了，更是心情大好，请他坐下来，三个人一起聊天。

王安石对曾巩说："子固，潘先生可是禅学大家，你可要好好听听他的见解啊！"

曾巩点头，心中却颇不以为然。曾巩虽然有时也谈佛理，却并不信佛。心想，正好找个机会打击一下你对佛经的热情。于是，认真听两人在那里谈论。

王安石问潘延之最近对于禅理又有什么心得，潘延之侃侃而谈，王安石听得很认真，曾巩却只是在那里一个劲儿地盯着潘延之看，貌似也在听，其实根本就没往心里去。

过了一会儿，几个人又谈论到人物上。潘延之说："某人可秤。"

曾巩一听，来了兴致，问道："像我们这些人只承袭道家的老庄教诲而不去信奉外来的佛教，也值得一秤吧？"

曾巩言外之意，是批评王安石不去继承本土的传统哲学，却对佛教推崇备至。

王安石正色道："子固失言了！善于学习的人看书，并不是单纯地听从书中的论断，而是只探究其中的道理。若是说得在理，合乎自己心意，那么就算这话是出自砍柴的樵夫和放牧的牧童，也会接纳。反之，若是言之无理，就算是周公和孔子这样后世公认的圣人所说的话，也不应当听从啊！这和是不是本土的或者是不是圣人所说的并没有必然的联系。"

曾巩听王安石拿正论来教育他，自知说话冒昧，便笑着自我开脱道："兄长何必如此认真，我不过是开个玩笑罢了。"

曾巩的一个小玩笑却使人们了解了王安石为何喜爱研读佛经，他并不是迷信佛教，而是因为佛经中同样蕴涵着大道理，为了寻求这种理才读书。会读书的人不是死记硬背，生搬硬套，而是要体会其中的深意，融会贯通。所以，不管是什么书，只要言之成理，对自己有益都值得去读。

不拘小节

　　王安石一生品行端正、文采出众，就连他的政敌也不能不承认。但是，后人却留下了王安石不爱干净的一些趣事。不管是真有其事还是别人恶意造谣，这些故事却能让人看出王安石不拘小节、率真可爱的一面。

　　王安石因把心思全部用在了读书和政务上，自己的个人生活就显得一团糟。不只常常来不及好好梳洗，而且衣服也不知道换，若不是夫人催促，真不知道能穿到什么时候。王安石脸有些黑，于是，一些人就编出一个笑话来取笑他。

　　说是有一天吴夫人见王安石面色晦暗，以为他是生病了，就请了大夫来看。大夫来了仔细看后，便出来了。吴夫人让人准备了纸笔给大夫开药方用，大夫却摆摆手道："不用开药方。你家官人这面色啊，哪里是什么病，是脸上灰太多了，只需每天用澡豆多洗两遍脸就行了。"于是吴夫人令下人拿来澡豆，让王安石洗脸。王安石笑道："我的脸天生就是黑的，澡豆也奈何不得。"

　　在王安石任群牧判官时，与吴奎和韩维关系最好，天天在一起相聚。于是，就约定每一两个月就一起到定力院去洗澡。去之前，家人会把他们的衣服准备好，但王安石常常忘记带要换的衣服，而且他也不在意，洗过澡还穿之前的。有一次，吴奎等人和他开玩笑，趁他在里面洗浴时，把他的脏衣服拿走，在原处放上干净的衣服。王安石洗完出来，到放衣服的地方，把衣服穿上就走，根本就不知道衣服被人换了。

　　王安石既然不勤换衣服，那时的卫生条件又差，身上就寄生虱子了。有一天，王安石上朝时，一只虱子从头发里钻出来，沿着额角的头发爬来爬去。神宗虽然修养好，但看到了也忍不住笑出声来，并且再三地看那只虱子，忍俊不禁。王安石不明所以，但又不好开口问。等到退朝，王安石悄悄问刚才站在他旁边的王珪："皇上刚才因为什么发笑啊？你知道吗？"

王珪早就忍不住了，一听王安石问，更是乐不可支："介甫兄，皇上不是笑你，是笑你头上的那只虱子，哈哈哈……"

王安石一听，也不好意思了。急忙唤下人："快帮我把它捉下来。"

王珪笑道："介甫兄且慢，这可不是一只普通的虱子，不能就这么轻易地把它弄掉了，而是应该先歌颂它一番。"

王安石倒也认真："应该如何歌颂？"

王珪道："这虱子乃是'屡游相鬓，曾经御览'，来历不凡哪！"话未说完早又笑得东倒西歪了。

王安石一听，说的倒是实情，忍不住也笑起来。

还在仁宗朝的时候，王安石任知制诰。有一天，仁宗来了兴致，约一班臣子到皇宫里赏花钓鱼。内侍把金碟盛放的鱼饵放在桌几上。大家拿了鱼饵、钓竿找了位置坐在鱼池边钓鱼去了。王安石对于这类娱乐活动一向不感兴趣，也不会钓鱼，就坐在桌子旁边观看。因为钓鱼时间较长，大家也都在专心关注鱼竿动静，没注意王安石。

王安石看了一会儿，没意思，就开始想自己的事情了，甚至忘记了自己身在何处。偶尔回过神来，为了稍稍掩饰一下自己神游物外，免得被人认为轻视皇帝，就想给自己找点事做。看一眼旁边放着的金碟，里面好像是吃的，随手拿起来就填嘴里了。于是，王安石一边想事情，一边漫不经心地吃着。等到大家钓完鱼，回头一看，王安石竟然把一碟子鱼饵给吃完了！内侍传大家去用饭，王安石回过神来，顺口回道："我已经吃饱了。"一干人笑了个够。

当时，仁宗还不知情，后来听说了，就去询问到底是怎么回事，众人把事情说明，并替王安石解释道："介甫是因为不知道那是鱼饵才把它吃完的。"

仁宗笑道："王安石是骗你们的吧？这话我可不信。若说是因为不知情误吃个一粒两粒的倒还情有可原，但吃下去一碟子，还吃不出那是鱼饵就有点说不过去了。"

皇家的食物，哪怕只是鱼饵也是美味得很，王安石可能还真就没见过那东西。况且他自己吃东西从来也不品味，只管填饱肚子就行了。

在王安石执政期间，有一天，一个客人到王安石家里做客，闲谈之际说到王安石爱吃獐脯肉。正好，吴夫人从外面经过，听到客人的话不由得疑惑起来："官人一向对饮食并不挑剔，何时变得爱吃獐脯了？也没听他说过呀？"

吴夫人找来丫鬟："刚才听客人说官人爱吃獐脯，你们可曾听说？"

丫鬟摇头："回夫人，没有听说过啊。"

"那你去问问客人是怎么知道的。"

丫鬟领命去了，不一会儿过来回话："禀夫人，客人说见大人每次吃饭都把獐脯吃个一干二净，其他的菜动都不动一下，所以才知道。"

吴夫人一听，想想王安石平日吃饭的习惯，倒有些明白了。为了证实自己的猜想，让丫鬟再去问客人吃饭时獐脯放在什么地方。

很快,丫鬟得到了回答:"客人说,獐脯就放在大人面前,离他最近的地方。"

吴夫人笑道:"我就说嘛,他什么时候会挑食了?他从来都是只吃离得最近的菜。不信啊,你让那客人下次和他一起吃饭时换一样菜放他面前。"

客人一听,竟有这回事?我倒要试试看是不是真的。

于是,下次一起吃饭时,客人就换了一样菜放到王安石面前,结果正如吴夫人所说,他只吃这一盘菜,稍远一点的獐脯肉动也不动。

客人这才相信了。

衣服、饮食、娱乐之类的东西王安石哪里会放在心上。

特立独行

特立独行几乎是王安石留给人们的第一印象。他的一生始终坚持自己的观点和信念,不肯向流俗妥协。曾有人说,这是王安石最大的弱点,如果他能够稍稍屈服一下,多接受别人的意见,可能就不会导致变法的失败。然而,这何尝不是一种中国人最为缺乏的优点呢?天下正需要这样的耿介之人来担当大任啊!

王安石不修边幅,有点邋遢。有的人拿这个问题上纲上线,他就是苏东坡的父亲苏洵。这位快三十岁才发愤读书的老先生,从见第一面的第一印象起,就对名声如日中天的王安石颇不以为然，后来，发展为嗤之以鼻，乃至深恶痛绝。为此，老先生专门写了一篇被认为是针对王安石的文章，题目就叫《辨奸论》。他认为，洗脸换衣服是人之常情；违背人之常情，穿着破衣烂衫，吃着猪狗之食，蓬头垢面地侃侃而谈诗书礼乐，博取不流俗的名声，其中一定隐藏着绝大的奸恶狡诈。属于那种为害国家的大奸大恶之类。

显然，如果仅从这一点上判断，苏洵的观点颇值得商榷。事实上，古今中外此类人士并不是绝无仅有，他们喜欢沉溺在自己的精神世界里，神游八极；他们无暇、可能也不屑于花时间，把自己收拾得一定要和其他人一样。这完全是他们自己的事情。

王安石还有一个独特的地方，对上级提携不买账。当时，王安石考中进士后，被授予淮南签判一职，韩琦官居扬州太守，是他的顶头上司。那时，王安石常常秉烛夜读，通宵达旦，以致满脸倦怠之色。韩琦一见之下，以为年轻人少年得意，时常彻夜纵情声色。于是，便谆谆劝导道："君少年，无废书，不可自弃。"意思是："小伙子，趁着年轻，多读点书吧。不要自暴自弃。"显然这是好意。王安石未加辩解，只是在三年任期满了离职时，告诉自己的朋友说韩琦不赏识自己。

后来，王安石的诗文声名鹊起，颇有成为一代文学巨擘的架势了，韩琦这才知道自己看走眼了。于是，愿意把他作为自己的老部下看待，加以提携。

谁知，王安石不买账，并不借机拉近关系，始终与韩琦相当疏远。后来，在王安石的日记中，人们才发现，王安石对自己的这位老上司，评价极低："韩琦别无长处，惟面目姣好耳。"从中，可以看出王安石心气之高傲。很难想象这样一个人，会是一个汲

— 199 —

汲于沽名钓誉之徒。

不仅如此，他还多次拒绝朝廷为他安排的肥美官职。按照朝廷的规定，凡是进士高第者，为官一任即三年后，即可以担任清要之馆职，包括昭文馆、史馆和集贤院，来到皇帝身边，成为为皇帝撰写诏令的翰林、知制诰等。很多宋代的高官都是由此通道快速升迁，甚至成为执政、宰相的。因此，被认为是仕途发达的最佳捷径。一般非进士高第者，则可望而不可及。王安石二十五岁即具备了入馆的资格，相当罕见，为人们所艳羡。安石却上书辞谢。他宁愿到一个边远小县去做一个县令。于是，从二十二岁中第开始，直到四十六岁位居显宦开始推行变法为止，他多次拒绝朝廷授予高位之意，对入朝为官并快速升迁的诱惑毫无所动，熟视无睹，基本上都是留在做具体工作或地方官的任上，从县令一级级地干到太守。其间，在每一个地方，全部政绩斐然，行政才干之优，堪称能员。而且在此期间，他建堤筑堰，改革学校，开办农民贷款法，也就是后来的青苗法的雏形；结果全部大获成功，使他深受百姓爱戴。成为具有崇高官声与民望的地方官。这二十多年时间，是王安石最神秘、最神奇的时间。他谢绝一次朝廷的美意，就导致他的声望升高一次。一次次的谢绝，最后就使得上至皇帝、下至百官，无不渴望见识一下王安石的真面目。遂成为王安石人一生最大的谜团。如果说他是为了沽名钓誉，这时间未免太长了些；如果说是韬光养晦，这份沉得住气的功夫真正罕见。

在王安石执政后，他的这种固执则更多地表现在政治上。司马光原本与王安石是好朋友，却因为不能理解王安石的思想，加上其他的一些原因，越来越强烈地反对王安石变法，最终成了王安石主要的政敌之一。"青苗法"推出后，在神宗的支持下，反对派势力受到了较大的压制。司马光不甘心，接连给王安石写了三封信，前后近五千字，在信中毫不客气地对王安石进行了种种指责，说王安石推行新法闹得天下大乱，人人不安，说王安石的做法是妄想以一己之力挑战全天下人。司马光除了批判王安石的做法外，还批评了他的性格：

介甫素刚直，每议事于人主前，如与朋友争辩于私室，不少降辞气，视斧钺鼎镬无如也，及宾客僚属谒见论事，则唯希意迎合，曲从如流者，亲而礼之，或所见小异，微言新令之不便者，介甫辄艴然加怒，或诟詈以辱之，或言于上而逐之，不待其辞之毕也。明主宽容如此，而介甫拒谏乃尔，无乃不足于恕乎？

司马光之言虽然夸大其词，但也可以看出王安石确实"刚直"得可以。和神宗谈论事情的时候，总是据理力争，不会因为对方是高高在上的帝王而曲意逢迎。和同僚们谈论时若是意见相合就很高兴，如果对方有不同的意见，反对新法，则不等对方把话说完就勃然大怒了。

"话不投机半句多"，对于那些只知一味地攻击新法，自己却又拿不出更好的解决办法的人，王安石自然是不愿和他们废话。但是，对反对派进行的调动，多是由神宗皇帝做主，而且除了他们阻碍新法外，还有自己的品行能力出现了问题。司马光却把账全算到王安石头上，说他排除异己。对这些，王安石并没有进行辩解，他始终相信"清者自清"，不愿做口舌之争。

司马光说王安石无视神宗天威，只能说明他自己的奴才心理。

反对变法的人势力强大,神宗受他们的影响,难免有时摇摆不定,而他的态度对新法的推行起着决定性的影响。为了实现富国强兵的愿望,王安石与神宗之间确实发生了多次争论,而且绝大多数都是在王安石的坚持下使神宗作出了让步。

神宗知他的为人,所以,并不因他犯颜而生气,有时自己一时想不明白,与王安石发生争执,过后总是会认真思考,发现自己错了,就会及时恳切地向王安石道歉。正是因为神宗的这种优秀品质,才使得王安石没有太多顾虑,一心一意为变革大业勇往直前。

文坛佳话

"推敲"二字源自贾岛。

相传,唐朝诗人贾岛有一天骑着驴在大街上走。忽然想出两句诗来:"鸟宿池边树,僧敲月下门。"感觉对仗还算工整,意境也不错,可是又想是"僧敲月下门"好呢还是"僧推月下门"好呢?贾岛一会儿觉得用"推"好,一会觉得用"敲"好,一时定不下来,就在驴背上反复琢磨,并配合着"推""敲"的动作……

当时街上有很多人,见他在那儿自言自语,做着奇怪的动作,都很诧异,指指点点的谈论,贾岛却浑然不觉。一直走到官道上去了。

当时,韩愈任京兆尹,正好这一天出行。路上行人见了纷纷让道。贾岛却因为专心想着诗句,韩愈手下人吆喝都没听见,一直做着手势闯到出行队伍里面去了。被人强行扭下驴，送到韩愈面前，贾岛才反应过来是怎么回事，急忙向韩愈道歉。

韩愈也是一文学大家，听贾岛说是一句诗拿不准，思考之中误撞了进来，便不去追究他的责任，而是问贾岛拿不准的是什么句子。贾岛说了，韩愈一听，确实为难，仔细品味半天，才对贾岛说："用'敲'字吧，以动衬静，更显空寂。"

贾岛点头道谢。韩愈又问了贾岛姓名来历，邀他一同去自己家谈论诗词文章，两人成了好朋友。

后来，"推敲"就成了一个词语，用来比喻写文章或做事时，反复斟酌，以求达到最佳效果，反映的是一种做事认真的态度。王安石向来是一个做事认真的人，在他写作诗文时也常常反复"推敲"。

神宗继位后，王安石奉诏进京。路过瓜洲时，船停下来歇息。王安石走出船舱，此时，已是深夜，一轮明月正悬挂在空中，平静的水面仿佛镀上了一层银色的光芒。已经是春天了，风吹拂在脸上，已经不再冰冷刺骨，岸边的树木也开始焕发新的生机。

王安石站在船头，遥望对面静默的群山，那群山后面就是钟山啊！仿佛昨天还在那里和朋友们谈经论道，向弟子们讲解经义。如今一水之隔，自己却要渐行渐远了。未知的前途，未知的命运，自己这一去能不能实现自己的理想？这其间又要经历多少的风浪？抬头望月，不禁想问，明月啊明月，你远居尘世之外，冷眼看着这世间的人与事经历千万年的变迁，可能告诉我，我何时才能够从容回还，息影于那钟山之中？

王安石站立良久，却只见群山静默，冷月无声，只有那微风轻轻吹过。

仆人从船舱中探出头来："大人，夜已深了，外面冷，还是进船舱里吧？"

王安石点点头，回身进入船舱。可是他的思绪还停留在外面，于是走到案边，把自己的感受写成一首七绝——《泊船瓜洲》：

京口瓜洲一水间，
钟山只隔数重山。
春风又到江南岸，
明月何时照我还？

写完后再细细品味，觉得别的都好，只是这"春风"一句中"又到"二字似乎过于平淡，有些不妥。不如改为"又过"？说那春风也像我一样只是一个匆匆过客，转瞬即逝？王安石提笔把"到"改为"过"，再品味，又觉得那春风不应是过客，否则就显现不出来自己的思归之情了，于是又改为"入"，改为"满"……直到最后想起春风所至，草木转绿，唯一"绿"字最能体现春天特色，把"绿"字换上，再读才觉得动态皆现，形神兼备。

王安石心中高兴，不觉哈哈大笑起来。仆人正坐在那里打盹儿，猛然听到笑声，惊得急忙睁开眼睛，问道："大人，发生什么事了？"

王安石已恢复常态，回道："哦，只是改了多次才终于找到满意的字来配这首诗，心中高兴。你去睡吧，不用守着。"

仆人答应一声，心想我们家大人可真够孩子气的，一个字而已，也值得这么较劲儿？不过，若不如此，倒不像我们大人的作风了。唉！反正咱是不懂那些东西，还是睡觉要紧。

王安石可没工夫理会仆人在想什么，仍然在看自己那首诗，突然又发现，用"绿"字好是好，可是如此一改，满是生机，倒是与自己写诗的心情不相符了，思量再三，最后把"又"改为"自"。在我离开的这段时间里，春风来到这里，见不到我，无人欣赏，只能是"自绿江南岸"了。

终于把这首诗改好了，王安石这才安心地去休息。

后人才有了这首经反复修改才定下来的千古名篇可以欣赏：

京口瓜洲一水间，
钟山只隔数重山。
春风自绿江南岸，
明月何时照我还？

王安石自己的诗总是经过反复推敲，在读别人的诗时，也会反复琢磨。如果发现有更好的句子可以代替，就给对方改一改，换成自己满意的。

有一年，刘攽（《资治通鉴》编者之一）出任泰州通判，离开京城的前一天晚上在馆阁壁上写下一首题壁诗：

壁门金阙倚天开，五见宫花落古槐。
明日扁舟沧海去，即将云里望蓬莱。

"蓬莱"原是传说中的海上仙山，也用来代指馆阁。刘攽后两句的意思是说，明天就要乘船远去了，很快就只能向云里回望馆阁了，表达了一种依依不舍之情。王安石见到这首诗后，觉得云还是可以清楚地看到的，如果连云都看不到了还在那里望不是更能体现眷恋之情吗？于是，就把"云里"二字改成了"云气"。回望时只见一团云气，什么都看不清，可还是忍不住地遥望，希望能够找到馆阁的影子。刘攽听说后，果然比自己原来的意境要好，真心佩服，后来对友人吟诵时，就按王安石改过的，并把它收入自己的文集。

王安石改的诗也有引起争论的时候，在王钦臣被召至馆阁，参加完考试后，也在馆阁写了一首题壁诗：

古木森森白玉堂，长年来此试文章。
日斜奏罢长杨赋，闲拂尘埃看画墙。

王安石看到后，把第三句改成"日斜奏赋长杨罢"，说"诗家语如此乃健"。确实改过之后，诗多了几分气势，但也有人认为破坏了原句的浑然天成，"语健而意室"，见仁见智，看法不一。

当时人的诗可以改，古人的诗也不见得就是完美的，当然也要改了。

王安石有一首著名的《梅花》绝句就是改古人的诗改来的。原诗为六朝苏子卿的《梅花落》："中庭一树梅，寒多叶未开。只言花是雪，不悟有香来。"被王安石改为《梅花》：

墙角数枝梅，凌寒独自开。
遥知不是雪，为有暗香来。

王安石改过的诗一出，苏子卿的诗也被淹没了。

喜欢改诗的人并不只是王安石一个。苏轼也好此道。

这一天，苏轼去王安石的书房找王安石，恰好王安石正在外面接待别的客人，仆人让苏轼在书房稍等一会儿，自己也出去了。

苏轼在书房里转悠，看到书桌上铺着纸，墨迹未干。走过去一看，原来是两句未写完的诗："明月枝头叫，黄狗卧花心。"一看便是王安石的笔迹。苏轼不禁好笑："这个野狐禅，只想着标新立异，写诗都写出妖怪来了，明月怎么会叫，黄狗又怎么能卧到花心上？"

苏轼自以为又找到取笑王安石的由头了，心痒痒，手也痒痒，终于忍不住提起笔把王安石的诗改为："明月当空照，黄狗卧花荫。"他倒好心，还怕王安石回来后，看到他改的诗，当着他的面不好意思，于是也不与人说，自己就走了。

过了一会儿，王安石忙完回到书房，正要接着写诗，却发现已经被人改动了，不由得有些生气，叫过仆人来，问是谁改的。仆人回答说不知道，只是刚才苏轼来过了，现在不知道去了哪里。

王安石明白一定是苏轼改的，也没说什么。

不久之后，苏轼因事被贬至合浦。有一天在外面散步，看到一群孩子围着花丛唤："黄狗罗罗，黑狗罗罗，喽罗罗罗……"苏轼一听好奇心起，就走过去问孩子们黄狗黑狗在哪里。一个孩子指着花心里刚爬出来的一条黄虫子说道："这个就是黄狗呀！快快，快捉住它。"

苏轼一听，原来花心里的小虫子叫黄狗啊，猛然想起自己不久前改过的王安石的诗，心中惴惴，难道是我改错了？王安石所说的卧花心的黄狗就是这种小虫子？那么"明月"又是怎么回事呢？难道也是另有所指？

苏轼一边寻思，一边往前走。这时耳边传来几声清脆的鸟叫，旁边一个老人抱着个孩子在那里玩耍，小孩子也听到鸟叫声，抬头观望，用小手指着树上的鸟儿咿咿呀呀。老人笑着对孩子说道："那个鸟儿叫'明月'鸟，叫得好听吧？记住了，可不是天上的明月哦！"

苏轼这才明白，自己孤陋寡闻，完全把王安石的诗改错了。但是，王安石却从来没再提起过这件事。若不是苏轼自己说出去，后人还不知道有这么一段趣事呢。

政治家王安石

北宋王朝立国后，由于封建社会内部固有矛盾，更加上太祖赵匡胤为强化高度中央集权的封建君主专制制度，在基本国策、军政体制和政事设施上出现的种种错误和存在的致命弱点，经过不到半个世纪的发展，便在社会、政治、经济和军事等方面出现了日益深重的危机。

一方面，由于地主阶级的残酷剥削和压迫，特别是豪强兼并势力的发展，至北宋中叶，广大劳动人民的苦难日甚一日。王安石描绘当时的社会状况是："节义之民少，兼并之家多，富者财产满布州城，贫困者不免于沟壑。"另一方面，在国家军政体制的演变过程中，产生了一支不断扩大的腐败无能、鱼肉百姓的官僚队伍，和一支不断扩充着的、对内镇压人民、对外没有战斗力的庞大而腐败的军队。正是这两支队伍，日益成为国家沉重的负担。所以，当时有人忧心忡忡地指出："冗吏耗于上，冗兵耗于下，此所以尽取山泽之利而不能足也。"这样两支队伍的存在，更进一步加重了人民的负担，造成农民破产、社会动荡，国家财政经济日益走向崩溃，并导致日益深重的统治危机。而昏庸无能的统治者，为了摆脱这一困境采取的办法是，加重赋税和加强盐茶的统制官卖，即加紧对广大人民的勒索。于是，社会阶级矛盾更加尖锐，统治危机更为严重。这种矛盾发展的直接结果，是北宋帝国的积贫积弱、内外交困。王安石更指出，不仅国家陷于贫弱，而且社会道德风气也"日以衰坏"。

国家的日益贫困，对外战争的失败使北宋政权中的有识之士逐渐觉醒。他们意识到若仍旧采用现行政策维护统治，国家必将陷入混乱之中。

其实，早在王安石登上北宋政治舞台之前，一些有识之士已经不断提出改革的建议和要求，都是围绕裁减冗兵冗吏，整顿军队和官僚机构，以节省财政开支的目标，以求国家摆脱积贫积弱的状况。其中比较著名的有文彦博的"省兵"，范仲淹的"庆历新政"等，但令人遗憾的是最终都失败了。于王安石变法前施行的"庆历新政"，登场之际虽然颇具声势，但是由于仁宗动摇不定、支持不力，再加上变法方针和策略上的失误，以及保守派的激烈反对，不到一年即宣告流产。

范仲淹"新政"的夭折，当然是北宋改革运动的一次重大挫折，但改革并没有终结。这是因为当时的赵宋王朝尚未到山穷水尽的地步，尚有改革振作的余力。同时，由于社会政治、经济的发展，更加之朝廷笼络文士、重用文臣的基本国策，宋朝产生了一批具有相当强烈的民族意识和爱国主义思想的知识分子，王安石便是其中的佼佼者。他们深受传统的儒家政治哲学思想和伦理道德观念积极方面的影响和熏陶，相信"仓廪实而知礼节，衣食足而知荣辱""百姓足，君孰与不足"的道理。因此，在范仲淹"新政"流产大约十五年后，王安石面对封建国家艰难困厄的时局，于嘉祐四年写下了著名的《上仁宗皇帝言事书》，建议变法图强。嘉祐六年，他在《上时政书》中，进一步向最高统治者提出了"大明法度""众建贤才"的主张。他的建议虽未被仁宗采纳，但在封建士大夫中却引起了共鸣和赞赏。这也是王安石在北宋政坛上第一次崭露头角。

公元1067年，神宗赵顼的即位给王安石施展变法提供了契机。神宗是一位很有作为的君主，王安石的变法主张正好与他的富国强兵的愿望不谋而合，于是神宗很快就将王安石加以重用，命他全权负责变法。这就为王安石实现自己的理想和抱负，提供了广阔的舞台和强有力的政治靠山。在王安石受重用之前，他长期担任地方官，每任一处，他都兢兢业业、恪尽职守、爱民如子，深受当地百姓爱戴。每次他把自己的改革措施付诸实施取得成效时，都根据自己的切身感受作出理论上的概括和总结，具有相当强的说服力。

王安石就任地方官所积累的丰富经验，为他的变法提供了很好的理论依据和实战经验。可以说，王安石确实已为变法作好了充分的准备。正是在这样的背景下，从熙宁二年（1069年）开始，王安石以参知政事的身份，主持开展了历史上轰轰烈烈的"熙宁变法"。

王安石变法是中国两千多年的封建社会中的大事，对北宋王朝的影响尤为深远。此次变法涉及范围广泛，内容丰富，很多内容在当时那个年代都是具有超前性的。从熙宁二年（1069年）到熙宁六年（1073年），五年之内，先后颁行了均输法、青苗法、农田水利法、保甲法、免役法、市易法、保马法、方田均税法等一系列重大法令。在此，仅就王安石变法指导方针和变法的重点所在，作些许简单的探讨。

首先，王安石对于整个变法的设想，并不是一时的冲动，而是依据他在地方官的职位上所掌握的理论和实践。王安石不断对这些理论和实践进行提炼、总结和概括。到了一定程度，他的这种思想开始变得成熟，变法内容应该说是他长期深思熟虑的产物。因此，他对变法能够在较高的层次上提出一个明确的指导思想。

这个指导思想，就是他在嘉祐六年（1061年）《上时政书》中提出的"盖夫天下至大器也，非大明法度，不足以维持；非众建贤才，不足以保守"的建议。在王安石看来，封建统治之所以出现种种危机、种种矛盾，主要原因是人才得不到重用，律法得不到完善；国家要安宁、要巩固，关键一点在于是否能有一部合适的律法。然而，仅仅有明确的政策、法令是完全不够的，因为这些毕竟只是纸面上的东西，必须通过贤才来贯彻执行，才能真正起到威慑百姓的作用。因此，律法与人才二者不可偏废，应有机地进行统一。

所谓"大明法度""众建贤才"的具体内容和要求，在《上仁宗皇帝言事书》中，王安石曾有所阐述。

"大明法度"的基本要求是：第一，国家的政策法令，必须做到"合乎先王之政"，也就是说治理国家的原则没有发生什么变化，这是必须坚持的；第二，对所谓"先王之政"不是照抄照搬，而是应该根据形势的变化不断地调整，以适应社会的发展。

关于"众建贤才"的问题，首先涉及的是所谓"贤才"的标准和要求。王安石对"贤才"的要求和标准有两个方面：一是能从国家根本利益的全局上，考虑和决定国家的前进方向和发展道路；二是能够正确理解国家制定的总的指导方针，正确贯彻执行国家颁行的各项政策法令。对于后一条还有更具体的要求，即在贯彻执行国家政策法令时，要善于把符合"先王之意"与具体变化着的实际情况相结合，这是最高标准。而最低标准也要能推行朝廷法令，能够根据具体情况，分清轻重缓急，认真执行，使老百姓安居乐业，能够安分守己地生活和从事生产，享受应有的权利、承担应有的义务。

其次，王安石对变法不仅有明确的指导思想，而且在他的方案中，更把理财作为变法的主要环节，放在突出位置。

理财、育才和整军，是王安石在"大明法度"和"众建贤才"的原则指导下，所制定的改革方案的三个组成部分。他把理财作为重点和主要环节不是偶然的。这不仅仅是由于当时财政危机严重的缘故，更重要的是他认识到只有有效地解决了财政问题，才能为其他问题的解决奠定物质基础。所以，很早以前，王安石就把理财问题作为"治国养民"的重要环节来考虑。

王安石把"治国"和"养民"结合起来考虑，说明他已经注意到如何才能巩固现有的统治。如果肆意剥削百姓，不顾人民死活，在荒年搞一些有名无实的救灾，封建统治是不可能得到巩固的。因此，他建议朝廷要先让老百姓有饭吃，让老百姓能活下去。只有这样，才能要求老百姓接受封建政治道德规范，扭转风俗日益败坏的局面，形成安分守己的社会风尚，老老实实地接受地主阶级的统治。

正因为这样，王安石认为理财是"治国养民"的重要手段，所以，他把理财提到了"义"的高度。为了使这个观点更有说服力，他对孟子的义利观作了新的解释，并打出了周公和《周礼》的旗号。他说：

"孟子所言利者，为利吾国。如曲防遏籴，利吾身耳。至狗彘食人则检之，野有饿莩则发之，是所谓政事。政事所以理财，理财乃所谓义也。一部《周礼》，理财居其半，周公岂为利哉？"

总之，理财是关系到巩固封建统治的大事。通过理财要达到的是"富民化俗，以兴起太平"这一目的。因此，王安石不满足于过去仅仅着眼于节省财政开支的办法，而把重点放在开源方面，着重于经济特别是农业生产的发展。他在《上仁宗皇帝言事书》中说："盖因天下之力，以生天下之财，取天下之财以供天下之费，自古治世，未尝以不足为天下之公患也。"只要能够动员全国劳动力，积极发展生产，在财政经济上就不会有不足之患了。

王安石把发展农业生产作为理财的首要任务，而发展农业生产的当务之急是减轻农民负担，限制豪强兼并特权，帮助农民克服困难以不误农时地从事生产。在熙宁五年的《上五事书》中，王安石写道：

"昔之贫者，举息之于豪民；今之贫者；举息之于官，官薄其息，而民救其乏，则青苗之令已行矣。

"免役之法成，则农时不夺，而民力均矣；保甲之法成，则寇乱息，而威势强矣；市易之法成，则货赂通流，而国用饶矣。"

从上文中可以明显地看出，王安石的意图就是运用国家权力，一方面限制豪强兼并的特权，一方面帮助农民解决生活和生产上的一些困难，以在一定程度上缓和地主阶级和农民之间的矛盾；同时，以保甲法作为国家镇压机器的补充手段，维持一个社会安定的局面。

这样，使农民能够"农时不夺"地安心生产，达到"因天下之力以生天下之财"的目的，并进而加强巩固封建统治的物质基础。

王安石描绘的当然是一幅富国利民、天下太平的美妙画卷。不过，这里王安石没有提到的是，通过青苗法、市易法等年利高达 40% 的国家贷款，通过免役法收取高额的免役钱、助役钱、免役宽剩钱等，为国家增加巨大的财政收入。这确实是一件"富国"的美事，但对农民（包括中小地主）和中小商人，则显然是一个沉重的负担。至于保甲法，即使真的有可能造成一个有利于生产的安定环境，但对于必须承担保甲义务的广大老百姓，难道不是套在脖子上的又一个枷锁？由此可见，王安石的"理财"方案，从根本上来说，无非是为了加强巩固封建统治的物质基础。从他制定的各项法令来看，即使不考虑具体执行过程中的种种流弊，对广大劳动人民以至中小地主，也是一种沉重的负担。至于保甲法，更不过是维护地主利益，企图为巩固封建统治，在内政和外交上造成一种强势地位的手段。这难道不正明显透露出王安石"理财"方案的阶级实质？王安石打算实现"富民化俗""治国养民"等儒家传统理想中的"王道"政治的实质，仅仅从上面有限的考察来看，不过是他的美好梦想而已。

王安石领导的熙宁变法运动，是中国改革史上的一个创举。改革不仅有明确的指导思想和自成体系的理论基础，更有鲜明的实践依据。在变法运动中，王安石把理论运用到实际中，有步骤有计划地实施变法。因此，王安石领导的变法运动确实远远超过了中国古代许多改革家的水平，其理论依据和政治主张已经走在了变法改革的前列。

早在熙宁变法以前，王安石就曾经十分明确地提出："善为天下计者，必建长久之策，兴大来之功"的主张。在王安石看来，北宋政府一贯尊崇的"祖宗之法"已经远远不能适应社会生产力的发展，欲从所谓的已经阻碍社会发展的祖宗成法中寻求富国强兵之道已是不可能。实际上，王安石已经向传统的"祖宗之法"提出了质疑，他认为挽救深重的统治危机，只能采取更加长远、重大的行动和步骤才能解决，否则只在已经过时的"祖宗之法"内旁敲侧击地小修小补，一切只能是枉然。然而，王安石深知，变法的成功需要有一套足以指导全局的、深刻的理论，没有理论作依据，仿佛建房无地基一般，随时都有倒塌的可能。因此，他把从理论上系统地阐明自己变法思想的工作放在十分重要的地位，这是王安石作为中国古代史著名的思想家和政治改革家的一个重要特点。王安石的理论基础，就是在中国古代思想史上占有一定地位的"新学"体系。作为"变法"主要理论依据的《三经新义》，就是它的重要的代表作。

《三经新义》成书较晚，但其主要的指导思想和理论依据，早在变法之前就已形成。王安石对儒家经典著作中所透射出来的社会政治思想和伦理道德观念并非一味继承，而是经过自己的推敲打磨，结合自己从政后的具体实践经验，参照历史上曾经占有重要地位的各家学说，最终定稿完成《三经新义》。书中所透露出来的对百姓疾苦的同情和怜悯，对统治者的贪赃枉法、敲骨吸髓般的剥削行为，都表现了极大的愤慨和不满。书中还提到了他对传说中的纯朴、平等、安宁的古代社会的向往，希望能通过自己的变法以及考虑采取的诸如贷钱、助粟、赢收等措施，来加以实现。这些极富人情味的理想与政策在《寓言》《感事》《发廪》《兼并》等诗篇和有关文字中都有所体现。这一切都说明王安石从政后,对他所接受所理解的儒家思想传统,认真地体验着、探索着,在他力所能及的范围内,进行了尽可能付诸实践的可贵努力。他的这种努力、抱负和思想,在他的《兼并》和《寓言》两首诗中,有较集中的反映。

总之,王安石确实以巨大的精力,进行了大量艰苦卓绝的工作,即使在他执政实施变法以后,尽管政务倥偬,也从未放松过。这正是王安石在政治上和学术上,能够超越中国古代史上许多著名思想家和政治家的一大特色。但是,由于他的变法运动是在政治上和组织上都还没有作好充分准备的情况下施行的,加之在变法过程中,失误很多,问题凸显,以致在他的"新学"体系正式完成并立于学官的时候,变法高潮已成过去。熙宁九年冬,王安石不得不在种种矛盾交迫下罢相引退,他的"新学"未能充分发挥应有的作用。然而,"荆公新学"却仍以它特有的革新精神和气魄受到人们长期的推崇。王安石去世后,作为反对派的苏轼,在他代哲宗赵煦起草的《王安石赠太傅》的"制辞"中曾称颂王安石,说他"网罗六艺之遗文,断以己意;糠秕百家之陈迹,作新斯人"。可以说是相当准确地概括了王安石善于在传统思想资料的基础上"推陈出新",作出创造性贡献的特点。

思想家王安石

当代哲学家贺麟先生认为,王安石的哲学思想与陆王心学最为相契,开陆王心学之先声。他是这样论述的:

中国儒家的人所尊崇的政治家，大约不外两型：一为伊周型，一为萧曹型。前一类的政治家，同时即是圣贤，道德文章兼备，言行均可为世法则，治平之业，好像只是他们学问道德文章的副产。三代以下这一类型的政治家甚为没落，惟有那"伯仲之间见伊吕"被宋儒称为"有儒者气象"的诸葛孔明，比较接近此一类型。后一类型的政治家，大都有才能，建事功，平叛乱，维治安。他们似乎是政治本位，事功本位的政治家，以政治上建立功业为唯一目的。他们虽可称为贤臣贤相，然而究不能说是道德、学问、文章兼备的圣贤。汉唐的盛治，都是这一类型的政治家的表现。汉朝的萧、曹、霍光，唐之房、杜、姚、宋，都是这一类型的代表。

伊周类型的政治家当然要行王道，实现大同之治。萧、曹类型的政治家，当然免不了参杂些霸道和申韩之术，只能达到小康之治。如果用现代话来说，前者代表政治上的理想主义，后者代表政治上的现实主义，传统儒家的政治思想一贯地憧憬大同的理想。（《王安石的哲学思想》）

宋朝的政治家如范仲淹、韩琦、司马光等都是以道德、学问、文章著称，接近伊周型的政治家。而在宋朝文治传统的熏陶下，王安石更是他们之中最杰出、最完美的代表。

据说，当他初见神宗时，神宗问他，"唐太宗如何？"他答道："陛下当法尧舜，何以太宗为哉？"又说："陛下诚能为尧舜，则必有皋夔稷契，彼魏征诸葛亮者何足道哉？"许多人都认为安石这番话未免大言欺人，狂妄无忌惮。殊不知这确是表现他多年来所怀抱的根本主张。神宗原来憧憬着汉唐的现实政治，他要把神宗转变为趋向三代伊周式的理想政治。

以上是说王安石的政治理想。

王安石的哲学倾向，最接近孟子的心性之学，而他所最推尊的哲学家除孔子外，为孟子及扬雄。他所最反对的哲学家为荀子。这也是有其政治思想的背景的。因孟子是理想主义者，他的政治思想，在儒家中是提倡大同的。而荀子则是政治上倾向小康的现实主义者。同时，一个哲学家，亦必有其政治主张，有其所拥护的政治家。如孔子之尊周公，老庄之尊黄帝，墨子之尊大禹。在宋儒朱（熹）陆（象山）两派中，显然程朱比较拥护司马光，而陆象山则拥护王安石。

陆象山是哲学家中第一个替王安石说公道话的人。王安石的新法被司马光推翻，他的政治理想迄未得真正实现。而陆象山的心学被程朱派压倒，直到明代的王阳明方始发扬光大。而政治家中也只有张居正才比较服膺陆王之学。总之，讲陆王之学的人多比较尊崇王安石、张居正式的有大气魄的政治家。同时王安石、张居正一流的政治家亦多比较喜欢陆王一路的思想。这也许是出于偶然，但亦多少可表明政治家与哲学家亦有其性情的投契，政治主张与哲学思想亦有其密切的关联。总之，王安石的哲学思想，以得自孟子、扬雄为最多，而与陆王的思想最为接近。

要讲安石的哲学思想，我们不能不概括地先讲一下程朱、陆王的区别。程朱、陆王都同是要讲身心性命格物穷理之学，所不同者只是程朱主张先格物穷理，而后明心见性，先今日格一物，明日格一物，而后豁然贯通，吾心之全体大用无不明。陆王主张先发明本心，先立乎大者，先体认良知，然后致吾心之良知于事事物物。所以程朱比较注重客观的物理，陆王比较注重主观的心性。一个是由"用"回到"体",一个是由"体"发展到"用"。而陆王的心学正代表了西洋欲了解宇宙,须了解自我,欲建立宇宙先建立自我的唯心哲学。

王安石生平最服膺孟子,最反对荀子,而孟子是主张尽心尽性,发挥良知良能,具有先立乎其大,万物皆备于我,方今天下舍我其谁的胸襟与气魄的人。除孟子外,他最推崇扬雄,认"扬雄者,自孟轲以来未有能及之者"。

然而他推崇扬雄的理由,乃因为"扬雄亦用心于内,不求于外,不修廉隅,以徼名当世"。如果你问安石,救国救民从何处救起,他一定说先从救自己做起。治国平天下,亦先从治自己做起。他是讲为己之学的人。对于杨墨的评价,他虽说指斥两人各偏于一面,然而他比较赞成杨朱。他认为:"杨子为己,为己,学者之本;墨子为人,为人,学者之末",是以学者必先为己。

我们可以称安石哲学思想的出发点为"建立自我"。建立自我是他所作的立本、立大、务内的工夫。他的个性倔强,卓越不拔,有创造力,有革命精神,都可说是出自他建立自我的功夫。我这里用"建立自我"四字以表示他的根本出发点,因为建立二字,比较有哲学意味,建立自我为建立宇宙之本,提出建立自我,知的方面以自我意识为认识外物的根本,行的方面即利人济物、修齐治平的事业,不过是自己性分内事,是自我的实现罢了。兹试逐步陈述他建立自我的努力。

第一,建立自我,消极方面必须使自我不为物欲名利所拖累、所束缚。

第二,建立自我就是使自我以道或以理为依归,而不随俗浮沉,与世俯仰。

第三，有了自我建立，则读书的时候，心中自有主宰，自能致良知以读书，不仅六经皆我注脚，而且诸子百家亦皆我注脚。所以他不为狭义的正统观念所束缚，胆敢无书不读，然而能自己受用随意驱遣，而不陷于支离。

第四，由建立自我，以自我之内心所是随机应变为准则，而反对权威，反对泥古，注重随时，权变革新，以作自由解放及变法维新的根本。

上面我们已约略叙述了王安石开陆王心学之先河。

贺麟还提到，王安石晚年超脱尘世学佛学禅，境界甚高。他举出王安石的一首哲理诗："风吹瓦堕屋，正打破我头。瓦亦自破碎，岂但我血流。我终不嗔渠，此瓦不自由。众生造众恶，亦有一机抽。渠不知此机，故自认想尤。此但可哀怜，劝令真正修。岂可自迷闷，与渠作冤仇。"诗中"渠"就是"他"的意思。这诗充分表现出斯宾诺莎式的决定论。同时也颇能代表他晚年静观宇宙人生，胸怀洒脱，超脱恩怨、友仇、成败、悲欢、荣辱的高远境界，和他学佛后宽恕一切、悲悯一切的菩萨心肠。

文学家王安石

王安石不仅是一位杰出的政治家和思想家，也是一位卓越的文学家。他为了实现自己的政治理想，把文学创作和政治活动密切地联系起来，强调文学的作用首先在于为社会服务，强调文章的现实功能和社会效果，主张文道合一。

他的散文大致贯彻了他的文学主张,所作多为有关政令教化、适于世用之文。他反对西昆派杨亿、刘筠等人空泛的靡弱文风,认为"所谓文者,务为有补于世而已矣。所谓辞者,犹器之有刻镂绘画也。诚使巧且华,不必适用;诚使适用,亦不必巧且华。要之以适用为本,以刻镂绘画为之容也。"(《上人书》)正因为安石以"务为有补于世"的"适用"观点视为文学创作的根本,他的作品多揭露时弊、反映社会矛盾,具有较浓厚的政治色彩。今存《临川集》《临川集拾遗》《临川先生歌曲》《临川先生文集》等。

他的散文雄健简练、奇崛峭拔,大都是书、表、记、序等体式的论说文,阐述政治见解与主张,为变法革新服务。这些文章针对时政或社会问题,观点鲜明,分析深刻,长篇则横铺而不力单,短篇则纡折而不味薄。王安石的政论文在唐宋八大家中是突出的,他驾驭语言的能力非常强,其言简练明快,却无害于笔力雄健。

《上仁皇帝言事书》,是主张社会变革的一篇代表作,根据对北宋王朝内外交困形势的深入分析,提出了完整的变法主张,表现出作者"起民之病,治国之疵"的进步思想。

《本朝百年无事札子》,在叙述并阐释宋初百余年间太平无事的情况与原因的同时,尖锐地提示了当时危机四伏的社会问题,期望神宗在政治上有利建树,认为"大有为之时,正在今日"。它对第二年开始施行的新政,无异吹起了一支前奏曲。

《答司马谏议书》,以数百字的篇幅,针对司马光指责新法为侵官、生事、征利、拒谏四事,严加剖驳,短小精悍,言简意赅,措词得体,体现了作者刚毅果断和坚持原则的政治家风度。安石的政论文,不论长篇还是短制,结构都很谨严,主意超卓,说理透彻，语言朴素精练，"只用一二语，便可扫却他人数大段"（刘熙载《艺概·文概》），具有较强的概括性与逻辑力量。这对推动变法和巩固北宋诗文革新运动的成果起了积极的作用。

王安石的一些小品文，脍炙人口，《鲧说》《读孟尝君传》《书刺客传后》《伤仲永》等，评价人物，笔力劲健，文风峭刻，富有感情色彩，给人以显豁的新鲜觉。他还有一部分山水游记散文：《城陂院兴造记》，简洁明快而省力，酷似柳宗元；《游褒禅山记》，亦记游，亦说理，二者结合得紧密自然。

王安石的诗歌，大致可以罢相（1076年左右）划界而分为前后两期，在内容和风格上有较明显的区别。"荆公少以意气自许，故诗语惟其所向，不复更为涵蓄……后为群牧判官，从宋次道尽假唐人诗集，博观而约取，晚年始尽深婉不迫之趣。"（叶梦得《石林诗话》）。

前期的诗歌，长于说理，倾向性十分鲜明，涉及许多重大而尖锐的社会，问题注意到下层人民的痛苦，替他们发出了不平之声。《感事》《兼并》《省兵》等，从政治、经济、军事等方面描写和提示了宋代国势的积弱或内政的腐败，指出了大地主、大商人兼并土地对于国家和人民的危害，提出"精兵择将"的建议；《收盐》《河北民》等，反映了当时人民群众备受统治者迫害压榨的悲惨遭遇；《试院中》《评定试卷》等，则直接抨击以诗、赋取士的科举制度，要求起用具有经世济国的人才；《元日》《歌元丰》等，热情地讴歌了变法带来的新气象和人民的欢乐；《商鞅》《贾生》等，通过对历史人物功过得失的评价，抒发了自己的新的见解和进步意义。

王安石后期的隐居生活，带来了他的诗歌创作上的变化。他流连、陶醉于山水田园中，题材内容比较狭窄，大量的写景诗、咏物诗取代了前期政治诗的位置，抒发一种闲恬的情趣；但艺术表现上却臻于圆熟，"雅丽精绝，脱去流俗，每讽味之，便沉沉灌生牙颊间"（《后山诗话》载黄庭坚语）。《泊船瓜洲》《江上》《梅花》《书湖阴先生壁》等诗，观察细致，精工巧丽，意境幽远清新，表现了对大自然美的歌颂和热爱，历来为人们所传诵。

从诗体说来，安石的古体诗虽然多用典故，好发议论，但像《明妃曲》《桃源行》篇，立意新颖，充满着情感和丰富的想象。律诗则用字工稳，对偶贴切，但有时不免失于过多的雕刻。五绝和七绝尤负盛誉，"王半山备众体，精绝句"（《寒厅诗话》），"荆公绝句妙天下"（《艇斋诗话》）。他的诗对当代和后世都有影响，被称为"王荆公体"（严羽《沧浪诗话》）。

"王荆公体"的特点是：重炼意，又重修辞。在用事、造语、炼字等方面煞费苦心，既新奇工巧又含蓄深婉，主要载体是其晚期雅丽精绝的绝句。其长处是下字工，用事切，对偶精；其短处在于作诗主意求工，主意之过流为议论，好求工而伤于巧；故"王荆公体"有深婉不迫处，也有生硬奇崛处。这既体现了宋诗风貌的部分特征，又有向唐诗复归的倾向，可谓既有唐音，又有宋调，对宋诗的发展影响较大。

王安石的词，今存约二十余首。虽不以词名家，但其"作品瘦削雅素，一洗五代旧习"（刘熙载《艺概·词曲概》）。《桂枝香·金陵怀古》一词，通过描写金陵（今江苏南京市）壮景及怀古，揭露六朝统治阶级"繁华竞逐"的腐朽生活，豪纵沉郁，被赞为咏古绝唱。它同范仲淹的《渔家傲》"塞下秋来风景异"一词，开了苏东坡豪放词的先声，给后来词坛以良好的影响。

从文学角度总观王安石的作品，无论诗、文、词都有杰出的成就。北宋中期开展的诗文革新运动，在他手里得到了有力推动，对扫除宋初风靡一时的浮华余风作出了贡献。但是，王安石的文学主张，却过于强调"实用"，对艺术形式的作用往往估计不足。他的不少诗文，又常常表现得议论说理成分过重，瘦硬而缺少形象性和韵味。还有一些诗篇，论禅说佛理，晦涩干枯，但也不失大家风范，是我国诗歌史上的一颗明星。

附

王安石诗文选

诗：

《次韵酬朱昌叔五首》（录一）：

去年音问隔淮州，百谪难知亦我忧。前日杯盘共江渚，一欢相属岂人谋。山蟠直渎输淮口，水抱长干转石头。乘兴舟舆无不可，春风从此与公游。

《次韵送程给事知越州》：

千骑东方占上头，如何误到北山游？清明若睹兰亭月，暖热因忘蕙帐秋。投老始知欢可惜，通宵豫以别为忧。西归定有诗千首，想肯重来贲一丘。

《登宝公塔》：

倦童疲马放松门，自把长筇倚石根。江月转空为白昼，岭云分瞑与黄昏。鼠摇岑寂声随起,鸦矫荒寒影对翻。当此不知谁客主,道人忘我我忘言。

《雨花台》:

盘互长干有绝径,并包佳丽入江亭。新霜浦溆绵绵净,薄晚林峦往往青。南上欲穷牛渚怪,北寻难忘草堂灵。便舆却走垂杨陌,已戴寒云一两星。

《寄题程公辟物华楼》:

吴楚东南最上游,江山多在物华楼。遥瞻旌节临尊俎,独卧柴荆阻献酬。想有新诗传素壁,怪无余墨到沧洲。涓浯南望重重绿,章水还能向此流。

《酬俞秀老》:

洒扫东庵置一床,于君独觉故情长。有言未必输摩诘,无法何曾泥饮光。天壤此身知共弊,江湖他日要相忘。犹贪半偈归思索,却恐提桓妄揣量。

《送李质夫之陕府》:

平世求才漫至公,悠悠羁旅士多穷。十年见子尚短褐,千里随人今北风。户外屡贫虚自满,尊中酒贱亦常空。共嫌欲老无机械,心事还能与我同。

《贵州虞部使君访及道旧窃有感恻因成小诗》:

韶山秀拔江清写,气象还能出搢绅。当我垂髫初识字,看君挥翰独惊人。邮签忽报旌麾入，斋合遥瞻组绶新。握手更谁知往事，同时诸彦略成尘。

《思王逢原三首》（录一）：

蓬蒿今日想纷披，冢上秋风又一吹。妙质不为平世得，微言唯有故人知。庐山南堕当书案，湓水东来入酒卮。陈迹可怜随手尽，欲欢无复似当时。

《送裴如晦宰吴江》：

青发朱颜各少年，幅巾谈笑两欢然。柴桑别后余三径，天禄归来尽一廛。邂逅都门谁载酒？萧条江县去鸣弦。犹疑甫里英灵在，到日凭君为舣船。

《送僧无惑归鄱阳》：

晚扶衰惫寄人间，应接纷纷只强颜。挂席每谙东汇水，采芝多梦旧游山。故人独往今为乐，何日相随我亦闲？归见江东诸父老，为言飞鸟会知还。

《落星寺在南康军江中》：

碧云台殿起崔嵬，万里长江一酒杯。坐见山川吞日月，杳无车马送尘埃。雁飞云路声低过，客近天门梦易回。胜概惟诗可收拾，不才羞作等闲来。

《送李太保知仪州》：

北平上谷当时守，气略人推李广优。还见子孙持汉节，欲临关塞抚羌酋。云边鼓吹应先喜,日下旌旗更少留。五字亦君家世事,一吟何以称来求?

《将次相州》:
青山如浪入漳州,铜雀台西八九丘。蝼蚁往还空垄亩,骐骥埋没几春秋。功名盖世知谁是,气力回天到此休。何必地中余故物,魏公诸子分衣裘。

《和王微之秋浦望齐山感李太白杜牧之》:
齐山置酒菊花开,秋浦闻猿江上哀。此地流传空笔墨,昔人埋没已蒿莱。平生志业无高论,末世篇章有逸才。尚得使君驱五马,与寻陈迹久徘徊。

《次韵平甫金山会宿寄亲友》:
天末海门横北固,烟中沙岸似西兴。已无船舫犹闻笛,远有楼台只见灯。山月入松金破碎,江风吹水雪崩腾。飘然欲作乘桴计,一到扶桑恨未能。

《送赵学士陕西提刑》:
遥知彼俗经兵后,应望名公走马来。陛下柬求今日始,胸中包畜此时开。山西豪杰归囊楇,渭北风光入酒杯。堪笑陋儒昏鄙甚,略无谋术赞行台。

《金陵怀古四首》(录一):
霸祖孤身取二江,子孙多以百城降。豪华尽出成功后,逸乐安知与祸双。东府旧基留佛刹，后庭余唱落船窗。黍离麦秀从来事，且置兴亡近酒缸。

《除夜寄舍弟》：

一尊聊有天涯忆，百感翻然醉里眠。酒醒灯前犹是客，梦回江北已经年。佳时流落真堪惜，胜事蹉跎只可怜。唯有到家寒食在，春风因泛浉溪船。

《送西京签判王著作》：

儿曹曾上洛城头，尚记清波绕驿流。却想山川常在梦，可怜颜发已惊秋。辟书今日看君去，著籍长年叹我留。三十六峰应好在，寄声多谢欲来游。

《南浦》：

南浦东冈二月时，物华撩我有新诗。含风鸭绿粼粼起，弄日鹅黄袅袅垂。

《木末》：

木末北山烟冉冉，草根南涧水泠泠。缲成白雪桑重绿，割尽黄云稻正青。

《初夏即事》：

石梁茅屋有弯碕，流水浅浅度西陂。晴日暖风生麦气，绿阴幽草胜花时。

《中年》：

中年许国邯郸梦，晚岁还家圹埌游。南望青山知不远，五湖春草入扁舟。

《入瓜步望扬州》：

落日平林一水边，芜城掩映只苍然。白头追想当年事，幕府青衫最少年。

《州桥》：

州桥踏月想山椒，回首哀湍未觉遥。今夜重闻旧呜咽，却看山月话州桥。

《壬子偶题》：

黄尘投老倦匆匆，故绕盆池种水红。落日欹眠何所忆，江湖秋梦橹声中。

《送僧游天台》：

天台一万八千丈，岁晏老僧杖锡归。前程好景解吟否？密雪乱云缄翠微。

《金陵怀古》：

六代豪华空处所，金陵王气漠然收。烟浓草远望不尽，物换星移几度秋。至竟江山谁是主？却因歌舞破除休。我来不见当时事，上尽重城更上楼。

《沈坦之将归溧阳值雨留吾庐久之》：

天雨萧萧滞茅屋，冷猿秋雁不胜悲。床床屋漏无干处，独立苍茫自咏诗。

《胡笳十八拍十八首》（录二）：

自断此生休问天，生得胡儿拟弃捐。一始扶床一初生，抱携抚视皆可怜。宁知远使问名姓，引袖拭泪悲且庆。悲莫悲兮生别离，悲在君家留两儿。（其十三）

春风似旧花仍笑，人生岂得长年少？我与儿兮各一方，憔悴看成两鬓霜。如今岂无骥裹与骅骝，安得送我置汝傍？胡尘暗天道路长，遂令再往之计堕眇茫。胡笳本出自胡中，此曲哀怨何时终？笳一会兮琴一拍，此心炯炯君应识。（其十八）

词：

《桂枝香·金陵怀古》：

登临送目。正故国晚秋，天气初肃。千里澄江似练，翠峰如簇。归帆去棹残阳里，背西风、酒旗斜矗。彩舟云淡，星河鹭起，图画难足。　　念往昔，豪华竞逐。叹门外楼头，悲恨相续。千古凭高，对此漫嗟荣辱。六朝旧事随流水，但寒烟、芳草凝绿。至今商女，时时犹唱，后庭遗曲。

《浣溪沙》：

百亩中庭半是苔，门前白道水萦回，爱闲能有几人来？　　小院回廊春寂寂，山桃溪杏两三栽，为谁零落为谁开？

《南乡子·金陵怀古》：

自古帝王州，郁郁葱葱佳气浮。四百年来成一梦，堪愁！晋代衣冠成古丘。　　绕水恣行游，上尽层城更上楼。往事悠悠君莫问，回头！槛外长江空自流。

文：

读孟尝君传

世皆称孟尝君能得士，士以故归之，而卒赖其力，以脱于虎豹之秦。嗟乎！孟尝君特鸡鸣狗盗之雄耳，岂足以言得士？不然，擅齐之强，得一士焉，宜可以南面而制秦，尚何取鸡鸣狗盗之力哉？夫鸡鸣狗盗之出其门，此士之所以不至也。

游褒禅山记

褒禅山，亦谓之华山，唐浮图慧褒，始舍于其址，而卒葬之，以故其后名之曰褒禅。今所谓慧空禅院者，褒之庐冢也。距其院东五里，所谓华阳洞者，以其在华山之阳名之也。距洞百余步，有碑仆道，其文漫灭，独其为文犹可识，曰："花山"，今言华如华实之华者，盖音谬也。

其下平旷，有泉侧出，而记游者甚众，所谓前洞也。由山以上五六里，有穴窈然，入之甚寒，问其深，则虽好游者不能穷也，谓之后洞。余与四人拥火以入，入之愈深，其进愈难，而其见愈奇。有怠而欲出者，曰："不出，火且尽。"遂与之俱出。盖予所至，比好游者尚不能什一，然视其左右，来而记之者已少；盖其又深，则其至又加少矣。方是时，予之力尚足以入，火尚足以明也。既其出，则或咎其欲出者，而予亦悔其随之，而不得极夫游之乐也。

于是予有叹焉：古人之观于天地、山川、草木、虫鱼、鸟兽，往往有得，以其求思之深，而无不在也。夫夷以近，则游者众；险以远，则至者少；而世之奇伟瑰怪非常之观，常在于险远而人之所罕至焉，故非有志者不能至也。有志矣，不随以止也，然力不足者亦不能至也。有志与力，而又不随以怠，至于幽暗昏惑，而无物以相之，亦不能至也。然力足以至焉而不至，于人为可讥，而在己为有悔；尽吾志也，而不能至者，可以无悔矣，其孰能讥之乎？此予之所得也！

余于仆碑，又以悲夫古书之不存，后世之谬其传而莫能名者，何可胜道也哉！此所以学者不可以不深思而慎取之也。

四人者：庐陵萧君圭君玉，长乐王回深父，余弟安国平父、安上纯父。

答司马谏议书

某启：昨日蒙教，窃以为与君实游处相好之日久，而议事每不合，所操之术多异故也。虽欲强聒，终必不蒙见察，故略上报，不复一一自辨。重念蒙君实视遇厚，于反复不宜卤莽，故今具道所以，冀君实或见恕也。

盖儒者所争，尤在名实，名实已明，而天下之理得矣。今君实所以见教者，以为侵官、生事、征利、拒谏，以致天下怨谤也。某则以谓：受命于人主，议法度而修之于朝廷，以授之于有司，不为侵官；举先王之政，以兴利除弊，不为生事；为天下理财，不为征利；辟邪说，难壬人，不为拒谏。至于怨诽之多，则固前知其如此也。

人习于苟且非一日，士大夫多以不恤国事、同俗自媚于众为善，上乃欲变此，而某不量敌之众寡，欲出力助上以抗之，则众何为而不汹汹然？盘庚之迁，胥怨者民也，非特朝廷士大夫而已。盘庚不为怨者故改其度，度义而后动，是而不见可悔故也。如君实责我以在位久，未能助上大有为，以膏泽斯民，则某知罪矣；如曰今日当一切不事事，守前所为而已，则非某之所敢知。

无由会晤，不任区区向往之至。

王安石年谱

宋真宗天禧五年（1021）一岁
是年十一月十三日出生于临江军（今江西樟树），时其父王益为临江军判官。

乾兴元年（1022）二岁
二月，真宗（赵恒）崩，仁宗（赵祯）即位。

仁宗天圣八年（1030）十岁
王益以太常博士知韶州（今广东韶关），王安石随父至韶州。

明道二年（1033）十三岁
祖父王用之卒，随父归临川服丧。

景祐三年（1036）十六岁
王益服满赴京，王安石随行。《忆昨诗示诸外弟》云："丙子从亲走京国，浮尘坌并缁人衣。"

景祐四年（1037）十七岁
四月，王益通判江宁府（今江苏南京），王安石随行。

宝元二年（1039）十九岁

二月，王益卒于江宁任上，年四十六，官至都官员外郎，葬江宁牛首山。子孙遂以江宁为家。

庆历元年（1041）二十一岁

自宝元二年居父丧，至是除服，赴京师就礼部试。

庆历二年（1042）二十二岁

三月，王安石登杨寘榜进士第四名。授校书郎签书淮南判官厅公事。

庆历三年（1043）二十三岁

校书郎淮南判官。三月，告假归临川。

有《忆昨诗示诸外弟》《伤仲永》《张刑部诗序》。

庆历四年（1044）二十四岁

校书郎淮南判官。子王雱生。

庆历五年（1045）二十五岁

校书郎淮南判官。三月，韩琦罢枢密副使加资政殿学士知扬州。

庆历六年（1046）二十六岁

自临川赴京，不求馆职，改大理评事，知鄞县。

庆历七年（1047）二十七岁

大理评事知鄞县。

四月，女生，明年六月卒。有《鄞女墓志铭》

庆历八年（1048）二十八岁

大理评事知鄞县。

归江宁葬父，作《先大夫述》。曾巩作墓志。

皇祐二年（1050）三十岁

在京师候差遣，授殿中丞。

皇祐三年（1051）三十一岁

以殿中丞通判舒州（今安徽潜山），秋到任。五月，以宰臣文彦博荐，诏试学士院，辞不就。有《上相府书》《乞免就试状》《舒州被召试不赴偶书》诗。九月，长兄安仁卒，年三十七，官宣州司户参军。

皇祐四年（1052）三十二岁

殿中丞舒州通判。

四月，葬长兄安仁于江宁父墓之侧。有《亡兄王常甫墓志铭》《宣州府君丧过金陵》诗。

是年，有《壬辰寒食》诗、《老杜诗后集序》《祭范颍州文》。

皇祐五年（1053）三十三岁

殿中丞舒州通判。

六月十四日，祖母谢氏卒于抚州临川，年九十。曾巩作墓志。秋，归临川。

有《发廪》《感事》《兼并》等诗。

至和元年（1054）三十四岁

七月，登褒禅山（在安徽含山县北十五里）。有《游褒禅山记》。

九月，除群牧司判官。

至和二年（1055）三十五岁

殿中丞群牧判官。

三月，特授集贤校理，固辞不受。有《辞集贤校理状》四道。又有《上欧阳永叔书》。

改太常博士。

嘉祐元年（1056）三十六岁

太常博士群牧判官。

十二月，提点开封府界诸县镇公事。有《上执政书》。

嘉祐二年（1057）三十七岁

以太常博士知常州。

嘉祐三年（1058）三十八岁

太常博士知常州。

二月，移提点江东刑狱，改祠部员外郎。五月回京，经富弼推荐，任三司度支判官。写下《上仁宗皇帝言事书》，系统提出变法主张，未引起重视。

嘉祐四年（1059）三十九岁

祠部员外郎度支判官。

二月，诏罢榷茶，有《议茶法》《酬王詹叔奉使江东访茶法利害见寄》。五月，直集贤院。六月，王令卒，年二十八。有《王逢原墓志铭》《思王逢原》诗。

嘉祐六年（1061）四十一岁

度支判官祠部员外郎直集贤院。

二月，任贡举详定官。三月，弟安礼登进士第。六月，知制诰。八月，任制科考官，苏轼中试，入第三等，授大理评事、签书凤翔府判官。

嘉祐七年（1062）四十二岁

刑部员外郎知制诰，纠察在京刑狱。

嘉祐八年（1063）四十三岁

三月仁宗崩，英宗（赵曙）立。八月，母吴氏卒于京师，十月归葬江宁。在江宁守制三年。英宗屡召赴京，均以服母丧和有病为由，恳辞入朝。

治平四年（1067）四十七岁

正月，英宗卒，神宗（赵顼）立。诏以故官知江宁府。九月，召为翰林学士。

神宗熙宁元年（1068）四十八岁

四月，自江宁入京。神宗诏越次入对。七月，诏赐弟王安国进士及第。

熙宁二年（1069）四十九岁

二月，以右谏议大夫参知政事。二十七日，与知枢密院陈升之同制置三司条例，议行新法。

四月，派遣官员分行诸路，察看农田水利赋役。

五月，上《进戒疏》。二十一日，因吕诲弹劾，乞求辞位。神宗降诏慰勉，二十九日复出视事。吕诲不久出知邓州。

七月，颁行均输法。

九月，行青苗法。

十一月，韩绛同为制置三司条例。颁农田水利法。

熙宁三年（1070）五十岁

十二月，拜同中书门下平章事、史馆大学士，与韩绛并相。立保甲法。

熙宁五年（1072）五十二岁

行市易法、保马法。

熙宁六年（1073）五十三岁

提举经义局。九月，在王安石指挥下，王韶取得熙河大捷，收复河（今甘肃临夏）、岷（今甘肃岷县）等五州。神宗解身上玉带赐王安石。

熙宁七年（1074）五十四岁

三月，行方田均税法。四月以吏部尚书、观文殿大学士出知江宁府，新法遭遇首次挫折。十月，行手实法。

熙宁八年（1075）五十五岁

二月，复拜同平章事、昭章馆大学士。六月，进加左仆射，兼门下侍郎。

熙宁九年（1076）五十六岁

六月，子雱卒。十月，罢为镇南军节度使、同平章事、判江宁府。

元丰元年（1078）五十八岁

正月，进尚书左仆射，封舒国公。

元丰三年（1080）六十岁

九月，加特进尚书左仆射、门下侍郎，改封荆国公。

元丰七年（1084）六十四岁

乞以宅为寺，赐名"报宁"。

元丰八年（1085）六十五岁

三月，神宗卒，哲宗（赵煦）即位。新法先后废罢。

哲宗元祐元年（1086）六十六岁

四月初六病逝，赠太傅。